W0226336

# A.B. Daniel

Jean-Daniel Baltassat se livre, sous le nom d'A.B. Daniel, à l'écriture de grandes sagas historiques et populaires : *Inca* (XO Éditions, avec la complicité d'Antoine Audouard et de Bertrand Houette) et *La reine de Palmyre* (XO Éditions, avec Bertrand Houette), tandis qu'il goûte sous son vrai nom à d'autres plaisirs littéraires (*Le valet de peinture*, Robert Laffont, 2005).

# LES ROSES NOIRES

DU MÊME AUTEUR

*CHEZ POCKET*

INCAS
écrit en coll. avec Antoine Audouard
et Bertrand Houette

1 – LA PRINCESSE DU SOLEIL
2 – L'OR DE CUZCO
3 – LA LUMIÈRE DU MACHU PICCHU

REINE DE PALMYRE
en coll. avec Bertrand Houette
pour les recherches historiques

1 – LA DANSE DES DIEUX
2 – LES CHAÎNES D'OR

A. B. DANIEL

# LES ROSES NOIRES

XO
EDITIONS

Le papier de cet ouvrage est composé de fibres naturelles, renouvelables, recyclables et fabriquées à partir de bois provenant de forêts plantées et cultivées durablement pour la fabrication du papier.

Le Code de la propriété intellectuelle n'autorisant, aux termes de l'article L. 122-5, (2° et 3° a), d'une part, que les « copies ou reproductions strictement réservées à l'usage privé du copiste et non destinées à une utilisation collective » et, d'autre part, que les analyses et les courtes citations dans un but d'exemple et d'illustration, « toute représentation ou reproduction intégrale ou partielle faite sans le consentement de l'auteur ou de ses ayants droit ou ayants cause est illicite » (art. L. 122-4).
Cette représentation ou reproduction, par quelque procédé que ce soit, constituerait donc une contrefaçon sanctionnée par les articles L. 335-2 et suivants du Code de la propriété intellectuelle.

© XO Éditions, Paris, 2007

ISBN : 978-2-266-17760-3

À la mémoire des 1 107 (ou 1 108, on ne sait exactement) victimes de la catastrophe de Courrières.

# Avertissement

Ceci est un roman. Un roman ne prétend pas à la vérité, mais possède seulement l'ambition d'approcher le fauve d'un peu près. La fidélité du roman, dit-on, est tout entière dans son infidélité.

Certains personnages sont les acteurs réels du drame. Ceux des « réchappés » bien sûr et quelques-uns dont la trace dans les archives est bien nette. On les trouvera ici, parmi d'autres, fictifs, mais qui sont la chair du souvenir. Je les espère proches des personnes réelles dont je me suis inspiré.

# 1.

# MARDI 6 MARS 1906

## 22 heures
## Fosse 3, étage – 280
## Bowette

À trois cents mètres sous terre, une main sur la croupe du cheval Évariste, Louis Eugène Joseph Renault, dit Rabisto, accompagne la bête vers l'écurie de la fosse 3.

Évariste connaît par cœur le chemin du foin et de l'avoine. Il ne se fait pas prier. Rabisto le suit au pas d'un paysan. L'esprit en paix, les yeux perdus dans l'obscurité de la voie percée, de loin en loin, par le halo des lampes.

Le cheval pile d'un coup, sans crier gare. Rabisto bute contre son cul, rattrape sa lampe de justesse. Rageur, il claque la croupe d'Évariste.

— Qu'est-ce qui te prend, bidet ? T'as vu un fantôme ?

Le cheval ne bouge pas. L'obscurité de la bowette est devant eux. Ni plus ni moins que l'instant d'avant. Au sol, les rails luisent en jaune et vont se perdre dans le tréfonds du noir de la terre.

Les bowettes * sont les avenues souterraines des mines. Droites comme des coups de trique et assez larges pour que des trains de wagonnets s'y croisent.

* Les mots suivis d'un astérisque sont expliqués dans le glossaire, à la fin de l'ouvrage.

Durant des kilomètres, elles s'ouvrent sur les voies de taille, les colonnes d'aérage et les grandes plates-formes d'accrochage * adossées aux puits. Aux heures du matin et de l'après-midi, elles ne désemplissent pas. Le vacarme y est assourdissant.

Mais en cet instant, c'est presque le silence. Le murmure de la mine au repos. Les ouvriers sont en petit nombre. Ils étayent, remblayent, nettoient les fronts de taille. Les coups de masse ou de hache résonnent à peine. Lointains, étouffés.

Rabisto reconnaît chacun de ces bruits. Rien que du normal. La plate-forme d'accrochage n'est plus qu'à cent mètres et l'écurie du nord avec.

Il lève la main, s'apprête à claquer de nouveau la croupe du cheval.

Un doute lui retient la paume.

L'Variste a dix années de mine dans les pattes. Dix années de noir, à traîner six tonnes de houille à longueur de jours invisibles. Ça vous apprend à deviner l'humeur d'une fosse et ses tours de cochon. Ça vous apprend à voir où il n'y a rien à voir.

Rabisto s'avance jusqu'à l'encolure du cheval. Évariste lève le front. Ses naseaux palpitent. Il encense, sa paupière battant sur son gros œil.

— Qu'est-ce qu'y a ? T'as senti quelque chose ?

Rabisto aimerait n'entendre que de la moquerie ou de l'agacement dans son ton. Il y reconnaît un voile d'inquiétude.

— Qu'est-ce que tu me joues, bidet de malheur ?

Il scrute l'ombre. Il n'y a que les souris et les rats pour cavaler entre les rails, couinant comme des oiseaux.

— T'as la berlue, l'Variste. Tu te fais vieux.

Rabisto agrippe la longe de cuir sous la joue du cheval et lui imprime un coup sec. Le cheval n'hésite qu'à peine, lève son sabot pour éviter le rail et avance d'un pas ferme, redevenu impatient de son avoine.

Mais cette fois Rabisto marche devant, la lampe tendue. Il dépasse à gauche et à droite les trous sombres des voies de taille qui débouchent sur la bowette. Là aussi, il n'y a rien que du normal : l'écho des chantiers au travail et des mômes qui poussent quelques wagonnets.

Encore quarante, cinquante mètres. L'éclairage de la plate-forme est plus intense, on y voit mieux. Et cette fois, c'est lui, Rabisto, qui ralentit. Un frisson lui hérisse les poils des bras.

Peut-être bien que l'Variste a raison, qu'il y a du bizarre. Quoi, c'est difficile à dire. C'est dans l'odeur.

À cette heure-ci, l'air de la mine n'est plus brassé comme lorsque la taille bat son plein. Malgré les savantes connexions inventées par les ingénieurs pour que de l'air frais circule, les buses, les cloisons de bois, le fond s'alourdit de toutes ses puanteurs. Eau croupie, pisse et merde, moisi de la terre, de la sueur des hommes, du métal rouillé, du bois et des carcasses de rats. Des remugles que Rabisto ignore depuis longtemps. Trente ans passés à arpenter le fond de la mine vous forment les narines. Mais, là, en cet instant, une odeur nouvelle lui pique le nez.

Un relent de fumée humide. De pourri, aussi.

Peut-être même de soufre.

Nom de Dieu ! Une chose qui fait songer au *puteux* *, cette saloperie d'acide carbonique.

Rabisto se passe la main sur la nuque, apaise le souffle de peur qui lui court le long de l'échine. Il se raisonne. Mon gars, si tu peux renifler cette cochonnerie et demeurer sur tes jambes, c'est donc pas le puteux. Sinon, tu serais déjà mort.

— Te monte pas le bourrichon, marmonne-t-il à voix haute, pour conjurer la peur.

Comme pour lui répondre, Évariste bronche, l'encolure frissonnante comme s'il se défendait des mouches. Ses naseaux battent tel un soufflet de forge. Mais lui aussi reste debout.

— Bon, dit Rabisto, on avance.

Ils avancent.

La puanteur ne cesse pas. Au contraire, elle devient plus nette.

Rabisto surveille ses jambes, guette un signe de pesanteur anormale. Il surveille aussi le cheval. Mais non : ça fait que puer et ça n'étourdit pas.

— Peut-être bien que c'est pas le puteux, lance-t-il à voix haute.

Mais c'est quelque chose quand même, crénom !

L'écurie n'est plus qu'à quinze mètres. Le pas d'Évariste résonne, rassurant. La courbe sur la gauche qui conduit aux plaques de fonte de l'accrochage approche. Les lampes pendues aux boisages sont plus nombreuses. Les murs en brique plus nets. On y voit mieux.

— Holà !

Rabisto tire si violemment sur la bride du mors que le cheval pivote, bute des sabots contre les rails.

Là-bas, sur les tôles de la plate-forme, il y a un voile de brume.

Sauf que ce ne peut pas être de la brume. Le brouillard ne descend pas sous la terre.

Rabisto a à peine le temps d'y songer. Un mouvement de l'air lui pousse une odeur fétide dans la bouche. Une grande dégoûtance qu'il voudrait recracher mais qui lui colle déjà au palais. Âcre, acide.

Il attrape la bride du cheval, comme s'il allait s'effondrer, guette le poids du mauvais gaz sur ses tempes, déjà prêt à se sentir tomber, à recevoir, impuissant, le spasme qui referme la poitrine et tue.

Mais non. Rien.

— Crénom de Dieu, c'est pas le puteux !

Alors quoi ? De la fumée ?

Il se presse. Tire l'Variste, lui claque l'encolure, le pousse en gueulant vers le portillon de l'écurie. Il l'abandonne devant son seau d'eau. La ration de foin et la poignée d'avoine, ça attendra.

Pas une ombre sur la plate-forme d'accrochage. Personne à attendre les cages *.

La fumée serpente entre ses mollets. De la vraie fumée qui lui pique les yeux.

Nom de Dieu, la fumée, c'est le feu. Le feu qui va vite.

Il songe à appeler. Mais à quoi bon s'égosiller dans le vide ? Les chantiers des raccommodeux * sont trop loin.

Il court à travers la plate-forme. Ses galoches résonnent sur la ferraille. La fumée fait des tourbillons qui l'aveuglent. Mais il n'a pas besoin d'y voir pour se lancer dans l'autre partie de la bowette qui file vers le midi.

En dix pas, de la fumée, il y en a tant qu'il s'en étouffe. Il tousse et crache en jurant. Il gueule :

— Il y a des hommes ici ? Crénom de Dieu, il y a personne, ici ?

La fumée semble amortir même ses cris. Elle le fait pleurer. Il ôte son casque de cuir bouilli, empoigne son *béguin* *, ce bonnet de toile qui lui couvre le crâne, et se le fiche sur le visage pour mieux respirer. Ça ne l'empêche pas de tousser encore à s'en brûler la gorge.

Prudent, il souffle la flamme nue qui danse à la lampe de son casque avant de le remettre sur ses cheveux collés de sueur. Et, prudent encore, il avance avec lenteur, la lampe tenue haut. Mais il n'y voit que de la fumée. Grise et noire, qui se tortille devant lui telle une bête maléfique qui chercherait à l'étouffer.

Comment est-il possible que personne ne se soit aperçu de rien ?

Il se méfie des rails, des buses d'aérage, des traverses qui encombrent le sol. Encore vingt-cinq mètres.

Là, la fumée moutonne comme de la laine. Elle est plus épaisse, roulant sur elle-même avec des veines noires.

Plié en deux, les yeux pleins de larmes, Rabisto se jette sur le côté de la bowette où l'air est plus respirable. De l'épaule, il frôle les rondins de l'étayage pour se guider. Et d'un coup, la bowette s'ouvre sur une voie en pente raide.

Entre deux soubresauts de toux, s'essuyant les yeux avec son béguin, il devine un rougeoiement dans le bas de la voie. Du vieux bois d'étayage tout pourri et déjà devenu braises !

— Merde ! gronde Rabisto sous son béguin et pas plus soulagé que ça. Merde de merde ! Il y a le feu dans Cécile !

# 2.

# MERCREDI 7 MARS 1906

## 1 heure
## Fosse 3, étage – 326
## Voie de Cécile

— Non ! Gare à la vapeur !

Le porion * Carrière gueule, se jette en arrière. C'est trop tard. Les deux ouvriers ont déjà balancé leur seau d'eau sur les bois incandescents. Une nuée blanche et bouillante en jaillit. En une seconde, elle emplit la galerie déjà enfumée et rend l'air suffocant.

Carrière agrippe les hommes et les tire vers le bas, presque à travers le feu. Ils sont quasi nus, laqués de suie et de sueur. Des bêtes noires dont on ne voit que le blanc des yeux et le rose un peu obscène des lèvres et des gencives.

— Imbéciles ! gueule encore Carrière, furieux. J'ai dit pas d'eau, ou on crève tous. Et tenez-vous avec l'air frais dans le dos pour pas respirer la fumée.

— C'est pas en mettant seulement le bois par terre qu'on va y arriver, râle un homme en s'accroupissant, appuyé sur son pic.

— On éteindra pas ce qui brûle, mais on empêchera que le charbon de la veine prenne trop chaud…

— Hé ! Ça dégringole !

C'est Rabisto qui a crié, se précipitant pour soutenir un boisage du toit avec les deux bras. Mais il est trop court de taille, et aussi trop court de souffle et de force.

Carrière vient à sa rescousse, guère plus costaud, en vérité.

— Grouillez-vous ! grogne-t-il à l'adresse des raccommodeux. Mettez un étai, on va pas tenir des heures !

— Qu'est-ce tu crois, que je prie la Sainte Vierge ? souffle un jeune gars tout près, en dressant vivement un rondin de soutien.

— Ce qu'il y a, c'est qu'on est pas assez nombreux, fait Rabisto en se retirant, tout en nage.

La suie noire fait des vaguelettes sur son ventre rebondi.

— Crénom, ce qu'il fait brûlant, ici, je suis cuit.

— Prends-toi un moment, dit Carrière en l'attirant en retrait, quelques mètres plus bas.

Ils s'accroupissent, crachant et toussant, cherchant à respirer plus près du sol, où l'infection de la fumée se fait moins sentir.

Un instant, ils regardent la dizaine d'hommes de l'équipe se démener. Au pic, à la rivelaine *, à la hache ou même à la masse, ils arrachent les rondins calcinés de la cloison. Les halos des lampes dans la fumée mouvante en font des fantômes désordonnés. La chaleur et la suffocation les empêchent de tenir plus de deux ou trois minutes près du foyer. Ils gueulent à tour de rôle, se jetant en arrière pour reprendre leur souffle et laisser la place au suivant. Des rondins s'effondrent en jetant des étoiles de feu qui scintillent et parfois s'embrasent sur le sol avant que les hommes les piétinent.

— Saloperie de saloperie de vieux bois ! gronde Carrière en s'essuyant inutilement le visage avec son béguin. Depuis le temps que je dis qu'il faut le remonter !

Rabisto secoue la tête.

— On y arrivera pas. On est pas assez nombreux.

— J'ai pas d'autres chantiers à cette heure, réplique

Carrière, énervé. Et j'ai pas le temps de courir la mine pour en trouver.

Prévenu par Rabisto, il a rameuté quelques raccommodeux pour les conduire au pas de course jusqu'au feu. Mais pour ne pas avoir la fumée contre eux, il leur a fallu descendre à l'étage du bas, à 326 sous terre. Maintenant, les premiers rondins abattus se consument plus fort au sol que dans l'entassement de l'étayage. La fumée redouble et rend le travail de plus en plus impossible.

Alors que Carrière et Rabisto se redressent, un craquement résonne. Les hommes les plus proches bondissent en arrière en hurlant et les renversent dans la pente. Ils roulent pêle-mêle les uns sur les autres tandis qu'un des rondins du toit cède en claquant. Un rideau de terre et de roche s'éboule avec un bruit sourd.

La cuisse de Rabisto s'est écrasée sur la pointe d'un pic. Les casques ont roulé par terre. Les flammes des *astiquettes* *, les lampes frontales, sifflent et s'éteignent tandis que de la terre, dans un spasme tardif, s'effondre en pluie, éteignant les brandons des poutres qui ont cédé.

Ça crie un peu partout. Carrière est déjà debout.

— Ça va là-haut ? Tout le monde est entier ?

Les hommes pris entre l'éboulement et le feu se relèvent en jurant.

— C'est bon !

Rabisto repousse le corps gluant d'un raccommodeux qui pèse encore sur lui.

— Bon Dieu, tu me casses la jambe !

La peur passe. Il n'y a pas de blessés. Pas même la cuisse de Rabisto, que de jolies égratignures.

— Au boulot ! ordonne Carrière. Plus on tarde, plus on risque l'éboulement.

— M'est avis que c'est déjà trop tard, constate l'un

des raccommodeux. La paroi se débine. On va avoir du mal à ôter le reste.

Carrière n'a pas le temps de répondre.

— Un peu que tu vas avoir du mal, mon gars. Arrêtez donc vos conneries !

Le chef porion Salliez. Il est arrivé à sa manière de toujours. Sans faire de bruit, en aimant surprendre. Un type maigre qui paraît toujours trop grand là où il passe. Le cuir de son casque a si souvent frotté les bois et les roches des galeries qu'il en est tout mâchouillé. Ce qui explique son surnom de « Pousse-Cailloux ». Il règne sur les quartiers de la fosse 3, maître après les ingénieurs et peut-être bien plus redouté qu'eux, car c'est lui qui donne ou refuse le travail.

Les hommes laissent tomber les outils, baissent leurs bras fatigués.

Carrière est le premier à réagir. Il a une vieille dent contre les manières seigneuriales de Pousse-Cailloux.

— Si on déboise pas l'étayage, on risque de foutre le feu à la veine.

— C'est trop tard, Carrière.

— Attends, regarde ça…

Carrière arrache un pic des mains d'un homme. Il grimpe de quelques mètres. En deux coups nets sur la paroi, le pic détache un morceau de mauvaise houille entre deux feuilles de schiste. Carrière le lance en direction de Salliez, qui le rattrape par réflexe. Et le rejette aussitôt avec un grognement de douleur.

— Tu vois. C'est déjà chaud. S'il y a encore un peu d'épaisseur de veine derrière ces étayages, le charbon va prendre.

Salliez se frotte les paumes et approuve avec calme.

— Sûr de sûr. Aussi sûr que tu vas te prendre le ciel sur la tête si tu continues de déboiser.

— S'il y avait plus de bras, on irait plus vite et avec moins de risques, dit un raccommodeux.

— Si ma sœur était en or, je serais pas ici. Les bras, on les a pas. C'est comme ça.

Ce qui est faux, comme chacun sait. Il suffirait de dépeupler les quartiers nord et d'étayer de neuf au fur et à mesure que l'on déboise. La vérité, c'est que Salliez ne veut pas ralentir les autres chantiers. Pousse-Cailloux aime faire le joli cœur auprès des patrons et leur offrir des rendements de seigneur.

— Bon, gueule-t-il, on discute plus. Retirez-vous de là avant d'être en bouillie.

Les outils dans une main, leurs vêtements dans l'autre, ils obéissent. En file, ils redescendent la voie, respirent enfin un peu d'air sans fumée. L'un après l'autre, ils crachent la saleté qui s'est accumulée dans leur bouche.

Dix mètres avant la jonction avec la voie principale de Cécile, à l'étage 326, Pousse-Cailloux s'immobilise dans un élargissement. Peut-être est-il effleuré par un remords. Ou veut-il montrer que la Compagnie a eu ses raisons de le nommer chef porion. Il explique :

— Tomber le boisage ne sert plus à rien. Ce qu'il faut, à cette saloperie de feu, c'est lui couper le sifflet. On va boucher la voie ici. Vous allez me faire une étoupée * de deux ou trois mètres de profondeur. Une vraie, qui ne laisse pas passer un pet de foireux. Plus d'air, plus de feu. Et voilà. Au boulot.

Chacun pense « Ben voyons ! ». Mais quoi dire ?

Si Pousse-Cailloux voit le jour à trois cents mètres sous terre, c'est qu'il y fait jour.

Lui, il se tourne déjà pour continuer sa descente vers la bowette de 326. Il bute contre Rabisto, le reconnaît, lui pose une main sur l'épaule.

— C'est toi qui l'as découvert, ce feu.

Ce n'est pas une question. Rabisto n'a rien à répondre. Il se masse la cuisse en attendant la suite.

— C'est bon. Tu peux aller à la remonte. T'as fait tes heures et ce qu'il fallait.

Rabisto n'aime pas qu'un chef porion lui brosse le poil en public. Si personne n'ose dire ce que chacun pense, lui, il peut.

— Faudrait-il pas avertir l'ingénieur ? C'est un gros feu.

Pousse-Cailloux rigole, pas plus ému.

— La nuit, répond-il, les ingénieurs, ça dort.

*Mercredi*

# 6 h 30
# Fosse 3
# Plate-forme du moulinage

Debout sur la plate-forme du moulinage *, c'est-à-dire au haut de la tour du treuil * principal de la fosse 3, l'ingénieur de la grande École des mines de Paris, Gabriel Leclerc, vingt-huit ans, surveille le dévalement des hommes.

Une foule tassée, casquée, qui se presse en colonnes, s'impatiente, se glisse à croupetons dans des cages de fer d'un mètre de haut, empilées les unes sur les autres, tels des casiers à poules, et suspendues à un câble gros comme le bras.

Des femmes referment sur eux les portillons métalliques. Malheur à celui qui laissera dépasser un pied ou une main ! Certains hommes plaisantent, d'autres dorment à moitié. Les plus jeunes prennent des mines bravaches que démentent leurs yeux agités.

Un coup de sonnette. Les moulineurs débloquent les taquets de retenue qui immobilisent les cages. La roue du treuil se met en branle. D'abord avec une lenteur extrême. Le câble glisse dans ses guides, vibre comme une corde de piano. Puis d'un coup tout s'accélère. Avec des claquements de ferraille, les cages disparaissent dans la fosse plus vite que l'œil ne peut les suivre. La plate-forme, parsemée de lampes telle une guinguette de géant, grince, parfois frémit comme une bête vivante.

Cela dix fois, vingt fois. Une heure durant. Autant qu'il le faut pour descendre sept ou huit cents hommes dans la fosse.

La main sur la barre courante qui le retient du vide, revêtu de son sarrau de toile cirée, l'uniforme des ingénieurs, Gabriel surveille la manœuvre. Pour rien. Pour le plaisir.

En vérité, ici, nul n'a besoin de son savoir. Chacun, depuis longtemps, a rodé son travail. Les gestes sont aussi mécaniques que le dévidement du câble.

Mais Gabriel aime ce moment. C'est celui du réveil de la mine. S'il osait, il dirait qu'elle pousse son premier soupir du jour. Comme si la bouche de la fosse cherchait à baiser, du bout de ses lèvres de suie, le ciel des hommes. Il aime tout ce qui l'entoure : l'obscurité, la poussière et les puanteurs, le vacarme et même cette humidité poisseuse qui parfois se colle à votre visage. L'égalité du fond, où chacun se salue en camarade, partage en silence le risque de l'accident, l'exalte. Il se sent appartenir à cette race d'hommes, puissante, tenace, qui affronte le ventre de la terre comme autrefois les héros affrontaient les géants.

Oui, il aime le contact de la vie de la mine comme on aime voir une femme se mouvoir, nue, vêtue, mystérieuse, inattendue.

Penser ainsi le fait rire. Il se garde bien de partager cette excitation. Nul ne comprendrait, pas même ses collègues ingénieurs.

Il se borne à donner quelques ordres, à descendre lui-même. Pour rien. Pour une fausse inspection car tout a déjà été inspecté la veille. L'état des bowettes, des treuils dans les voies nouvelles, des aérages, des étayages, tout est toujours inspecté.

Et si les porions et chefs porions, qui n'y voient qu'un empiètement sur leur autorité, n'approuvent pas ces descentes, les ouvriers au contraire apprécient de le voir au fond.

Sauf que ce matin, depuis presque deux heures, Gabriel reste absent à ce qui se passe autour de lui. Incapable de s'intéresser à autre chose qu'aux quelques mots du télégramme reçu la veille.

SERAI AVEC VOUS CETTE FIN DE SEMAINE.
FAITES-MOI UNE PLACE DANS VOTRE MINE
ET SOURIEZ. HÉLOÏSE.

Des mots qu'il connaît par cœur, qui tourbillonnent dans sa cervelle et dont il ne sait que faire.

Sinon songer et resonger : « Elle est folle ! Vraiment folle ! »

Héloïse Brouty-Desmond. Une femme, une vraie. Folle d'une folie qui vous pénètre mieux que la poussière de charbon et qui sème son désir jusque dans vos entrailles.

Mais, il le devine, une femme tout aussi dangereuse que la mine. Qui peut vous détruire sans que vous voyiez venir le coup.

Soûlé par son ressassement, Gabriel frappe la barre courante d'un coup de paume et s'en écarte brutalement. Sans un regard vers les moulineurs étonnés par son comportement inhabituel, il traverse la plate-forme et dévale l'escalier de fer.

La cour est déjà encombrée de voitures, de chevaux, de gamins poussant des berlines* de vieux bois. Sur l'entrelacs des rails à fleur de pavé, les locomotives traînent sous les passerelles de dévidement les wagons qui emporteront la coupe du jour. Dans la pénombre de l'aube, les visages des cheminots rougissent lorsqu'ils ouvrent les volets des chaudières.

Gabriel évite un vieil homme qui agite une lampe et braille d'une voix cassée pour prévenir du danger. Il s'engouffre dans le bâtiment des ingénieurs et géomètres.

Deux globes électriques éclairent le couloir. À l'exception de la salle des cartes qui demeure éclairée toute la nuit, le reste des pièces est encore sombre.

Il pousse la porte de son propre bureau. Il bascule l'interrupteur de porcelaine. Les abat-jour de verre au-dessus de sa table de travail répandent une lumière froide. Il quitte son sarrau, se lave soigneusement le visage au lavabo dissimulé derrière une porte de placard. Les joues sèches, il tire sa montre de sa poche de gilet. Six heures trente.

Il décroche son veston de ville de la patère. À peine l'a-t-il enfilé que sa main, sans qu'il puisse la retenir, s'enfonce dans la poche droite. Il tire le télégramme. Va en soupirant s'asseoir dans son fauteuil et déploie le papier bleu sur le dessus net de son bureau. Le relit, inutilement, une fois de plus :

SERAI AVEC VOUS CETTE FIN DE SEMAINE.
FAITES-MOI UNE PLACE DANS VOTRE MINE
ET SOURIEZ. HÉLOÏSE.

Héloïse Brouty-Desmond, la trentaine, fille des très riches filatures Brouty-Desmond. Rencontrée à Paris il y a moins de six mois, presque par erreur. Une extravagante qui n'accomplit rien comme les autres. Surtout avec les hommes.

Un soir de bal à Douai, elle est apparue de nouveau

devant lui. Une cohorte de jeunes gens riches zonzonnait à sa suite comme des mouches.

— Gabriel ! Monsieur l'ingénieur ! Venez, venez donc à ma table. Ne vous faites pas prier.

Il a obéi sans effort. Flatté de se sentir à son côté mais aussitôt saisi par son pouvoir. Admirant cette manière qu'elle a de se pencher sur le côté, subissant le vertige qu'offrent ses épaules et sa nuque. Une grâce que l'on désire effleurer. Sa bouche, moqueuse, un peu épaisse, et qui laisse planer, dans la lenteur de ses sourires, l'imagination d'un baiser. Jusqu'à sa taille de femme mûre, ses poignets très blancs, la poitrine que l'on devine un peu lourde, un peu relâchée, sous les tissus de luxe, cette manière de retourner une main pour s'en caresser l'intérieur de la paume, tout en elle, lorsqu'on l'approche, fait songer au bonheur qu'il y aurait à poser ses lèvres sur sa peau nue.

Une heure s'est passée à écouter patiemment beaucoup de niaiseries. Puis elle a réclamé une danse. Il l'a prise dans ses bras, ne se montrant ni trop maladroit ni trop pressant.

À minuit, il a annoncé qu'il devait quitter le bal. La mine le réclamait bien avant l'aube et il lui fallait encore rejoindre son logement à Lens.

— Si tôt ? a-t-elle demandé.

Il lui a expliqué en quelques mots ses devoirs d'ingénieur, laissant transparaître son plaisir de la mine. Elle l'a écouté avec attention. Une attention qui lui faisait, par instants, froncer le nez et rendait son visage plus désirable encore. Lorsqu'il s'est tu, riant de lui-même, mal à l'aise, elle l'a considéré quelques secondes, comme un étranger venant d'un pays lointain, avant de jeter à la cantonade :

— Ah, voilà donc Cendrillon ! Mais sa citrouille est une mine.

Les jeunes gens riches ont bien ri et doivent encore se répéter le mot. Elle lui a donné sa main à baiser. Il s'est incliné dessus, froid, poli, la mâchoire serrée.

Alors qu'il s'impatientait dans les jardins pour un fiacre, le chapeau enfoncé sur son humiliation, elle fut à nouveau là. Sur un tout autre ton.

Elle s'y est si bien prise qu'il a cette fois baisé ses lèvres. Il se demande encore comment.

Un baiser rendu avec une saveur qui ne l'a pas quitté depuis.

Et, maintenant encore, alors qu'il relit le télégramme, il perçoit encore son souffle chaud contre son oreille :

— Monsieur l'ingénieur des mines Leclerc, vous faites l'orgueilleux, mais vous n'en avez pas fini avec moi.

Elle se trompe. Il n'est pas orgueilleux. Il en a appris sur elle assez pour savoir ce qu'il peut être entre ses bras : un caprice. Rien d'autre.

Mais ce serait mentir que de nier la tentation. La sagesse, il le sait, serait d'envoyer un télégramme en retour. *Ne suis pas disponible. De poste cette fin de semaine*. S'il s'en arrangeait avec l'ingénieur principal, ce pourrait même être vrai, songe-t-il alors que l'on frappe à sa porte.

Il fait disparaître le papier bleu dans son veston en même temps qu'il invite à entrer.

C'est le chef porion Salliez. Visage fatigué mais propre, ainsi que le pantalon et le veston. Il referme soigneusement la porte derrière lui.

— On a une difficulté, monsieur l'ingénieur.

Salliez a une manière bien à lui de prononcer ces mots. Son ton contient ce qu'il faut de respect et autant d'ironie, lui rappelant qu'il n'est qu'un blanc-bec droit sorti de l'école.

Gabriel s'y est habitué et ne s'en offusque plus. Ce

n'est qu'une vérité. Aucun des ingénieurs de fosse de la Compagnie n'a atteint les trente ans. Les porions et chefs porions respirent la poussière de houille du fond depuis une ou deux décennies.

— Quelle difficulté, Salliez ?

— Un feu, monsieur. Et un bon.

— Où ?

— Dans la vieille voie de Cécile, entre l'étage 326 et la bowette de 280. C'est une taille abandonnée depuis un an au moins. À cent mètres à peine de l'accrochage et des écuries. Il y avait là du vieux bois d'étayage en attente d'être remonté au jour. C'est le *mn'eu d'qu'vau* Rabisto qui l'a découvert. Il poussait son bidet vers l'écurie du nord, à 280. La fumée emplissait déjà la bowette au midi.

Cela aussi, c'est un plaisir pour Salliez. Semer son discours de patois et de surnoms, de mots du fond, et tester la réticence de ces messieurs à les prononcer eux-mêmes.

Gabriel sourit, bon joueur :

— Vous voulez dire M. Joseph Renault ?

— Louis Eugène Joseph Renault, opine Salliez.

— Beaucoup de fumées ?

— Beaucoup, et très chaudes. On reste pas deux minutes à les respirer.

— D'un coup, comme ça ? Sans qu'on se soit aperçu de rien ces derniers jours ?

— C'est simple. L'étayage de la voie est bouffé aux vers. Il lâche une sciure qui s'enflamme comme rien. Faut voir comme ça part, ces saloperies ! Ça ferait presque des étincelles. J'y avais envoyé un raccommodeux il y a quelques jours pour y mettre de l'ordre. La flamme de sa lampe a dû lécher trop fort le boisage. Ça a dû fermenter et se transmettre au bois en sournois avant de lâcher le feu.

— Votre raccommodeur, il ne s'est aperçu de rien ?

Salliez hausse les épaules.

— Pourquoi me prévenez-vous seulement maintenant, Salliez ? À une alerte de feu, vous devez appeler l'ingénieur de fosse sur-le-champ.

Gabriel se lève, sans dissimuler sa surprise et la colère qui lui vient. Le regard du chef porion dévie vers l'animation du dehors. Gabriel devine qu'il retient à grand-peine un haussement d'épaules.

— J'ai fait ce qu'il fallait. Point la peine de vous tirer du lit.

— Depuis cinq heures, je ne suis plus dans mon lit mais sur la plate-forme. Comme tous les jours et comme vous le savez.

Salliez se tait, le regard toujours dévié. Hostile, mais sans le courage du face-à-face.

— Quelles mesures ont été prises ? demande Gabriel d'un ton plus calme.

— Le porion du quartier a fait tomber une vingtaine de bois. Mais j'ai craint l'éboulement. J'ai fait reculer tout le monde pour bâtir une étoupée avec les pierres de remblai au bas de la voie. Une solide, qui coupe bien le retour d'air et asphyxie le feu. On a bouché le boyau sur plus de trois mètres d'épaisseur. L'ouvrage est achevé depuis six heures. Et je me suis aussi occupé de forcer l'aérage de la plate-forme à 280, pour que les ouvriers puissent dévaler ce matin. Le temps de remonter et de me laver, et je suis là.

Là et triomphant, a envie d'ajouter Gabriel.

— Le charbon de la veine a-t-il pris feu, Salliez ?

— Pas que je sache, monsieur l'ingénieur.

— Vous en êtes-vous assuré ?

— Autant que la fumée le permet. La veine est

taillée depuis longtemps. Il reste du mauvais charbon entre les schistes. Rien de méchant…

— C'est beaucoup d'assurance et peu de vraies certitudes, Salliez. Si ça se consume depuis des jours, il a eu tout le temps de chauffer les parois de la veine. Vous savez ce qu'il va se passer si le feu se transmet à la veine ?

Bien sûr qu'il le sait. Mieux que personne. Mais son désir d'avoir raison contre un blanc-bec d'ingénieur est plus fort que son savoir.

Gabriel songe à Héloïse, au télégramme dans sa poche. Et repousse ces pensées avec une brutalité qui ne lui est pas habituelle.

— Montrez-moi ce feu. Je veux voir ça de près.

## 11 heures
## Méricourt-Corons
## Estaminet Le 5 Coups

— Pour sûr que c'est un feu. Un beau comme j'en ai pas vu depuis longtemps.

Rabisto s'essuie la bouche et la moustache, repose son bol de café mêlé de chicorée. Les présents ont bu ses paroles plus avidement qu'il n'a avalé son eau tiède.

Le 5 Coups est à peine plus grand qu'une maison de coron. Un comptoir de bois, six tables, une estrade pour les musiciens les jours de danse. Les papiers colorés au plafond donnent un air guilleret qui ne convient pas à la gravité de leurs visages.

Ils ne sont qu'une demi-douzaine de clients. C'est l'heure du café plus que de la chopine. L'heure calme où naissent, voguent et enflent les nouvelles et les rumeurs. La remonte du poste du matin n'aura lieu que dans trois heures et demie. Partout dans le coron, les femmes posent les linges et les marmites pour boire elles aussi le café en pépiant pire que des hirondelles.

— Peut-être même que j'en ai jamais vu un si bien pris dans cette mine d'ici, lâche encore Rabisto en massant sa cuisse toujours endolorie, conscient qu'il exagère un peu.

Un jeune Belge, beau, blond et tout pâle, au nom compliqué de Vulfran Lidéric Herlinderwal, que chacun raccourcit en Lido, dit :

— Ça devait arriver. Ils nous laissent jamais le temps de sortir le vieux bois. Du temps perdu. Il croupit et il suffit d'une flamme d'astiquette pour le flamber. J'en connais plein, de vieilles voies qui sont aussi risquées.

— C'est la Compagnie qu'est avare, lâche un autre. Elle te fiche à l'amende si tu boises pas serré, mais elle te paie pas si tu prends le temps de remonter l'étayage pourri.

C'est une évidence. Chacun se tait, les yeux sur le plancher. Il est bien propre, recouvert d'un fin sable blanc qui pourrait faire croire à une plage.

Lido brise le silence :

— J'aime pas descendre quand y a le feu au fond.

— Personne aime, approuve un vieux qui ne descend plus. Mais faut pas se mettre en panique à la première fumée. Ils vont bien l'éteindre.

— C'est qui, le chef pompier ?

C'est le patron du 5 Coups qui a posé la question. De sa petite taille et de son agilité à vous ôter une chope d'entre les doigts lorsqu'ils commencent à trembler, il a hérité un joli surnom : le Moineau. Sauf que l'apparence est trompeuse. Avant d'être gargotier, le Moineau piquait dans le fond comme tout le monde. Jusqu'à ce que son ironie déplaisante pour les porions et son grand goût pour la dispute le renvoient à la surface pour toujours.

— Pousse-Cailloux est venu nous montrer son savoir, répond Rabisto en souriant.

Chacun ici connaît le chef porion Salliez. On opine, la moquerie affleurant les lèvres.

— Il a pas voulu réveiller l'ingénieur, ajoute Rabisto. « La nuit, un ingénieur, ça dort », qu'il m'a dit.

— Lequel, d'ingénieur ?

— Le petit Leclerc.

— C'est un gentil, celui-là, remarque Lido. Un humain et qui te méprise pas.

— Gentil, ça veut pas dire compétent, réplique Moineau. Un feu de boisage, à trois cents mètres sous la terre, si ça se trouve, c'est la première fois qu'il en voit un.

— Si les ingénieurs étaient tous comme lui… insiste Lido.

— … On s'rait au paradis. Sauf qu'on y est pas, mon gars.

— Si le feu fait trop de fumée, ils vont pas laisser Leclerc se dépêtrer tout seul, intervient Rabisto qui devine au ton du Moineau l'envie d'une bagarre. L'ingénieur principal ou même le grand chef s'en mêleront.

— Voilà qui nous rassure, rigole le Moineau en entraînant le rire des autres.

Quand le rire retombe, c'est encore lui qui demande, sérieux :

— T'as prévenu Ricq ?

— Il était pas de poste quand je suis remonté à deux heures cette nuit. Et après, j'ai dormi mon soûl.

— Ben, dit le patron du 5 Coups en regardant les autres, vous avez intérêt à lui passer le mot.

# *Mercredi*

## 17 heures
## Fosse 3
## Plate-forme du moulinage

— Alors, monsieur Leclerc, où en êtes-vous avec ce feu ?

L'ingénieur en chef Barcant est sur la plate-forme. Voilà qui n'est pas fréquent. La visite déroge même à l'ordre hiérarchique qui voudrait que ce soit l'ingénieur principal Stévenard le premier aux nouvelles. Gabriel en masque à peine son étonnement.

Autour d'eux les ouvriers glissent des regards rapides dans leur direction. Mi-inquiets, mi-curieux. Surtout prenant soin de ne pas ralentir leur travail.

La plate-forme n'est que tumultes, chocs et gueulements. Les cliquetis de la crémaillère où l'on engage les berlines pour les verser sur les tapis de criblage font grincer les dents.

L'ingénieur en chef Barcant, col cassé d'un blanc impeccable, cravate à pois bleu ciel, gilet à rayures bordeaux, demi-haut-de-forme, manteau à revers d'astrakan, gants d'agneau, moustaches et joues fraîches, n'élève cependant pas la voix plus qu'il ne le ferait dans un salon.

Gabriel n'ose pas penser à quoi il ressemble lui-même. Il a pris la cage trois fois depuis le rapport de Salliez et passé plus de six heures dans le fond. Pour un peu, agacé par l'apparence de l'ingénieur en chef et cédant à la fatigue, il répondrait franchement : « Mal, monsieur, cela se passe mal. »

Il sait se retenir. Explique avec beaucoup de détails sa première descente à sept heures trente avec le chef porion. Les fumées stagnantes avaient débordé la voie de Cécile. Plus que prévu, contraignant à ordonner sur-le-champ des barrages au ras de la bowette de l'étage 280, afin que les hommes puissent travailler sans risque dans les autres quartiers de l'étage. Après quoi, il a fait établir un second barrage, à proximité de l'écurie du midi, elle-même évacuée.

Barcant l'écoute, sans réaction positive ou négative.

Pour se faire mieux comprendre, Gabriel sort un papier de sa poche. Il montre le graphique qu'il a dessiné en début d'après-midi avec l'aide des géomètres. On y voit les méandres de la veine Cécile, ses différentes voies et leurs jonctions aux bowettes des étages 280 et 326. Des flèches indiquent le sens de circulation de l'air susceptible d'attiser le feu mais aussi d'évacuer la fumée.

Son doigt pointe les emplacements sur le plan.

— Voici le second barrage, monsieur. Il est mieux maçonné que le premier. Plus de deux mètres d'épaisseur de briques. Il vient d'être achevé. À cette heure, le feu est encerclé. J'ai donc pu faire renforcer l'aérage. Mais il reste des fumées stagnantes à l'étage 326, très incommodantes pour les ouvriers.

Barcant opine discrètement. Il semble comprendre, approuver. Gabriel ajoute en guise de conclusion :

— Je crois qu'il serait bon d'évacuer les quartiers trop près de Cécile à 326. Le feu pourrait y gagner.

Barcant fait la moue.

— Et pourquoi gagnerait-il, si vous l'étouffez ?

— Comme vous le savez, monsieur, si des bris de veines se consument, la houille brûlante parvient toujours à se nourrir avec seulement l'air contenu entre les grès et les schistes.

— Mais la veine n'a pas encore pris, n'est-ce pas ?

— Il ne semble pas. Quoiqu'il soit impossible d'en être certain. La fumée ne permet guère d'ausculter les vieilles tailles correctement.

La moue de Barcant se fait plus dubitative.

— Il en faudrait beaucoup pour que ça mène loin. Du gaz carbonique ?

— Pas que je sache, monsieur. Nous avons fait des sondages.

Si jamais ils valent quelque chose. Il ne s'est agi que de se promener avec des souris en cage et des lampes à grisou *. Mais Barcant sait s'en satisfaire. Il tapote de sa main gantée le bras de Gabriel.

— C'est bien, mon garçon. Faites-moi voir votre croquis…

Il se saisit du plan, semble l'analyser avec soin alors qu'un train de remblai est enfourné dans les cages avec un vacarme à vous briser la poitrine.

Haussant à peine le ton, l'ingénieur en chef ordonne enfin :

— Tout de même, Leclerc, pour plus de certitude, faites élever une nouvelle étoupée ici.

Son index ganté désigne une zone vague au point le plus bas de la vieille voie.

Un gueulement plus violent détourne leur attention. Les moulineurs ont du mal à retirer un wagonnet. Les ouvriers sentent le regard des ingénieurs et lorgnent avec gêne dans leur direction.

Lorsque Barcant refait face à Gabriel, il paraît pour la première fois se rendre compte de l'état de sa tenue.

— Du bon travail, Leclerc. Stévenard va maintenant prendre la direction des choses. Vous en avez bien assez fait pour aujourd'hui.

Comme il se doit. L'ordre naturel de la hiérarchie est enfin respecté. Quoique l'ingénieur principal, son supérieur direct, ne soit pas la meilleure personne pour affronter ce feu qui couve en bas. Tout frais arrivé dans la Compagnie, Stévenard ignore tout du gigantesque labyrinthe de deux cents kilomètres de galeries qui troue le sous-sol de la concession.

— Je crains que ce feu ne soit assez puissant pour durer quelque temps, monsieur. Il faudrait peut-être songer à descendre une colonne d'eau. Pour le cas où il s'emballerait.

Barcant le dévisage. Il est sur le point de se fâcher, de lui demander s'il est devenu fou ou fol, s'il veut noyer la fosse pour une voie enfumée ! Mais non, il préfère une grimace. Entre ses doigts gantés, il agrippe la manche souillée de Gabriel, l'entraîne vers l'escalier de métal.

— Descendons, nous n'avons plus rien à faire ici, ordonne-t-il sans répondre.

Quand ils parviennent au palier inférieur, Gabriel découvre par une fenêtre qu'une pluie froide et serrée éteint déjà le jour avant la nuit. Il faut prendre garde où l'on met les pieds.

C'est dans cette pénombre, avant qu'ils ne s'engagent sur la passerelle de bois conduisant aux encombrements de la cour, que l'ingénieur en chef se retourne, un sourire blanc sous sa moustache.

— Rentrez donc chez vous, Leclerc… Et reposez-vous. Je sais que vous avez de la visite cette fin de semaine.

Gabriel s'immobilise, sidéré. Barcant est heureux de son effet.

— Ne soyez pas offusqué, mon garçon. Il est du devoir d'un ingénieur en chef de se tenir informé.

Il se remet en marche, puis :

— Je ne la connais pas moi-même, cette Mlle Brouty-Desmond, mais je me suis laissé dire que c'est une fort belle femme. Et peu commune.

Voilà donc ce qui a poussé M. l'ingénieur en chef jusqu'au haut de la plate-forme. La fille Brouty-Desmond.

Barcant a l'œil brillant.

— Extravagante, hein ? Mais quand on est assis sur un tas d'or, l'extravagance devient une seconde nature.

Comment a-t-il appris la venue d'Héloïse, sinon en surveillant les télégrammes ?

La colère bat dans les tempes de Gabriel. Il n'ose pourtant poser la question, s'offusquer. Il s'en veut aussitôt de cette couardise. Se venge en répliquant :

— Monsieur, demain, si je juge que la sécurité des ouvriers est compromise par le feu, puis-je ordonner leur remonte ?

L'ingénieur en chef le fixe, dérouté devant cette obstination. L'agacement crispe son visage.

— Nous n'en sommes pas là, Leclerc.

Il tourne le dos, ses bottines de caoutchouc brillant sur le sol si sale. Il s'avance entre les ouvriers qui se poussent du coude pour lui faire de la place. Et soudain, avant d'entrer dans les bâtiments, comme s'il y avait mûrement réfléchi, il se retourne.

— Laissez donc les décisions à Stévenard. C'est de son ressort. Samedi, vous pourrez vous abstenir de venir sur le carreau. À votre âge, il faut savoir profiter quand on en a l'occasion. Et si vous faites l'affaire, hein ?

# 3.

# JEUDI 8 MARS 1906

## 3 h 30
## Méricourt-Corons

Éliette dit :

— J'ai peur chaque fois que tu dévales dans la fosse. Je sais que je devrais pas. C'est stupide. Les autres femmes, elles n'ont pas peur comme ça. Je dois être stupide, c'est sûr.

Lido n'a pas besoin de protester. Stupide, elle sait bien qu'elle ne l'est pas, et de loin.

Toute à ses pensées, elle dit encore :

— Ma mère, ma grand-mère, mes tantes, les voisines…

Il voit qu'elle compte avec ses doigts, les mains levées au-dessus du visage qu'elle a posé sur son ventre. Lido se demande si elle y voit aussi bien que lui qui est habitué à la nuit de la mine. Un rogaton de bougie brûle dans l'angle de la pièce, tout près du matelas, l'obscurité de la chambre est à peine moindre que celle d'une bowette.

— Lido, tu me croiras pas…

Ils sont nus. La peau d'Éliette est aussi pâle que la sienne. Tout un corps de chair laiteuse comme la lune. Sauf le sexe et la chevelure, plus noirs que la houille. Et la pointe des seins, menue et nacrée comme un coquillage. Parfois, alors qu'il est sous terre, il lui suffit de penser à cette nacre, ce satin tendre et dur dessous ses lèvres pour qu'il se mette à bander dans les situations les plus incongrues.

— Lido, tu me croiras pas, murmure Éliette qui ne lâche pas son idée, je leur ai posé la question à toutes. Elles disent non. On a peur seulement quand nos hommes reviennent à la maison et qu'il faut les mettre dans le baquet !

Ils rient tous les deux.

Le sexe de Lido tremble sur son ventre. Éliette, qui voit aussi bien que lui dans la pénombre, n'a qu'à tourner la tête pour le baiser du bout des lèvres.

Ce baiser les trouble. Il les fait rougir, l'obscurité leur masquant la timidité de l'autre.

— Bon, c'est comme ça. Il va falloir que je m'y fasse. Dans dix ans, peut-être que j'aurai moins peur.

Elle prolonge son soupir en un gémissement d'aise, se love sur sa poitrine, mêle ses cuisses aux siennes, le creux délicat de l'aine faisant un nid pour son membre qui n'a pas encore oublié la jouissance.

— Il est plus que temps de dormir, marmonne-t-elle. Tu dois être crevé.

— Pas tant que ça.

C'est vrai. Faire l'amour avec Éliette, même après les heures du fond, le vide de toute fatigue. De l'entendre parler dans le noir, d'entendre sa voix chuchotante résonner contre sa poitrine, l'allège du souvenir des mauvais moments de la journée.

— Tu dis ça maintenant, se moque-t-elle. Mais demain t'auras pas les yeux en face des trous. Et moi non plus.

Ils se taisent un moment. Assez longtemps pour que Lido la croie endormie, roulée sur lui comme une chatte. Il songe à souffler le reste de bougie mais craint de la déranger.

D'un coup, elle demande, dans un chuchotement net et inquiet :

— C'est vrai ce qu'on raconte ? Qu'il y a le feu dans une bowette ?

— Pas dans une bowette, juste dans une vieille voie, minimise Lido, regrettant qu'elle l'ait déjà appris, elle qui s'inquiète pour moins.

— Près de là où tu travailles ?

— Non.

Cette fois, il ment. Il a travaillé dix heures de rang au second barrage réclamé par l'ingénieur en chef. Une étoupée qui a nécessité plus de quatre tonnes de pierre. Sans que quiconque, et pas même les ingénieurs, puisse assurer que cela en finirait avec le feu. Il a eu tout le temps de se rendre compte que Rabisto n'avait pas raconté de salades au 5 Coups. Un beau feu qui ne s'éteindrait pas de sitôt.

Pour détourner l'inquiétude d'Éliette, il se décide à annoncer la nouvelle qu'il gardait pour le petit déjeuner.

— La semaine prochaine, ça y est.

— Ça y est quoi ?

— Vulfran Lidéric Herlinderwal devient abatteur en titre.

— Lido !

— Fosse 4.

Elle s'est décollée de lui, les yeux si brillants dans le noir qu'une lampe ne ferait pas plus de lumière.

— 1 301 francs pour l'année si je m'y prends bien, rigole-t-il.

Éliette le croque de baisers, poussant de petits cris de joie, totalement oublieuse des parents qui dorment dans la pièce d'à côté. Sans cesser de rigoler, Lido lui plaque la main sur la bouche. Elle se dégage pour souffler :

— C'est sûr ?

— Grandamme me l'a annoncé ce soir. Je passe avec lui le prochain mardi.

— Alors…

Elle chuchote et n'ose prononcer les mots. Il rit encore, tout heureux de son effet et déjà oublieux du feu.

— Alors ? Ben oui, ça me semble inévitable.

— Oh ! Lido… Tu le veux pour de bon ?

— Pas qu'un peu. Et vite…

— Dans l'été ?

— Dans l'été. Une belle noce avec tout ce qu'il faut, tu peux en être sûre, madame Herlinderwal. Et en cadeau de mariage, une maison de coron pour nous tout seuls, pourquoi pas ?

— Sûr ?

— Aussi sûr que tu vas arrêter de travailler à cette saloperie de criblage.

— Ça fera des sous en moins.

— On aura assez. Il te faudra du temps pour t'occuper du môme.

Éliette a un drôle de soupir. Lido ne comprend pas tout de suite qu'elle est en larmes. Il l'attire contre elle, l'enlace très fort de ses bras et de ses jambes. Son sexe, bien au chaud contre le ventre d'Éliette, s'est à nouveau durci.

— Tu sais comment on l'appelle entre nous, l'Adolphe Grandamme ? « Braind'amour » ! Un type qui doit peser deux cents livres : Braind'amour !

Éliette glisse des larmes au rire, du rire aux baisers. Elle tremble comme une feuille sous ses caresses.

— Il y a qu'un truc, quand même, marmonne Lido, les lèvres contre les siennes. Je serai tous les jours du poste du matin. Et il faudra aller jusqu'à Sallaumines. Ça fait se lever à quatre heures.

Éliette lui baise les yeux.

— Je me lève déjà à quatre heures. On aura au moins le café ensemble.

— Le café, c'est une chose. Tant qu'on aura pas la maison… Avec ma mère qui dort pas avant minuit…

Éliette comprend. Elle glousse, ondulant des hanches contre les siennes.

— Ah ! je vois. Tu veux prendre de l'avance ?

— Y a pas de mal à ça. Surtout si le curé le sait pas.

Cela leur donne le fou rire. Éliette mordille les lèvres de Lido, se redresse pour qu'il lui baise la pointe des seins.

— C'est sûr qu'on aura pas les yeux en face des trous demain ! soupire-t-elle, cambrée, serrant le sexe de Lido entre ses cuisses.

— T'inquiète, madame Herlinderwal. C'est pas qu'avec les yeux que je te fais ça.

## 12 heures
## Fosse 3
## Voie Lecœuvre

Dans un vacarme de ferraille qui fracasse les tympans aussi sûrement qu'elle éventre les blocs de charbon, la Sullivan taille dans la veine. Une grêle d'éclats rebondit sur la paroi et griffe au hasard.

La haveuse * Sullivan est une invention des Anglais et de l'enfer. Cela ressemble à une mitrailleuse montée sur des roues. Un marteau à air comprimé entraîne une chaîne à crocs d'acier capable de mordre dans le charbon avec une aisance déconcertante. Mais elle produit aussi une tornade d'éclats et une poussière abominable. Un moment d'inattention ou de faiblesse, et son recul peut vous écrabouiller l'homme qui la tient. Seuls les haveurs * les plus expérimentés savent dompter ce monstre. Henri Lecœuvre en est devenu un expert.

Depuis le matin, Charles Pruvost et lui ont découpé un pilier de quatre ou cinq mètres de large dans la veine Joséphine, la plus belle de toutes les fosses de la Compagnie de Courrières. Avec la Sullivan, Henri en sape la base, tandis que Charles découpe les côtés à la rivelaine. Bientôt, il suffira d'y placer des explosifs et de faire ébouler l'ensemble pour recueillir des blocs énormes de charbon parfait.

— Nom de Dieu de nom de Dieu ! râle Charles Pruvost entre deux quintes de toux et des crachats qui ne lui lavent même pas la bouche.

Il se recroqueville, appuyé sur sa rivelaine, tente de respirer mieux. Mais c'est impossible. Le nuage de poussière projeté par la Sullivan est si épais qu'il distingue à peine la lampe de Lecœuvre. Henri lui-même est invisible.

Charles rampe, les yeux clos, respirant à peine. À tâtons, il cherche l'épaule d'Henri.

— Arrête un peu !

Il doit s'y reprendre à trois fois avant de se faire entendre.

Henri jette un regard par-dessus son épaule. Il devine la bouche rouge de Charles à travers la poussière, relâche aussitôt la gâchette de la Sullivan.

Le vacarme cesse. Seul demeure le chuintement sifflant de l'air comprimé dans la culasse du piston. Les deux hommes ont des têtes d'encagoulés : des yeux dans des faces sans visage.

— Qu'est-ce qu'il y a ? demande Henri.

Charles veut répondre, mais une nouvelle quinte lui tord la poitrine.

— Saloperie de saloperie !

Il cherche son souffle. À chaque goulée sifflante, la poussière semble s'insinuer jusque dans ses os.

À demi couché sur le plancher incliné qui le cale derrière la Sullivan, Henri dégage ses jambes. Il roule sur le côté. Le fût de la crémaillère qui entraîne le marteau est si chaud qu'il manque de s'y brûler la joue en se retournant. Il attrape sa lampe, s'extirpe à croupetons de sous la taille, recule dans la voie. Au jugé, en se guidant de la main avec le tuyau de caoutchouc de l'air comprimé, il remonte jusqu'à la vanne et la ferme.

Alors le chuintement de l'air cesse. Le silence se fait abrutissant.

— Ça va pas ? s'inquiète Henri.

Il s'agenouille près de Charles. Crachant comme s'il avait les poumons entre les dents, Pruvost s'appuie sur son bras, rampe vers l'arrière en emportant sa lampe. Il va s'asseoir sur la buse d'aération, en retrait de la taille de cinq ou six mètres. Là, la voie est déjà à hauteur d'homme. La poussière s'y élève vers le plafond boisé en provisoire et laisse un peu d'air respirable près du sol. Des rails y ont été posés pour que les wagonnets puissent évacuer le charbon en direction de la bowette.

Henri ramasse la gourde de Charles parmi leurs vêtements et la lui tend. Battant de ses paupières rouge et blanc, Charles se rince la bouche.

— Toujours cette saloperie, dit-il enfin. On va reprendre. Dès que ça se calme…

Il se frappe la poitrine, espace ses mots. Henri l'observe sans rien dire. Il s'essuie le torse, ôte des éclats de charbon qui se sont incrustés dans sa peau en faisant de minuscules plaies où pointe le sang, invisible sous la crasse noire.

— De toute façon, fallait s'arrêter un moment, dit-il en s'asseyant à côté de Charles. La Sullivan est trop chaude.

La poitrine de Charles tremble. La bouche grande ouverte, la langue rose vibrante de douleur, il se presse les côtes en écarquillant les yeux.

Henri n'a pas besoin de questionner pour savoir : c'est une crise d'asthme.

Pruvost est de dix ans son aîné. L'un des meilleurs ouvriers de la fosse, qu'il connaît comme s'il en avait tracé toutes les voies. Calme, consciencieux, sans jamais une histoire mauvaise sur les tâches et les paies. Et le plus solide de tous. Sauf quand il est pris de crises d'asthme, ce qui arrive à plus d'un mineur, mais de plus en plus souvent à Charles au contact de la Sullivan.

Henri fouille ses vêtements, le pantalon et le *jupon,* la boîte en fer-blanc de son casse-croûte, la gourde de café et une plus petite qui contient du genièvre. Il la débouche et la tend à Charles.

— Bois un coup.

Charles l'agrippe dans un sifflement de respiration et boit une goulée qui manque de l'étouffer. Mais le choc de l'alcool fait son œuvre.

Henri à son tour avale une longue goulée de sa gourde de café, se nettoie la moustache en surveillant la poitrine de Charles. Il fouille encore dans ses vêtements, en tire une grosse montre d'acier au verre bombé. Il l'approche de la lampe.

Midi. Dehors, si les nuages le veulent bien, le soleil est au zénith.

— C'est l'aérage qui fonctionne pas, soupire Charles en frappant la buse du plat de la main. À croire qu'ils ont ralenti le ventilateur, là-haut.

Henri le regarde en haussant les sourcils et se met à rire.

— Hé ! C'est que tu me fais penser à quelque chose !

Il va s'accroupir à l'entrée de la buse, tâtonne à l'intérieur et hisse un sac de toile cirée.

— J'ai oublié que j'avais ça là-dedans. Peut-être que la poussière passera mieux si je l'enlève.

Charles reconnaît le sac que brandit Henri en rigolant. C'est celui dans lequel ils cachent leurs bâtons d'explosif, des Favier n° 1. C'est interdit. Ils ne devraient pas en avoir, puisque chaque bâton est compté par le porion avant la descente du matin. Mais les bons haveurs se débrouillent toujours pour posséder quelques explosifs et détonateurs d'avance. Au cas où un bâton fuserait, où une roche leur résisterait, ils n'auront pas à attendre le lendemain pour la forcer en perdant une matinée de rendement et la paie qui va avec.

Pour la première fois depuis le début de cette journée, Charles sourit.

— Sûr que si tu me bouches les tuyaux, je vais pas respirer propre !

— Je suis con, fait Henri, penaud. J'ai oublié de retirer le sac ce matin.

Charles secoue la tête, se rince la bouche et crache son soûl.

— Sac ou pas, ça serait venu quand même. Avec cette foutue poussière, j'y coupe pas.

Il boit encore un coup de gnôle, crache.

— Ça va aller, maintenant. On s'y remet. Juste le temps que cette crasse retombe. Cinq minutes et ça ira.

À voir sa bouche grande ouverte pour happer l'air, Henri sait qu'il lui faut plus que ça.

Mais Charles a sa fierté. Il est debout et va droit à la taille. Henri prend sa rivelaine et vient taper à côté de lui.

— C'est fini pour aujourd'hui, la sape avec la Sullivan, dit-il. Vaut mieux que je t'aide à fendre le haut de la taille.

Charles ne discute pas, ne cherche même pas à savoir si c'est vrai.

Une demi-heure durant, ils frappent au même rythme, sans plus un mot.

Mais d'un coup, l'asphyxie plie de nouveau Charles en deux. Henri le voit qui tombe à genoux, le buste secoué de spasmes, les deux mains sur la rivelaine pour ne pas s'effondrer tout à fait.

Henri le saisit sous les bras et le ramène sur la buse d'aération.

Charles respire comme un poisson tenu trop longtemps hors de l'eau.

— C'est bon ! Ça me revient…

— Ça te revient, mon cul. On arrête. On va voir les frangins.

Charles veut protester, mais Henri ne lui accorde pas un regard. Il prend le sac à explosifs, vérifie l'empaquetage et le dissimule de nouveau soigneusement dans la buse.

— Viens, dit-il en saisissant les vêtements de Charles avec les siens.

Charles ne bouge pas, ne songe qu'à respirer. Henri l'attrape sous le bras et soudain hésite. Il songe au beurtiat *, un puits d'aérage où l'air frais tombe directement du ciel. Le plus proche n'est qu'à deux ou trois cents mètres en contrebas du treuil de leur voie. Il suffirait que Charles se laisse glisser par le boyau où l'on évacue le charbon pour atteindre la bowette.

— Si on allait jusqu'au beurtiat, que tu te refasses les poumons un moment ?

— Pas question.

Il n'a pas besoin de dire le reste pour qu'Henri comprenne. Pas question que le porion et les autres mineurs le voient malade.

— Bon. Alors, chez les frangins.

Il pousse Charles vers la cloison de bois qui sépare leur voie de taille de celle, parallèle, où besognent ses deux frères. Cette cloison empêche que l'air circule entre les voies dans le mauvais sens, conduisant l'air vicié au fond des tailles au lieu de les aérer. Une porte d'acier permet de passer de l'une à l'autre.

Une fois franchie la porte, la poussière n'est plus si présente et l'air plus respirable. Cette voie est aussi plus avancée, mieux étayée. Il y a du monde. Des rouleurs poussent les berlines pleines vers le treuil. Ce sont des galibots *, des adolescents au corps de mômes à qui on réclame toutes les petites tâches : pousser les wagonnets dans le fond des voies, porter des lampes ou des outils, charrier des paniers de houille en se faufilant là où les hommes faits ne le peuvent plus. Des gosses, mais qui rappellent à tous les bons mineurs ce qu'ils furent un jour.

Henri les salue par leur nom, Charles se contente d'un signe. Les frères d'Henri sont au front de taille, brisant à coups de pic les gros blocs qui ont déjà été effondrés à l'aube par les tirs d'explosif.

— Arthur !

L'aîné des Lecœuvre, incliné sur un bloc, se retourne sans se redresser.

— Charles a besoin de souffler.

Charles retient une quinte de toux, crache entre des rondins en grommelant :

— La Sullivan. Je supporte plus la poussière qu'elle fait.

— Personne supporte, marmonne Arthur.

Il a le même âge que Charles et le même gabarit. La mine a fini par façonner à l'identique leurs corps et leurs chairs. Jusqu'à leurs moustaches, trop longues, trop drues, toujours un peu de biais et qui les font paraître plus maigres qu'ils ne sont.

Joseph, le cadet des Lecœuvre, n'a que vingt ans. Il se redresse avec un coup d'œil vers Charles, essuie du poignet la sueur sur son visage tout mince. Il dit :

— Ouais, moi, je m'en passerais bien, de la Sullivan. Et ça irait pas moins vite.

Arthur et Henri échangent un regard et sourient. Les rodomontades du cadet les amusent toujours.

— Ouais, fait Henri. Toi, si tu pouvais, tu ferais la taille avec un éléphant.

La plaisanterie les détend. Même Charles grince un rire rauque. Tous les quatre s'accroupissent dans un recoin du chantier, à l'écart des galibots qui remplissent les berlines. Ils retirent leurs barrettes *, en soufflent l'astiquette et posent le casque de cuir sur leurs genoux. La calotte du béguin qui leur couvre les cheveux découpe bizarrement leur crâne.

— Si tu peux plus, tu peux plus, déclare Arthur. Faut que tu t'arrêtes ou tu vas crever.

Charles secoue sèchement la tête.

— Non. J'arrête pas.

— Si. À quoi ça sert si tu crèves ? On sera pas avancés pour plus.

— Arrête au moins un jour, pour te reprendre la santé, insiste Henri.

— Même un jour, je vous retarde.

— Que non, assure Arthur. On se mettra tous les trois ensemble ici. C'est même pas plus mal. Regarde...

Il lève sa lampe et montre la veine de houille où, malgré l'obscurité, leurs yeux exercés devinent des plis qui s'élancent vers le haut.

— La veine fait un crochon *. On va avoir une belle hauteur. Henri apportera la Sullivan ici et demain on se tape une belle levée.

Charles secoue la tête, obstiné. Henri jette un regard à son aîné.

— Fais pas la tête de mule, Pruvost. T'as pas à craindre. On va pas aller chercher un autre piqueur dans ton dos.

— C'est pas à ça que je pensais.

— Ça vaut mieux que ce soit dit.

Charles se tait, la tête haute, la poitrine secouée. Il approuve d'un petit signe qui pourrait ne pas se voir dans la pénombre.

— On est jeudi, dit Arthur. Reste dans ton lit jusqu'à dimanche et reviens lundi.

— C'est le mieux, approuve Henri. On s'arrangera avec Pélabon. C'est pas un mauvais, il comprendra.

— Moi aussi, je resterais bien dehors tant que la

saloperie de feu de Cécile est pas éteinte, intervient Joseph de sa voix un peu haut placée.

Les autres ne répliquent pas. Ils ont en tête la même chose et c'est pas le feu qui les soucie. En ce moment, ils gagnent la grosse paie. Avec ses deux mètres de haut, la Joséphine est la reine des veines de la Compagnie. Y ouvrir une voie est l'assurance de belles tailles dans les jours et les semaines à venir. Y tenir le pic est un privilège qui fait des envieux. Y perdre sa place, c'est perdre beaucoup. De l'argent, mais aussi de l'honneur.

Pour briser le silence, pour faire des mots plus que par vrai souci, Henri dit en désignant son cadet :

— Zef a pas tort. C'est pas trop bon, ce feu. S'il continue, on aura les fumées chez nous. Elles demanderont qu'à remonter jusqu'ici.

— Crains pas, grogne Arthur. Ils sont en train de l'éteindre, ce feu.

— Que non ! proteste Joseph. Ils éteignent rien de rien. Dans la bowette, il y en a qui veulent remonter. Ils disent que ça gagne et fume plus qu'avant.

— Comment tu sais ? s'étonne Henri.

— Je suis allé chercher des allumettes à l'accrochage. Arthur en avait plus. J'ai entendu ce qui se racontait. Il y en a qui disent qu'ils vont se déclarer malades demain…

— Laisse râler, Zef, le coupe Arthur avec autorité. Et t'occupe. T'es pas de la troupe. Il y a que ceux qui craignent le travail qui ont envie de remonter.

— Ricq est descendu pour voir, s'obstine Joseph. C'est bien qu'il est grave, ce feu.

— T'occupe, je te dis. Il y a plus d'un kilomètre entre la Cécile et nous. C'est pas pour demain que la fumée nous arrive.

— Ça vaut mieux, grommelle Joseph, vexé. Avec

tous les bâtons de pétards Favier que vous cachez dans les buses d'aérage…

— Crénom de couillon, tu te mets le bec en veilleuse ?

Les trois autres le considèrent durement. On ne parle jamais des explosifs volés. Même dans une équipe aussi soudée que la leur. C'est une règle et presque une superstition. Mais Charles est le premier à rire :

— Le Zef va finir par te manger sur la tête, Arthur, se moque-t-il.

Henri se marre à son tour. Arthur, en grimaçant, se laisse entraîner, bourre d'un coup de poing l'épaule nue du cadet qui glousse comme un gosse, tout heureux de son impertinence autant que d'être bousculé par ses aînés. Mais le rire de Charles se noie vite dans un spasme qui lui coupe la respiration.

— Bon sang de bois, murmure-t-il en retrouvant son souffle avec peine. C'est la première fois que ça me prend autant que ça.

Arthur le contemple un instant, plein de sérieux.

— Moi, ce qui me soucie, dit-il, c'est pas ton souffle ni la fumée. C'est la Connétable.

— C'est quoi, ça, la « Connétable » ? demande Joseph.

— Une faille de roche. Henri et Charles taillent tout du long. Peut-être même dedans à l'heure qu'il est.

— Et alors ?

— Alors, c'en est une qui peut lâcher du grisou si tu la chatouilles au mauvais endroit.

Les mots jettent un silence. Joseph se frappe la poitrine en signe de croix. Henri ricane.

— En voilà un qui s'imagine que le bon Dieu peut encore quelque chose pour lui ! Tu te trompes d'adresse, Zef. Ici, ton Dieu, il s'appelle M. Paul Schneider et il fait de l'or avec ta crasse !

Ils se forcent un peu à rigoler.

Arthur cherche des allumettes. Il rallume son astiquette, assure son béguin sur ses cheveux collés de sueur et y recale son casque. Tendant la main à Charles, il se dresse en l'aidant à se mettre debout.

— C'est dit. Tu restes chez toi jusqu'à lundi et tu te fais des poumons tout propres.

## 16 h 30
## Fosse 3
## Carreau

Le manteau sur les épaules, le chapeau au bout des doigts, Gabriel se dirige vers la grille d'entrée de la fosse 3.

La remonte du poste du matin est achevée, le dévalement de celui du soir s'achève. Les cribleuses * quittent enfin leurs tamis. Par petits groupes, marchant lentement, elles se dirigent aussi vers la grille de sortie.

Elles portent encore leurs *cafus*, ces grands fichus qui protègent leurs cheveux et leur donnent des airs de nonnes. Mais leurs robes rapiécées cent fois, épaissies de vieux tissus décolorés par la poussière de houille, en font des mendiantes informes. Les lourdes galoches à semelle de bois, la fatigue de dix ou douze heures à se briser les reins les condamnent à une démarche de vieillardes. Pourtant, elles ont vingt ans.

Quand elles devinent le regard de Gabriel, elles rient et se détournent. S'il les salue, ce qu'il aime faire, elles se couvrent le visage. Elles ont tort. Leurs mains sont un crève-cœur plus que leurs joues noires de suie. Leurs ongles sont rognés, leurs doigts déchirés par les schistes et les grès qu'elles retirent du tamis de triage dans le vacarme des tôles tressautantes.

Plus d'une fois, Gabriel a proposé qu'elles s'enveloppent les mains de chiffons ou se fabriquent des moufles de vieux tissus. Sans succès. Les chiffons se défont trop vite. Ils embarrassent, ralentissent le travail. Payées à la quantité de pierre qu'elles retirent de la houille, elles ne font qu'y perdre. User de moufles, c'est pire. Les mains deviennent maladroites, on agrippe mal les cailloux, on se fait pincer les doigts par les gros blocs. Les berlines se remplissent encore moins bien.

Mais les filles se souviennent de l'attention du jeune ingénieur. Quand elles ont l'occasion de se montrer en belle tenue, un peu à leur avantage, elles ne sont plus avares de grâces.

Leurs yeux brillants qui trouent les faces dissoutes sous la poussière de charbon appartiennent alors à des visages. Le voile ôté, les oripeaux du triage abandonnés, des chevelures, des silhouettes apparaissent. Quelques-unes, que le travail n'a pas encore trop déformées, montrent plus de beauté qu'on ne pourrait s'y attendre. Celles-ci savent soutenir les regards et même les encourager d'une œillade.

Plus d'une fois, Gabriel en a ressenti un pincement. La loi de la mine veut qu'on ne mélange pas plus les ingénieurs et les ouvriers que les torchons et les serviettes. Mais qu'en serait-il si, d'aventure, il se montrait lui aussi encourageant ?

Aujourd'hui cependant, son salut est machinal. Il les regarde à peine, se presse vers la grille. Le fiacre l'attend. Il a en tête une femme que les filles de la mine ne peuvent pas même imaginer.

Sa décision est prise. Il a dans sa poche le texte du télégramme qu'il va envoyer à la poste de Lens : *Impossible de vous voir cette fin de semaine. Grave urgence dans la mine*. À peine un mensonge. Il ne fera pas l'amusement de la fille Brouty-Desmond. Bien qu'en vérité il lui en coûte. Qu'il se demande s'il ne se montre pas, dans ce refus, un peu couard.

— Monsieur l'ingénieur ?

Tout à ses pensées d'Héloïse, c'est à peine s'il entend qu'on l'appelle.

— Monsieur Leclerc ! Monsieur l'ingénieur…

Il se retourne enfin. Salliez se presse vers lui, agitant son grand bras.

— Un instant !

Le chef porion n'est pas seul. Dans son sillage suivent le porion Carrière et le délégué Simon.

— Monsieur, Simon voudrait vous parler.

La voix de Salliez porte loin. Les filles du criblage se retournent, curieuses. Le délégué mineur a dépassé le chef porion. Il parvient le premier devant Gabriel.

Pierre Simon, que chacun surnomme Ricq, râblé, le visage en triangle. Ses yeux dessinent sous son front deux répliques à sa bouche, droite comme un trait. Sous la blouse de mineur serrée à la taille par une grosse ceinture de cuir, on devine la puissance à peine contenue d'un petit taureau. À son côté, la haute taille du chef porion Salliez paraît soudain molle, sans énergie.

Il jette un regard aux filles. Il n'a pas besoin de leur faire un signe. Elles se détournent aussitôt, s'éloignent en chuchotant, serrées les unes contre les autres.

Gabriel touche de l'index le bord de son feutre.

— Qu'y a-t-il, Simon ?

— Il faut qu'on vous parle. C'est urgent, monsieur. Au sujet du feu.

— C'est M. Stévenard qui est en charge. Voyez avec lui. Ma journée est finie et j'ai à faire à Lens.

— Ça ne faiblit pas, là-bas dessous. Au contraire, ça augmente et les fumées avec. Les barrages y font rien.

Ricq a le ton de l'homme habitué à se faire entendre par plus fort que lui. Un peu d'agressivité, mais rien qui soit malséant. Les mots du délégué sont ceux auxquels Gabriel s'attendait. Et qu'il redoutait.

— Qu'est-ce qui vous rend si sûr, monsieur Simon ?

— À 280, l'écurie du nord ne s'aère plus. À 326, c'est pire. Les fumées filent dans le retour d'aérage vers la fosse 4.

— Tout à l'heure, j'étais dans le chantier de la veine Marie, à deux cents mètres au sud de l'accrochage de 280, intervient le porion Carrière. Là aussi, on commence à ressentir de la fumée.

Contrairement à bien des porions, Carrière est rarement en bagarre avec les mineurs, évitant de les harasser pour un rien et obtenant ainsi autant de rendement que les autres. Gabriel n'est pas étonné de le voir au côté de Ricq, qui dit :

— Faut faire remonter les hommes. Ils courent un danger en demeurant trop près du feu.

Gabriel songe : « Nous y voilà. » Il lève les yeux vers le chef porion.

— C'est aussi votre avis, Salliez ?

Bien sûr que ce n'est pas son avis.

— Simon voit les choses en dramatique, comme d'habitude.

Cela dit sur un ton qui suggère que le délégué mineur est d'une engeance toujours prête à discutailler, à faire des histoires, quand ce n'est pas à monter des coups sournois qui brisent le rendement et la paix des jours.

— Si on trouve de la fumée un peu partout, réplique sèchement Ricq sans regarder Pousse-Cailloux, c'est que le feu file son train dans les vieilles tailles. Il consume la houille pauvre qu'on a pas abattue. Ça s'est déjà vu plus d'une fois et c'est mauvais.

Gabriel soupire :

— Il se peut que vous ayez raison, Simon. Mais il faut vous adresser à M. l'ingénieur principal Stévenard. C'est lui qui prend les décisions.

— Le principal veut faire de nouvelles étoupées,

s'agace Ricq. Mais ces barrages servent à rien. C'est pas ça qui va éteindre le feu. Ce qu'il faut, c'est faire remonter les ouvriers et mettre en place une colonne d'eau. Il faut éteindre le charbon avant qu'il nous prenne de vitesse.

Salliez ricane, agressif :

— Tu débloques à fond, mon gars ! On ne noie pas les chantiers comme ça.

— T'énerve pas, Salliez, intervient Carrière. Il s'agit pas de l'eau, pour l'heure, mais de la remonte. Ricq demande ce que les hommes demandent. J'ai des chantiers où ça renâcle pour de bon. C'est vrai, monsieur Leclerc, ça commence à s'exciter, là-dessous.

— Je ne peux rien vous répondre, Carrière. Cette décision est du ressort de l'ingénieur principal.

La platitude de cette phrase, et peut-être bien ce qu'elle contient de lâcheté, met Gabriel mal à l'aise aussitôt qu'elle passe ses lèvres. Dans un sourire, il ajoute :

— Vous le savez aussi bien que moi, Ricq.

À l'entendre prononcer le surnom du délégué, Salliez se fend d'un rictus qui avoue toute son opinion. Ricq, lui, ne cille pas.

— Disons les choses franchement, monsieur Leclerc : l'ingénieur principal ne m'écoutera pas. Il aime pas que je donne mon avis. Il croit toujours que le délégué est là pour empêcher la terre de tourner rond.

Le ton est aussi rude que le regard. Carrière baisse les yeux, noue ses mains avec embarras tandis que Salliez ricane.

— Je n'ai pas à entendre votre opinion sur l'ingénieur principal, Simon, tranche Gabriel avec ce qu'il peut de froideur.

Ricq balaie le reproche d'un geste.

— Carrière peut vous le dire autant que moi, monsieur. Les camarades ont peur. Ils veulent plus dévaler.

C'est pas de la mauvaise volonté. Un feu, on sait le mal que ça peut faire. Certains seraient déjà pour se faire porter malades demain. Même si ça leur coûte une paie. On a beau avoir le ventre vide, on va pas à la mort en conscience. La Compagnie doit penser à ça. Qu'est-ce qu'elle a à y gagner? S'il y a l'accident, ça fera pas remonter des berlines pleines.

Gabriel cherche une réplique qui ne laisse pas croire qu'il se défile. Ricq, qui le devine, enfonce le clou :

— Vous êtes le meilleur ingénieur qu'on a eu depuis un moment, si je vous dis le fond de ma pensée. Vous pouvez comprendre ce qui se passe là-dessous. Si vous l'expliquez à M. Stévenard, votre parole aura plus de poids que la mienne.

La flagornerie est joliment menée. Gabriel préfère ne rien voir du visage de Salliez.

Il tire sa montre comme s'il ignorait l'heure qu'il est. Il songe à Héloïse, au télégramme. À la poste qui sera close dans une heure. *Grave urgence dans la mine*. Il vaudrait mieux que ce soit juste un mensonge.

— Bon, soupire-t-il en ôtant son chapeau. Montrez-moi ces nouvelles fumées. Mais vivement s'il vous plaît.

## 17 h 30
## Méricourt-Corons

Maurice Landier serre son cartable de toile sur son ventre. À côté de lui, Ghislain Grandamme, fils du porion Adolphe Grandamme, que chacun appelle Braind'amour, n'a plus de cartable auquel s'accrocher. Il ne va plus à l'école. Il va avoir quinze ans. Après-demain samedi, pour la première fois il va dévaler avec son père dans la fosse 4.

— Sûr que la première fois, tu dois avoir la trouille ! Et encore des fois d'après.

Maurice a mis tant de conviction dans sa voix que Ghislain et lui se taisent, comme si « la trouille » se tenait devant eux. Une grosse boule, aussi noire, gluante et moche que la boue de suie qui recouvre les pavés du coron. Une saloperie qui posséderait dans sa chair flasque des sortes d'yeux mauvais, luisants comme les écailles des poissons morts.

Ils sont assis à croupetons sur la murette d'un jardin où pend du linge qui n'est plus blanc. Mais les feuilles des salades et des choux y font un joli décor géométrique.

Maurice habite à côté, numéro 218 sur la porte. Presque au juste milieu de la file de maisons accolées. La suie efface le rouge des briques, mais les jardins donnent quand même une apparence de vie plaisante.

— Ben ouais, fait Ghislain avec plus d'assurance qu'il n'en ressent. On a la trouille et après ça passe. Même mon père, il l'a eue à sa première fois. C'est pour tout le monde pareil.

— Le mien dit que ça lui a pas passé vite. Mon oncle, ça lui passe toujours pas.

Maurice s'interrompt pour glousser. Il y met un peu d'excès, histoire de repousser la boule noire de la trouille de l'autre côté de la rue.

— Mon oncle, il paraît que c'est à cause de sa nature fragile. Ma mère, ça la fait rigoler. Elle dit : « Toi, t'es pire qu'un bibelot. Si tu te trouves une femme, il faudra qu'elle te lave qu'avec de la mousse. Sinon, elle sera veuve dans l'heure ! »

Les deux mômes pouffent et se détendent.

Au bas de la rue, en angle avec une ruelle en terre que l'hiver a transformée en bourbier, les vitres du 5 Coups sont déjà éclairées. Et, par-dessus tout, il y a la montagne du terril, le beffroi du moulinage de la fosse 4, le fût de la haute cheminée qui crache sa sempiternelle fumée.

Maurice aime bien ce moment. L'école est finie, la sieste des mineurs du matin aussi. Malgré la bruine qui détrempe la poussière, les casquettes et même les godillots, du monde se promène. Les plus âgés ont tiré leurs chaises devant les maisons. Ils font causette avec qui veut bien en fumant des pipes qui sentent le foin d'été.

Les plus jeunes vont et viennent. Ils sont attirés comme des mouches par la porte du 5 Coups, qui finira bien par les avaler. Les filles pas mariées se mettent jolies pour qu'ils les remarquent. Certaines sont belles, fraîches, sans les fatigues du triage qui leur grise le visage et rougit leurs yeux. Elles marchent les reins creusés, tenant haut leurs jupes pour ne pas les souiller.

Avec un peu de chance on entrevoit leurs mollets et, si on ne les voit pas, on les imagine sans effort.

Il y a des coups de gueule, des gestes d'amoureux, des rires mystérieux. Personne ne se soucie du crachin ni du froid tant qu'il ne fait pas complètement nuit.

Mais ce soir, la descente qui attend Ghislain ôte à l'instant sa légèreté habituelle. Ghislain, qui lève brusquement le bras :

— Hé, Anselme ! Anselme Pruvost !

Un garçon fluet se retourne au milieu de la rue. Une casquette trop grande lui tombe bas sur le front, masque ses yeux ronds. Les poings dans les poches de son veston, il s'approche. Un groupe de mineurs qui n'en sont pas à leur première bière l'engueule parce qu'il leur passe sous le nez. Il échappe à la taloche en rigolant.

— Salut les mioches.

Maurice et Ghislain répondent au salut sans s'offusquer.

Anselme paraît deux ans de moins que Ghislain et trois fois moins costaud. Pourtant, il va sur ses seize ans. Une petite tête de gosse, de beaux yeux un peu tristes qui font songer à ceux d'une fille. Depuis une année et plus, il fait le galibot dans la fosse 3. Il y dévale tous les matins. Cela mérite le respect et vous donne des droits.

— Ghislain dévale samedi, annonce Maurice.

Anselme toise le fils Grandamme. Il sourit. Une moquerie lui titille la langue. Ghislain est un gentil, mais c'est quand même un fils de porion. Tout comme Maurice. Qui se ressemble s'assemble, aime dire son père. Mais ce soir, justement, Charles Pruvost est au lit. Anselme n'a pas le goût aux méchancetés. Il se contente d'un haussement d'épaules désinvolte.

— Bah, tu verras, c'est pas si dur qu'on le dit. Et toi,

tu vas descendre avec ton vieux, pas vrai ? Les autres se la boucleront si tu claques du menton.

Une gueulante à l'entrée du 5 Coups leur fait tourner la tête. Ils entrevoient un peu de bousculade. Un type qu'on calme et qu'on pousse à l'intérieur du café.

— Le mien, de vieux, reprend Anselme, soucieux, il est au lit. C'est son asthme qui le reprend. Il dévalera pas demain. Il tousse et crache le noir que c'est pas possible. C'est à cause de la Sullivan. Ça te fait bouffer de la poussière que t'en as même plus faim.

Les autres apprécient la gravité de la nouvelle avec un silence. Les haveuses Sullivan, ils les ont vues à l'essai, comme tout le coron, avant qu'on les descende dans les fosses. La ressemblance de l'engin avec une mitrailleuse, la force qu'il faut dans les bras pour la manœuvrer les fascinent. Même s'il en est plus d'un dans le coron pour raconter que ce n'est qu'une saloperie de plus qu'a inventée la Compagnie pour compliquer le travail de l'ouvrier.

— Et le feu ? demande Ghislain. T'en as entendu parler ?

— Ben tiens ! J'étais toute la journée à pas cent mètres de la voie de Cécile où il a commencé. Les raccommodeux montent des murs partout le long de la bowette de 280. Les autres râlent. Ils disent qu'on va devenir de la viande fumée. Mais Pousse-Cailloux nous gueule dessus. Soi-disant qu'on est des mauviettes. Sûr ! Lui, quand y veut, il se fiche le nez dans le beurtiat pour respirer un coup. Moi, quand je pousse les berlines jusqu'au cul des bidets, je respire que la saleté qui passe. Et c'est pas les porions qui vont nous défendre. Ils ont trop la trouille de Pousse-Cailloux.

Les deux fils de porions encaissent l'allusion. C'est de l'habitude. Si on veut pas la dispute, faut savoir encaisser.

Quand même, Maurice ne veut pas qu'Anselme se fasse des idées.

— Mon père dit pareil ! Que les barrages y servent à rien. Il dit que le feu continue parce que la houille a pris et que les ingénieurs savent plus quoi faire.

— Ouais, y en a qui veulent pas dévaler demain.

Anselme hausse les épaules.

— Feu ou pas, faudra que je dévale. Comme mon père peut pas, on va pas perdre deux journées.

Le silence accompagne cette simple vérité jusqu'à ce que Ghislain donne un coup de menton en direction du nord.

— Moi, c'est à la 4 que je dévalerai, fait-il avec un soulagement que les autres perçoivent plus que lui. Là en bas, ils s'en fichent, du feu. Y a pas de risque.

Un rire les distrait. Un beau rire de femme.

Dans la nuit qui maintenant creuse la rue et absorbe comme un buvard les façades, ils devinent un couple. Homme et femme, qui avancent serrés l'un contre l'autre. Lui, un grand mince, avec la veste et la casquette. Elle, presque aussi grande, dans un manteau à capuche qui la dissimule jusqu'aux bottines.

Les garçons les suivent des yeux. Gourmands, l'imagination en branle. Le couple entre dans la lumière du 5 Coups.

— C'est le Belge ! murmure Maurice comme si on pouvait l'entendre de loin.

— Quel Belge ? Y en a plus d'un.

— Celui au nom compliqué qu'on appelle Lido, souffle Ghislain.

— Elle, c'est l'Éliette Gosselin, précise Maurice. La fille du raccommodeux qui est mort en janvier dans un éboulement. Elle a plus de mère non plus.

— Ma mère dit qu'ils vivent à la colle chez les parents du Belge, ajoute Ghislain.

Son sourire annonce une vacherie piochée dans les racontars d'adultes. Mais il se tait.

Là-bas, découpés en contre-jour sur la fenêtre comme dans une image de papier, l'homme enlace la femme. L'attire sur le côté, dans la nuit obscure.

Un nouveau rire, profond de bonheur, les laisse frissonnants. Ils forcent l'ombre de toute la puissance de leurs yeux. Le manteau à capuche peut bien la dissimuler, ils connaissent assez le visage et les formes de la belle Éliette pour voir ce qu'ils ne voient pas.

Avec un mouvement tournant qui fait songer à une danse, voilà que les amants surgissent de nouveau dans la lumière. Les garçons se taisent. Ils dévorent sur leurs propres lèvres le baiser qu'ils entrevoient. Ils croient entendre un vaste silence dans toute la rue. Dans tout le coron. Le silence du monde entier devant un baiser d'amants.

Qui les laisse tremblants lorsque Éliette s'écarte d'un bond.

Elle s'enfuit. Glisse dans la lumière du 5 Coups. Son bras nu jaillit du manteau pour un au revoir. Son geste fait songer à une caresse. Une promesse de chair qui efface la mine des pensées. Efface la poussière de la Sullivan, le feu, la trouille de la première descente dans ce fond de la terre où les hommes vont combattre le charbon comme les héros, à l'origine du monde, allaient affronter les monstres dans les cavernes.

## 20 heures
## Lens
## Rue Saint-Servais

Dès que Gabriel entre dans le hall de l'immeuble, la pipelette se précipite au-devant de lui.

— Une dame vous attend chez vous, monsieur Leclerc.

— Une dame ?

— Oh ! certainement. Une dame !

Impressionnée par la dame en question, mais goguenarde devant son air ahuri.

— Elle vous appelle par votre petit nom : « Gabriel est-il chez lui ? » elle a demandé. J'ai dit que non. « Alors ouvrez-moi sa porte, voulez-vous. Je l'attendrai… » J'ai pensé à refuser. Mais à une dame comme ça ?

Elle en a les joues rouges d'excitation. Bien sûr, une dame « comme ça »…

Héloïse !

— On voit tout de suite à qui on a affaire. Elle a appelé un serviteur pour monter sa valise. Un chauffeur d'automobile. Parce qu'elle est venue en automobile, monsieur Leclerc !

Héloïse.

Qui d'autre ?

Et la pipelette, maintenant, qui le considère comme

si lui-même appartenait à la richesse de Brouty-Desmond. Elle dit encore :

— Aussi, j'ai pas osé remonter pour remettre le gaz sous votre eau. Elle ne doit plus être bien chaude…

Elle n'ajoute pas que pourtant il aurait besoin d'un bon bain, mais elle le pense très fort.

Il remercie, grimpe les escaliers le cœur battant.

Héloïse ici. Ce soir ? Chez lui ? Alors que son télégramme ne parlait que de la fin de semaine.

Le sien, de télégramme, il est toujours dans sa poche, coincé qu'il a été dans la mine avec Ricq et ce satané feu qui ne veut pas s'éteindre. Et perdant une heure de plus, en pure perte, avec Stévenard.

Mais pourquoi est-elle ici ? Maintenant ? Déjà ?

Avec une valise. Bien sûr, Mlle Brouty-Desmond ne fait jamais rien comme les autres.

La voix condescendante, vaguement envieuse, de l'ingénieur en chef Barcant résonne encore à ses oreilles : « Quand on est assis sur un tas d'or, l'extravagance devient une seconde nature. Et vous, Leclerc, si vous faites l'affaire… »

Dans l'état où il est, ce n'est pas si sûr qu'il la fasse, l'affaire. Et son appartement. À quoi peut ressembler son appartement sous le regard d'une femme comme Héloïse ?

Mieux vaut ne pas y songer.

Il parvient au second étage, devant sa porte, le souffle court et l'esprit confus.

Pourrait-il seulement la mettre dehors ? La prendre par les épaules, allez ouste, où vous croyez-vous ? Et moi, qui croyez-vous que je suis ?

Même une fille Brouty-Desmond, ça doit pouvoir se fiche à la porte.

Mais dans un autre monde.

Et il faudrait aussi en avoir vraiment envie.

Dès le seuil, il respire son parfum. Il prend le temps de déposer chapeau et manteau dans le petit hall. Le bruit de ses pas s'étouffe dans le tapis.

Elle n'est pas dans le salon. Le gaz y est allumé. Les appliques de cuivre aux abat-jour de verre dépoli éclairent un désordre intact depuis le matin. Livres en vrac sur le canapé, chaises dispersées, restes du petit déjeuner sur la table recouverte d'un tissu chinois de moyenne qualité. La pipelette devait faire le ménage.

Mais ce qu'il voit surtout, c'est une cape au somptueux col de fourrure abandonnée sur le fauteuil devant la cheminée. Et, devant le buffet, en vrac, une valise de voyage en cuir fauve, des gants, un parapluie, des bottines de chevreau rouge à boutons d'argent et d'ivoire.

La vue des bottines accélère le pouls de Gabriel. Non parce qu'elles doivent coûter quelques mois de salaire d'un ingénieur de fosse, mais parce que leur abandon semble désigner la nudité des pieds qu'elles ne contiennent plus.

Un petit chapeau rond à voilette et ruban mauve repose à l'envers sur le guéridon, tout près de la porte de la chambre.

Et elle ? Où est-elle sinon dans la chambre ?

Il ne sait que faire.

N'a-t-elle pas réservé une chambre, une suite ? Un hôtel tout entier ? Ne sont-ils pas des inconnus ?

Un baiser, deux au plus, voilà tout leur passé.

Il ouvre la bouche pour appeler, prononcer son nom. Il la referme avant qu'un souffle la franchisse.

Il a envie de se mettre en colère, d'être brutal et véhément. Pas question de passer pour un crétin, un caprice. Un « faire l'affaire », comme dirait l'ingénieur en chef Barcant.

Puis il fixe encore les bottines. Le chapeau renversé.

Et il songe à la femme qui l'attend derrière la porte. Il devine ses yeux moqueurs, sa voix, cette manière qu'elle a de guetter votre regard.

La main tendue vers la poignée, le temps d'un éclair, il espère que la chambre sera vide.

Non. Héloïse est là.

Elle n'est pas nue, comme il a presque osé l'espérer, mais étendue sur le lit, les yeux clos sur un faux sommeil. Le peigne qui retient son chignon menace de basculer sur le couvre-lit de chintz un peu trop râpé. Ses mèches blondes ainsi que les bracelets d'or qui cernent ses poignets très blancs contiennent la lumière de la pénombre.

Pour le reste, c'est une Ophélie. Une robe blanche à grandes bandes de soie rouge et verte en chevrons sous la taille recouvre presque tout le lit. Sa poitrine, avantageusement soulevée par la position des bras, écarte le revers du décolleté en dentelle russe. Un cordon d'argent tressé d'un fil d'or et plat comme un serpent se noie entre ses seins.

Les pieds ne sont pas nus eux non plus, mais moulés dans des bas couleur chair piqués de petites perles sans doute naturelles. Vus ainsi, ils paraissent trop menus pour les bottines abandonnées dans le salon.

Sa bouche est aussi belle que dans son souvenir. Un peu longue, avec, à la commissure, des plis assez profonds pour révéler la femme de trente ans. Mais, dans la position qu'elle lui offre, le nez, les sourcils et même les yeux paraissent étonnamment enfantins.

Elle ouvre les yeux, le contemple, amusée mais sans chaleur.

— Ça te choque que je sois là ?

Il ne trouve rien à répondre. Le tutoiement le sidère plus que tout le reste. Elle opine et répond elle-même à sa question.

— Oui, ça vous choque, monsieur l'ingénieur. Je sais. Tu ne m'attendais pas aujourd'hui. Mais moi, je n'avais pas envie d'attendre samedi. Voilà.

Il doit faire une drôle de tête, car elle est prise d'un fou rire. Un camée grand comme un louis, enserré dans une boucle du cordon d'argent qui serpente autour de son cou, émerge entre ses seins tressautants.

— C'est surtout que... que je ne vous attendais pas ici.

— Je m'en doute.

Elle referme les yeux. L'ironie qui plisse son visage lui rend son âge. Elle agite la pointe de ses pieds comme une enfant.

— Si tu avais vu la tête de ta concierge.

Elle rit encore, s'étire, joue de ses orteils.

— Je me suis raconté des histoires pour passer le temps. Je me suis dit que tu allais entrer ici avec je ne sais qui. Une femme, évidemment... Je me suis aussi vue en bonne petite épouse qui mettrait de l'ordre dans cette tanière. Ou alors en maîtresse vénale que tu entretiendrais. Ce qui me conviendrait mieux.

Elle se redresse gracieusement sur son séant, les yeux à nouveau bien ouverts. Elle le toise des pieds à la tête, fait une moue :

— Pas brillant ! Tu es sale et sérieux comme un pape.

Ainsi, il la reconnaît tout à fait. Les pommettes hautes, le front large, un regard acide, assuré de posséder le monde en entier et de faire plier le reste. Une mâchoire un peu masculine aussi, la bouche droite, adoucie par une lèvre inférieure d'une délicatesse inattendue. Le nez, on pourrait le trouver trop grand, mais quand elle fronce les narines cela vous donne envie de l'embrasser.

— C'est toi qui apportes cette odeur ?

Allez savoir pourquoi, cela l'amuse au lieu de l'embarrasser.

— Nous avons un problème à la fosse. J'ai dû dévaler plusieurs fois aujourd'hui. Le fond d'une mine, ça ne sent pas très bon.

— Dévaler ?

— C'est un mot d'ouvrier. Cela signifie descendre dans la fosse.

Mais elle s'en moque, oublie déjà l'odeur et le patois ouvrier.

— Tu m'en veux d'être là. Je te fais peur.

Ce n'est même pas une question. Elle ne le laisse pas protester.

— Ne mens pas. Je vois à travers les os de ton crâne.

— Oh !... Et de quoi aurais-je peur ?

— Un, tu as peur que Brouty-Desmond père apprenne où je suis. Deux, tu as peur de me déplaire. Trois, tu as peur que ton appartement me paraisse médiocre. Quatre, tu as peur que je sois un peu folle. Cinq, et le plus important, tu as peur que ma petite visite compromette ta situation...

Elle a compté chaque peur sur les doigts de sa main gauche qu'elle tient en l'air. Et voilà qu'elle replie les doigts un à un.

— Je n'ai plus l'âge d'être la fille de mon père. Tu me plais beaucoup. Je me moque de ton appartement et j'ai une suite réservée au Grand Hôtel des Flandres. Je suis folle, mais d'une manière qui ne dérange guère. Et les hommes ont davantage l'habitude de se vanter d'avoir couché avec moi que de s'en plaindre.

Il rit faussement, fait quelques pas inutiles à travers la pièce. Il se décide à ôter son veston, laisse voir son col sali de suie.

— Ce n'est pas... Je ne suis pas habitué à trouver une femme chez moi. Je veux dire, ici, dans cette...

Il parle comme un crétin, un gosse, rougit d'un coup jusqu'aux oreilles. Elle a un sourire féroce.

— Si je n'étais pas une Brouty-Desmond, je suis certaine que ça te plairait de trouver une femme dans ta chambre. Je me trompe ?

Elle déguste son embarras, ramasse ses jambes sous elle. Le camée bascule de ses seins. Elle le saisit, en caresse la figure du pouce, l'ongle transparent et parfait.

— Tu es beau quand tu rougis… Mais tu devrais te laver. Ça pue vraiment, ton fond de mine.

## 20 heures
## Méricourt-Corons
## Le 5 Coups

Ricq lève sa chopine, se mouille la bouche d'une gorgée de bière claire. L'estaminet est si plein que certains demeurent dehors, devant la porte, l'écoutant sous le crachin.

— L'ingénieur Leclerc, je l'ai conduit sur cinquante mètres dans la vieille voie de Cécile à 280. Il lui a pas fallu longtemps pour piger. On y respirait à peine. On y est restés un moment à tousser et cracher le diable. Il voulait trouver du charbon qui aurait tourné à la braise entre les grès.

Ricq connaît tous les visages. Il sait raconter en prenant son temps. Non pas pour faire le fanfaron, mais pour que chacun puisse songer avec calme à ce qui se dit.

Ce qui n'empêche pas les impatients. Comme ce piqueur de la fosse 4 qui s'agace :

— Et alors, la remonte, il l'a décidée, ton ingénieur, oui ou foutre ?

Un vieux raccommodeux qui se tient à ses côtés fait la réplique avec autorité :

— Laisse causer Ricq et tu sauras.

Ricq leur adresse une grimace, lisse sa moustache et affronte la salle de ses yeux gris.

— Leclerc m'a dit : « Vous avez raison, Simon. Il

est plus sage de faire remonter les hommes. » Pousse-Cailloux a tiré la gueule. « Monsieur l'ingénieur, on pourrait forcer l'air avec des cloisons nouvelles jusqu'au beurtiat de retour, de sorte qu'il tire les fumées. » Leclerc a répondu : « C'est ce que vous allez faire, Salliez. Et vous allez aussi me cloisonner les écuries et toutes les arrivées de Cécile sur la bowette. Mais les hommes qui ne travailleront pas à la maçonnerie ne doivent pas rester au fond. C'est dangereux. » Alors Pousse-Cailloux, qui pensait aux jetons de taille qui allaient lui passer sous le nez, lui a répliqué : « La remonte, c'est l'ingénieur principal Stévenard qui la décide, pas vrai ? C'est à lui de me donner l'ordre. »

Ricq laisse passer les grognements et reprend :

— Leclerc est un jeunot, mais pas un corniaud. Il s'est pas agacé. Il a même rigolé et a lancé à Pousse-Cailloux : « D'accord, c'est à Stévenard de décider de la remonte. Mais moi, je n'ai pas besoin de l'ingénieur principal pour savoir que vous n'avez pas grand-chose dans la cervelle, monsieur le chef porion. » Ça lui a pas plu, au grand Salliez.

Ricq profite des rires et des commentaires pour achever sa chopine.

— On est remontés tous les deux, l'ingénieur et moi. Depuis le moulinage, Leclerc a appelé le principal Stévenard au téléphone. Réponse : non.

Brouhaha, gueulements et gros mots.

— Pas de remonte pour quelques fumées.

Ricq laisse passer la vague de colère. Il achève sa chopine avec douceur, la repose sur le comptoir.

Aux aguets, le patron de l'estaminet l'échange aussitôt pour un petit verre de genièvre. Ricq l'ignore, lève la main pour réclamer l'attention.

— Voilà ce que je dis : demain matin, je vais voir

l'ingénieur en chef, M. Barcant, et je demande à nouveau la remonte. Leclerc a promis de me soutenir.

Ça râle sec. Ricq est un naïf. Il se fait avoir. Leclerc est une plume, un connard d'ingénieur comme tous les autres. Il se défilera. Sa paie, c'est la Compagnie, c'est pas demain qu'il ira contre.

D'une phrase à l'autre on s'énerve un peu plus, avec des mots de moins en moins gentils.

Ricq pousse une gueulante pour obtenir de l'attention.

— Et d'un : s'il y en a qui me croient naïf, c'est qu'ils ont la cervelle qu'est restée en bas de la fosse ! De deux : s'il en est qui ne veulent pas dévaler cette nuit, ils se font porter malades et moi, je les inscris au registre.

— Tu paies aussi les amendes ?

— Il y a pas d'amende. Tu dévales pas, t'as pas de paie, point. Les amendes, c'est pour ton charbon sale et tes conneries dans le boisage. Donc voilà ce que je dis : si vous voulez pas dévaler, vous dévalez pas. Le feu ne va pas s'éteindre par miracle. Demain, il sera peut-être même plus fort et il y aura encore plus de fumées malgré les maçonneries. J'irai demander la remonte. La Compagnie devra bien se rendre compte qu'on peut pas travailler sainement.

— Si l'ingénieur en chef refuse ?

— Je préviens illico tout le monde dans la fosse et on décidera.

— On décidera quoi ?

— La grève, camarade !

C'est le Moineau qui a répondu à la place de Ricq. Et qui répète, bien fort, prenant la salle à témoin, provocateur comme il aime l'être :

— La grève, pas vrai ? Qu'est-ce que tu pourras décider d'autre, Ricq ?

— La grève, c'est pas une chose qu'on décide comme ça. C'est au syndicat de le demander. Moi, je suis le délégué mineur, pas patron de syndicat.

— Ben ça s'entend, t'as raison.

Le Moineau rigole, l'œil sérieux et méchant. Il se tourne vers sa clientèle, cabotin :

— Ça tombe bien : Broutchoux, du Jeune Syndicat, sera là demain à midi. Lui, il vous dira ce que vous pouvez faire si la Compagnie s'obstine.

C'est reparti pour des gueulantes. Des mots de travers, de l'énervement que les chopines coupées de genièvre ne vont pas calmer de sitôt. Le regard brillant du Moineau croise celui de Ricq.

— Quel fouteux de merde tu es, Moineau !

— Et toi le meilleur gars du monde, Ricq. Mais trop clément avec les puissants. On dirait que tu les aimes.

— Fais pas le singe, Moineau, ou ça va me fâcher pour de bon. Ôte-moi plutôt d'un doute : le Broutchoux, c'est toi qui l'as prévenu ? Il sera pas ici demain par hasard.

— Le feu dans le fond, avec tous les camarades autour, et toi qui obtiens pas de remonte… La Compagnie qui est prête à sacrifier des vies d'ouvriers pour pas gâcher ses profits, tu trouves pas que c'est une raison suffisante pour informer le syndicat ?

— Ouais, remarque calmement Ricq. Sauf que c'est pas Basly et ceux du Vieux Syndicat que tu informes. C'est ce fouteux de merde de Broutchoux.

— Eh ben, se marre le Moineau en filant cueillir des chopines déjà vides, te gêne pas. Appelle Basly. On verra s'il est capable de bouger son cul de bourgeois avant que le feu lui brûle le froc.

## 20 h 30
## Lens
## Rue Saint-Servais

Cela lui a pris un peu de temps pour réchauffer le réservoir d'eau chaude. La pipelette avait raison. L'eau a eu tout le temps de refroidir.

L'oreille aux aguets, soucieux de la présence d'Héloïse de l'autre côté de la porte, il n'a pas eu cependant la patience d'attendre la bonne température. Il s'est enfoncé dans une baignoire de zinc d'eau tiède. Maintenant, il se frictionne, se demande comment il doit s'habiller.

Et surtout ce qu'il doit faire quand il le sera. Aucun manuel ne vous apprend à vous conduire en gentleman avec une femme qui vous attend dans votre chambre où pas un meuble ne vaut le prix de ses bottines !

Mais il a tort de se poser ces questions. Comme pour le reste, Héloïse Brouty-Desmond détient les réponses.

Elle entre dans le cabinet de toilette en déclarant :

— On m'a raconté que les épouses des mineurs lavaient elles-mêmes leurs maris. Est-ce vrai ?

Elle n'est plus vêtue que d'un corset à rubans bleus et rouge sang. Ses bas cessent à mi-cuisses, laissent deviner une chair ferme et des hanches plus rondes qu'il ne l'avait imaginé.

Il est pétrifié d'embarras.

Elle pourrait se moquer mais préfère glisser ses

paumes délicates sur les épaules de Gabriel, y dessinant des arabesques de savon. La pointe de son index remonte sur la nuque de Gabriel qui frissonne, ne sait pas quoi faire de ses propres mains ni de son sexe tout à fait visible.

Il trouve le moyen de dire sottement :

— Les mineurs aiment être propres. Les femmes passent leur vie à tout laver : les hommes, les fils, les vêtements, les intérieurs. Oui, ils sortent noirs de la fosse et ce sont les gens les plus propres du monde…

Trop de mots. Et d'une voix si râpeuse qu'elle paraît charrier toute la poussière de la mine. Héloïse grimace :

— Je ne crois pas que j'aimerais ça, laver tous les jours un homme sale.

Après quoi elle trempe sa main dans l'eau et grimace plus encore :

— Mais c'est froid ! Sors donc de là.

Bien sûr, il ne bouge pas. Ne parvient pas même à s'imaginer debout, ruisselant et nu. Des manières de puceau. Cette fois, elle se moque, roucoule, lui caresse la poitrine.

— J'ai déjà vu des hommes nus, sais-tu ? Et je ne fais pas partie de la Ligue des bonnes mœurs du sénateur Béranger. Et j'aime faire ça en pleine lumière. L'électricité est une invention merveilleuse mais, puisque tu n'as que le gaz, je me satisferai du gaz. Je vous choque, monsieur l'ingénieur ?

Certainement, mais Gabriel ne le lui dira pas. Il est plus encore furieux contre la maladresse de ses émotions, son manque d'à-propos et de désinvolture. Héloïse Brouty-Desmond prend son silence pour ce qu'il est. Elle se tourne.

— Veux-tu bien délacer mon corset ?

Sa peau est laiteuse, un peu épaisse. Les liens serrés des tissus y ont imprimé des marques que l'éclairage tend à amplifier. Elle est aussi parcourue de petits grains de beauté.

Deux se détachent, presque de la taille d'un grain de raisin. L'un sous le sein gauche, l'autre à l'aine, tout près de la toison blonde et transparente de son sexe. Lorsqu'il y pose ses lèvres, Gabriel a la curieuse sensation de baiser un ciel blanc semé d'une constellation d'étoiles noires.

Étrangement, nue, Héloïse n'arbore plus autant d'arrogance.

Bien qu'elle se montre vite plus experte que lui. Elle sait comment conduire son plaisir. Cette fois, il a l'intelligence de ne pas s'en offusquer.

Hélas ! oublier que cette femme au corps gourmand et sûr qui écrase ses seins contre ses lèvres est Héloïse Brouty-Desmond, voilà une autre affaire. Peut-être y parvient-il un peu, lorsqu'elle agrandit son regard au rythme du plaisir, et qu'il l'emporte le temps d'un éclair dans son insouciance.

Plus tard, elle remarque :

— Tu es tendre. C'est bien. Tu ne peux pas savoir comme les hommes peuvent être désagréables quand ce n'est pas eux qui mènent la danse.

Elle lui fait face pour la première fois depuis qu'elle a joui. Elle ausculte son visage, effleure avec tendresse ses lèvres, la courbure de son nez.

— Ne crois pas que tu ne la mènes pas comme il faut. Au contraire. Mais tu es un doux. C'est rare. Les hommes croient toujours qu'une femme comme moi a besoin de…

D'un geste, elle laisse en suspens l'évocation de ce que peut être le besoin d'une femme comme elle.

Il devrait être flatté. Il l'est. Un peu. Mais offusqué, tout autant. Qu'il ne soit, auprès de ce corps qu'il vient d'embrasser, qu'un homme dans une suite d'hommes, une manière parmi une quantité d'autres qui pourraient bien ressembler à un catalogue, il s'en doute. Sans aucune envie qu'on lui mette les points sur les i.

Cela doit se voir. Ou elle sait vraiment lire à travers les os de son crâne.

— Sois sans crainte. Il n'y en a pas eu tant que ça. Je suis beaucoup moins abominable que je veux le faire croire.

Il ment :

— Je n'y songeais pas ainsi.

— Mais si.

Elle l'embrasse, le câline. Il se laisse faire, répond de son mieux. Sans l'enchantement d'un sentiment qui effacerait la gêne naissante. Car il trouve soudain ces baisers sans amour tout à fait incongrus tandis que le rattrape, contre sa volonté, la pensée du feu, là-bas, dans la fosse 3.

Cela aussi, l'experte en hommes le devine.

— Allons, ne sois pas susceptible !

— Je pensais à tout autre chose…

— Et peut-on savoir ?

— Au feu. Le feu a pris dans la fosse dont je suis responsable.

Elle pousse un « Oh ! » gourmand, s'assoit, repousse sur une épaule ses cheveux qu'aucun chignon ne retient plus.

— En voilà une histoire…

Elle emprisonne la main de Gabriel, la presse contre la chaleur de son ventre.

— Raconte, s'il te plaît. Raconte-moi.

— Ça va vous…

— Finis-en avec tes « vous ». Raconte.

Alors il raconte.

Elle écoute, parfaite d'attention. Cette fois, pour de bon, il oublie enfin la fille Brouty-Desmond.

Quand il se tait, elle demande :

— C'est dangereux ?

Il hésite, fait l'ingénieur :

— Ce n'est pas anodin. Les fumées, les vapeurs, les gaz… Cela peut être mortel. Dans certaines circonstances. Et si on n'y prend pas garde. Mais le plus à craindre, c'est que le feu se transmette aux veines de houille.

— Pourquoi ne noyez-vous pas votre feu sous l'eau ? N'est-ce pas ainsi qu'on éteint un incendie ?

Il rit :

— On le pourrait.

— Alors ?

— Alors, ce serait noyer la mine et la rendre inexploitable pour longtemps.

— Oh ! je vois… Et l'explosion ? Cela ne risque pas ? Ce grisou qui fait si peur. Il y en a toujours plein les journaux.

Il sourit, heureux de la voir naïve.

— Le grisou, c'est autre chose. Rien à voir avec le feu. C'est un mélange de gaz : du méthane surtout, un peu d'anhydride carbonique et une partie d'azote. S'il s'y ajoute de l'air, disons, 5 ou 6 % d'air… Boum !

— Tu veux dire, sans même le feu ?

— Une étincelle peut suffire. Nul besoin d'un feu.

— Quelle horreur !

Elle se laisse aller à la renverse. Elle est déjà rassasiée par le sujet. Elle s'étire. Les étoiles noires de sa peau nue brillent, offertes. Elle est prise soudain d'un fou rire. Elle dit :

— Mon pauvre garçon ! Tu n'as pas de chance.

Il ne sait ce qu'elle veut dire ni quelle tête faire. Elle rit plus fort, railleuse, un peu vulgaire soudain.

— Qu'y a-t-il de si drôle ?

— Toi qui as un feu dans ta mine et moi qui suis là, toute brûlante pour toi… Comment vas-tu faire ?

# 4.

# VENDREDI 9 MARS 1906

## 4 h 40
## Méricourt-Corons

Quand Marthe Pruvost remonte dans la chambre, elle trouve la fenêtre grande ouverte et son Charles penché sur le froid de la nuit.

— Es-tu devenu fou ?

Elle l'empoigne sans ménagement, referme la fenêtre, pousse son homme dans le lit.

— Ça te suffit pas de cracher le charbon ? Tu veux te tuer ?

— Je voulais voir si Anselme partait à l'heure.

— Bien sûr qu'il est à l'heure. Avec tout ce qui faut. J'ai mis une tartine de plus dans son *briquet**, vu que je l'économise sur ton compte.

Elle dit ça en souriant. Même dans le noir, il sait qu'elle lui sourit avec toute la bonté du monde.

— Je dis pas que tu fais pas ce qu'il faut, Marthe.

— Alors reste au lit et soigne-toi.

— L'air frais m'a fait du bien.

— Alors va donc courir tout nu dehors.

— Ça me chagrine de pas dévaler. Ça m'empêche de dormir.

— T'es bête. C'est rien qu'un jour sans. Pas le premier et pas le dernier.

— Un jour sans, c'est un jour sans.

— Tais tes âneries, Charles Pruvost. Si tu prends pas

le temps de te refaire le souffle, ça fera beaucoup de jours sans.

— Je vais mieux. Trois ou quatre heures que j'ai pas toussé ou étouffé.

— Ça te manque déjà ? J'ai pas encore lavé les mouchoirs que tu as noircis hier soir. Tu veux que je te les apporte pour te faire souvenir ?

Il rigole un peu. Pas trop, pour pas chatouiller la toux. Il cherche la main de Marthe, la force à s'asseoir sur son côté du lit. Il propose gentiment :

— Tu peux te recoucher jusqu'au jour, puisque je suis là.

— Ah bon ? Voilà maintenant que t'es assez vaillant pour tenir une femme au lit ?

— Eh… Faudrait essayer pour voir.

C'est elle qui glousse.

— Ben, sans t'offenser, mon Charles, c'est pas le meilleur moment pour se faire des preuves.

Cependant elle s'allonge près de lui. Se glisse en chemise sous les draps, le réchauffe de son vaste corps durci par les mille tâches des jours et qui semble indestructible.

— Ferme les yeux et laisse-toi dormir, dit-elle en lui passant la main sur le front comme à un enfant.

Il se tait un instant.

Mais Charles ne peut pas tenir dans le silence.

— Que notre Anselme dévale et que moi je sois là dans le lit, ça me plaît pas.

— Il devient un homme, Anselme. Il s'y fera.

— Rien que des foutaises. Seize ans. C'est pas demain qu'il sera un homme. Et aujourd'hui, il y a le feu en bas.

— Qu'est-ce qu'il y a, Pruvost ? Tu veux que je me ronge de crainte ou quoi ?

Le ton de Marthe est tout proche de la colère. Charles soupire. Elle reprend, en douceur :

— Je sais. Tout le monde en cause. On dit que Ricq se bat avec les ingénieurs. Peut-être qu'ils dévaleront pas ?

Charles grogne, la tête raidie contre l'oreiller, les yeux bien ouverts. Il ne cherche pas à protester. Marthe en sait aussi long que lui sur le peu de chances que les ingénieurs écoutent un délégué mineur.

Au bout d'un moment, serrant fort la main de Marthe il dit :

— La vérité, c'est que j'ai un mauvais sentiment.

— Tu as de la fièvre et le besoin de dormir.

— Ne me démets pas les mots, Marthe. J'ai un mauvais sentiment.

— D'accord. Cause donc, si ça te fait du bien.

— D'abord, ça me plaît pas d'être au lit quand les autres sont au fond.

— Tu l'as dit.

— Pas seulement Anselme. Les frères Lecœuvre aussi. Ils travaillent dur sur la Joséphine. C'est le plus beau chantier qu'on ait dans la fosse 3. Que je sois pas là, ça les ralentit. Je le sais bien.

— Combien de fois faudra-t-il te le répéter ? Tu craches le noir à revendre des encriers ! Qu'est-ce que tu veux que les Lecœuvre fassent de toi ?

— Je veux pas qu'ils croient que je me défile à cause du feu. Y en a qui sont remontés aujourd'hui en disant qu'ils allaient se faire porter malades.

— C'est bien ce que je dis : tu raisonnes autant qu'une poule sans tête. Comme si un seul gars de la fosse doutait de Charles Pruvost !

— Les avis, c'est fait pour changer.

— Faut avoir la fièvre dans la cervelle pour dire des choses pareilles.

Ils se taisent, soudés l'un à l'autre, comme s'ils ne possédaient qu'un seul cœur pour eux deux.

— Il y a autre chose, Marthe.

— Dis.

— Ce feu me plaît pas. Je sais bien que c'est pas le premier feu qu'on a. Mais j'y ai songé et resongé ici, couché dans ce lit. Celui-là, c'est un mauvais feu. Demande pas pourquoi, je le sais de l'intérieur. Je veux pas laisser notre Anselme là-dedans sans que j'y sois moi aussi.

Marthe soupire. Elle exagère son souffle pour ne pas montrer qu'en vérité, à elle non plus, rien de tout ça ne lui plaît. Surtout que son homme, le meilleur et le plus solide des mineurs du coron, ait peur d'une fumée et plus encore de ses propres songeries. Cela lui en fiche un coup. Mais elle se ferait couper en quatre plutôt que de laisser Charles le deviner.

— C'est un mauvais sentiment, marmonne-t-il encore. Et je l'aurai tant que je serai dehors. Une fois dans la fosse, je sais quoi faire. Ça passe. Faut pas m'empêcher.

Elle a compris. Elle attire la main de Charles sur sa poitrine et la caresse doucement.

— C'est de tousser comme un pendu qui va pas te passer, mon Charles.

À son ton, lui aussi a compris. Marthe le laissera dévaler demain. Il en rigolerait de soulagement.

— J'ai toute la journée pour cracher, se vante-t-il en se tournant pour la prendre dans ses bras. Et peut-être bien que c'est pas un si mauvais moment pour se faire des preuves.

*Vendredi*

## 8 heures
## Fosse 3
## Salle des cartes

— Par ici, Leclerc, venez donc !

L'ingénieur principal Stévenard. Un homme plus sec que maigre, ce qui le fait paraître plus âgé que ses quarante ans. Les cheveux drus et gris, coupés court sur une calvitie naissante. Le front impérieux, la minceur de sa bouche accentuent la dureté de ses traits. Il est toujours vêtu de noir et tient à avoir des manières d'homme du monde. Sa grande fantaisie est de porter une barbiche à la mode du siècle passé, plutôt que la moustache comme tout le monde.

Il est de ces hommes qui arborent, jusque dans le pli de leurs manchettes, un plaisir considérable à être des chefs. Et dans l'instant, il a le sourire d'un général devant la victoire.

À son côté se tient le chef géomètre Storet. Un homme placide et savant s'il en est, qui passe sa vie incliné sur des cartes, dans cette vaste salle aux murs recouverts par les bibliothèques à tiroirs, contenant les atlas des étages et des voies de la mine, fosse par fosse, taille après taille depuis l'origine de la concession.

Il relève à peine la tête pour saluer. Stévenard, l'œil brillant, toise Gabriel qui achève d'enfiler son sarrau de toile cirée.

— Vous vous apprêtiez à descendre, je vois. Vous

pouvez vous épargner cette peine. Il n'y a pas une demi-heure que je suis remonté.

Son regard glisse vers la grande horloge au haut du mur.

— Vous êtes moins matinal que d'ordinaire, Leclerc...

Gabriel est sur le point de livrer l'excuse qu'il a toute prête. La mine goguenarde de l'ingénieur principal l'en dissuade. C'est inutile. De toute évidence, Stévenard sait ce que l'ingénieur en chef Barcant sait, c'est-à-dire le télégramme d'Héloïse Brouty-Desmond. Cela crève les yeux.

Stévenard dit :

— Vous avez manqué une scène intéressante. Le délégué mineur Simon a cherché à convaincre M. Barcant que j'avais tort de refuser la remonte des ouvriers du 326 sur les chantiers de Cécile. Il avait l'air de compter sur votre présence, soit dit en passant. Il nous a fait un grand numéro. À ses yeux, nous sommes des assassins en puissance. Tout juste s'il ne nous a pas expliqué comment on devrait conduire la mine. L'ingénieur en chef l'a écouté deux minutes et lui a répondu : « Ici, il n'y a qu'une personne qui commande, Simon. C'est moi. Si vous voulez discuter plus longtemps mes ordres, devenez ingénieur et on reparlera. »

Stévenard en rit encore. Gabriel ne rit pas. Il s'est même transformé en statue de glace.

— Je suis ingénieur, monsieur, et je ne pense pas que Simon se trompe beaucoup. Il n'a pas la manière de dire les choses, mais il n'est pas sot et il a l'expérience de ce genre de situation.

Stévenard hausse les épaules.

— C'est justement parce que vous n'avez pas encore beaucoup d'expérience vous-même que vous réfléchissez ainsi, Leclerc. Il n'y a aucune raison pour ordonner la remonte. Comme je vous l'ai dit : je viens de faire une inspection à l'étage 280. Tout va pour le mieux. Grâce à vous-même, le feu est encerclé. Et nous venons de regarder les cartes afin de nous assurer des circulations et des retours d'air pour accélérer l'évacuation des fumées. N'est-ce pas, Storet ?

Stévenard se tourne vers le géomètre, quêtant son approbation. Storet, qui s'était fait jusque-là aussi discret qu'un papillon, se contente d'une moue prudente.

— Sur le papier, les retours d'air sont correctement alignés. Savoir si en bas les galeries sont bien dégagées pour entretenir un bon aérage, ce n'est pas de mon ressort…

— Vous permettez ? le coupe Gabriel.

Il retire la carte de l'étage 326 du fatras empilé sur la table. Son index pointe le lieu d'origine de l'incendie, proche de la bowette et de l'accrochage de la fosse 3, avant de suivre la ligne courbe de la veine en direction de la fosse 4.

— Voilà ce qui m'inquiète, monsieur. Nous forçons l'aérage pour évacuer les fumées. Il le faut bien. Mais cela pourrait aussi attiser le feu et le conduire par ici, vers l'épaisseur de la veine Cécile qui rejoint la fosse 4…

— Allons donc, vous déraisonnez ! Il faudrait que la veine soit prise pour en arriver là.

— Précisément, monsieur, insiste Gabriel en ayant soin de ne pas noter le sarcasme dans la voix de Stévenard. Ici, au sud-ouest de l'étage 326, les chantiers sont tout proches des vieilles tailles. Le retour d'air principal vient de la fosse 4, par ces buses et ces contre-voies. Cela revient à souffler sur les braises.

— Comme vous y allez, Leclerc !

Stévenard se veut goguenard. Il y a un doute dans son regard. Il se tourne vers Storet, qui se garde de commenter.

— Hier, il y avait des traces de fumée en direction de la fosse 4, s'obstine Gabriel avec un peu de véhémence.

— Des traces de fumée ! Et pourquoi pas un fumet de fumée ? Je vous en prie, Leclerc. Contenez-vous et n'allez pas mettre cette idée dans la tête des délégués. Ils ont déjà assez d'imagination sans que vous la nourrissiez de la vôtre.

— Ce n'est pas de l'imagination, monsieur. L'expérience nous enseigne…

— Votre expérience ne m'enseigne rien, monsieur Leclerc.

La voix est cinglante. Storet a baissé les yeux depuis un instant. Gabriel se ferait hacher menu plutôt que de baisser les siens. La fureur de Stévenard le vieillit plus encore que son sérieux.

— Cela suffit, maintenant. Inutile d'ergoter : il n'y aura pas de remonte.

*Vendredi*

## 11 heures
## Méricourt-Corons
## Le 5 Coups

— Moi, je dis que t'as tort de pousser le Broutchoux dans nos pattes.

Le Moineau rigole et cligne des yeux.

— C'est parce que t'es vieux, Rabisto. T'es plus en état de te fâcher comme un jeune. T'as les pattes lourdes comme celles de tes bidets. Tu cherches le compromis. Les compromis, ça mène toujours dans la poche des patrons.

Rabisto connaît le Moineau. Il sait par cœur son goût de la provocation. Il devrait pas, mais quand même. Ça le fout en rogne d'entendre ça. Il frappe le comptoir de son bol de café.

— Tu dis que des conneries. D'accord, je suis vieux. Ça m'a donné le temps d'apprendre des bricoles. Ton Broutchoux et ton Jeune Syndicat, c'est des fouteux de merde. Des forts en gueule, ça oui. Mais qu'est-ce qu'ils font pour améliorer la vie de l'ouvrier ? Rien. Foutre la bagarre et nous foutre dans la merde. Voilà ce qu'ils font. Oh ! sûr qu'ils nous poussent pas dans la poche des patrons. Mais encore plus sûr qu'ils poussent pas les patrons à sortir la monnaie de leurs poches !

— C'est aussi l'avis de Ricq, intervient Lido le Belge avec calme et l'espoir d'éteindre là la dispute naissante qui attire l'attention des clients.

— Ah ça, Ricq ! grince le Moineau.

— Quoi : « ça Ricq » ? gronde Rabisto.

— Il s'est fait avoir. Il a fait confiance. Son ingénieur, soi-disant qu'il était pas comme les autres. Il a vu. Pas de remonte. Les camarades sont dans la fumée comme hier. Et demain, ça sera pareil, pas vrai ?

— Ça c'est sûr, Rabisto, fait un jeune type qui en est déjà à sa seconde chopine. Tu peux pas dire le contraire. Il s'est fait rouler, Ricq.

Le reste de la salle approuve. Le silence qui vient souligne la victoire du Moineau. Il la savoure en essuyant le comptoir d'un geste de seigneur. Et quand sa main vient devant Rabisto, il s'incline et pousse son avantage :

— Que tu le veuilles ou non, Rabisto, sans le syndicat, il se passera rien. Ils vous feront dévaler même si le feu doit vous rôtir les couilles.

Rabisto prend son temps. Il ne veut pas se remettre en colère. Le Moineau sait trop bien utiliser les disputes.

— Cette nuit, dit-il placidement, j'ai arpenté quasi tout l'étage de 280 avec mon 'Variste. Il y a plus de fumée. Pas de mauvais gaz, rien.

— Qu'est-ce que tu veux dire ?

— Ce que je dis. Évariste a pas senti de mauvais gaz, moi non plus.

Le Moineau écarquille les yeux, narquois.

— Parce que maintenant tu te fies à ton bidet ?

Ah ! comme il sait y faire, songe Rabisto, sans pouvoir contrôler la fureur qui lui prend de nouveau les tempes.

— Ben oui, mon gars. Je fais confiance à mon bidet. Et pas qu'un peu. Là en bas, les chevaux, ils sentent un pet de souris que tu renifleras jamais avec ton sale groin. Le 'Variste, l'autre soir, il a senti la fumée avant moi. Le puteux, le grisou, il les sentirait aussi bien. Faut pas les mépriser, les bidets. Ils vivent là-dessous des dix, quinze ans de file sans mettre un naseau au jour. Ils en savent un bout sur le fond.

— Et alors ? Tu veux nous annoncer que le feu est éteint ?

— Non. Je dis que l'aérage fonctionne bien, et qu'on risque moins de s'asphyxier. C'est tout.

— Ah ! voilà... Les ingénieurs ont raison ! La remonte est inutile.

— Je dis juste ce qui est, crénom de Dieu ! explose Rabisto. Pas plus. On s'asphyxie pas comme hier. Et je dis que c'est pas parce que ton Broutchoux va venir pérorer dans notre coron que ça va éteindre le feu. Faut laisser Ricq faire ce qu'il a à faire. Faut lui faire confiance.

Le Moineau prend les autres à témoin, agitant son torchon du bout des doigts, et s'apprête à répondre, mais Lido lui saisit le bras.

— Laisse, ça suffit ! C'est pas non plus en se bouffant le nez que le feu s'éteindra. On le sait, que tu causes bien, Moineau, et que tu leur en veux de t'avoir mis au jour une bonne fois pour toutes.

Le Moineau est surpris. Lido a dit cela en toute simplicité, sans reproche. Avec une fraternelle compréhension. Si bien qu'autour, tout le monde approuve.

— Je dis pas que tu dis faux, ajoute Lido, conciliant. Mais Rabisto aussi sait de quoi il cause.

— Ben, réplique le Moineau avec pour une fois un peu d'embarras, voilà que notre Belge fait le Normand !

Ça rigole. Un peu. Pas trop. Avec gêne devant la trogne exaspérée de Rabisto, qui est un vieux que l'on respecte. Jusqu'à ce qu'un jeune hercheur * glousse :

— Lido, il s'en fiche, du feu de Cécile. Il a celui de

l'Éliette Gosselin dans son lit tous les soirs. Il est accoutumé !

Cette fois, le rire fait trembler les vitres de l'estaminet. Lido est rouge de honte, bien près de céder à son tour à la colère. Jusqu'à ce qu'il devine les larmes de rire dans les yeux de Rabisto. Et l'envie bien plus que la moquerie dans les yeux des camarades. Alors il se met à rigoler comme les autres.

*Vendredi*

## 12 heures
## Fosse 3, étage – 280
## Voie Lecœuvre

La Sullivan mord dans la houille avec aisance. S'il n'était pas dans une position aussi inconfortable, Henri Lecœuvre en crierait de plaisir. Mais il est coincé sous une voûte de houille à peine assez haute pour lui et la machine.

Les bras tendus, roulé sur le côté, il pousse les guidons de la haveuse. Le choc des roues d'entraînement, de la chaîne et des crocs d'acier résonne aussi fort dans la voie que dans sa tête. La poussière devient si épaisse qu'elle semble éteindre les lampes autour de lui. Les brisures de houille lui criblent le visage et la poitrine.

Henri ferme les yeux, continue à pousser la Sullivan. Ses bras vibrent comme si l'air comprimé les traversait. Il devine la pénétration du pic dans le charbon. La machine dévore la houille à la manière d'un animal affamé. L'excitation le gagne. Une envie de férocité, de bagarre. Il s'imagine lutter contre une bête vivante qu'il serait sur le point d'abattre.

Cela lui donne plus de force encore. Bandant ses muscles, la nuque aussi dure qu'un bois d'étai, il rugit, la gueule si grande ouverte que des fragments de charbon giclent jusque dans sa gorge.

Il manque de s'étouffer, relâche d'un coup le guidon de la Sullivan, crachant et pestant. Il avale ce qu'il ne peut recracher. Le sifflement aigu de l'air comprimé à travers la machine lui vrille les tympans. Le tuyau de caoutchouc bat contre son flanc comme un boa.

Les yeux toujours clos, des deux mains Henri retire la goupille de sécurité sur le carter de la Sullivan. La soupape de purge s'ouvre, propulse un gros crachat de poussière. Se contorsionnant, Henri place son visage en face du jet d'air, la bouche grande ouverte.

C'est d'un goût immonde, caoutchouteux. C'est bien trop violent pour être respirable. Mais au moins cela repousse les éclats et la poussière.

D'un coup le jet s'amenuise, cesse dans un soupir.

— T'es devenu raide dingue ?

Arthur. C'est lui qui a fermé la vanne de l'air comprimé à la pipe du collecteur.

Henri rouvre les yeux. La poussière est encore trop dense pour y voir. Il gueule :

— Je l'ai eue. Et bien eue ! Bon Dieu ! Zef, tire-moi de là-dessous !

— Pas la peine de brailler, fait la voix de Joseph toute proche. Je suis là…

Il empoigne le bâti de bois sur lequel Henri est couché, et le tire à petits coups en grognant :

— Tu devrais me laisser faire. Quand c'est si étroit, je passe mieux.

— La machine est trop grosse pour toi, mon p'tit gars.

— C'est ta tête qui est grosse. Tu veux faire le malin, c'est tout, réplique Joseph, qui tire plus violemment.

Un peu trop. Henri cogne contre la voûte de charbon. Son casque bascule et tombe dans la poussière.

— Crénom de couillon de gamin ! aboie Arthur dans son dos.

Joseph ramasse le casque en marmonnant une protestation, tandis qu'Henri en roulant sur lui-même se dégage du reste de voûte.

— C'est rien, Arthur. Ma lampe était déjà éteinte. J'ai soufflé la flamme avec l'air comprimé, tout à l'heure.

Arthur et Joseph sont en pantalon mais lui, à l'exception d'un linge autour de la taille et de son béguin sur le crâne, il est nu. Ses dents font briller le bonheur dans sa face de moricaud.

— Bon sang, elle est grasse comme pas possible. De la toute belle. On va se remplir des berlines à gogo, les frangins !

Arthur s'accroupit sans cesser de le regarder de travers. Il lui tend la gourde de café.

— J'aime pas quand tu fais le mariole comme ça. Si la machine t'échappe, elle te réduit en bouillie.

— Elle m'échappe pas, lance Henri entre deux gorgées. Fais pas la grimace : c'est la plus belle havée que j'aie faite à ce jour !

La poussière qui retombe lentement, le halo des lampes redonnent du relief à la pénombre.

Le pilier découpé ce matin doit dépasser les trois tonnes. La coupe des côtés est nette et régulière. Pour éviter trop de perte de menu produite par la haveuse, Henri a taillé la base du pilier aussi bas que possible, ne laissant que le nécessaire et le suffisant pour placer les charges d'explosif.

— T'as trois trous pour les Favier. Je te le dis : on est riches. Pour une belle remonte, ça va être une belle remonte. Peut-être six berlines rien que pour aujourd'hui.

Mais, une fois encore, Arthur demeure imperméable à la joie d'Henri.

— Il y a rien qui lui plaît aujourd'hui, ronchonne Joseph qui s'est accroupi à côté d'eux et boit dans la gourde de son frère. Il est toujours à reprocher quelque chose.

Henri lui répond d'une tape sur la nuque.

Arthur lâche enfin :

— Pélabon est toujours pas venu contrôler la voie nouvelle.

— C'est donc ça qui te gâche le plaisir !

Henri se redresse, trouve son pantalon et l'enfile. Il rallume son astiquette et remet son casque.

— T'as tort de craindre comme ça, mais je vais voir si je le trouve dans la bowette. Ça me dégourdira les jambes. Profites-en pour placer les charges.

Avant que la lampe d'Henri disparaisse dans l'obscurité, Arthur retire son casque. La tête seulement protégée par son béguin pour plus de commodité, il se glisse à son tour dans la taille. Il lui faut se couler à plat ventre, ramper dans la poussière, tirant et poussant à son côté le sac contenant les explosifs.

Avec agilité, Joseph le rejoint. Il dispose deux lampes dont les verres de sécurité leur chauffent le visage. Il se retire aussitôt, revient en poussant devant lui un panier de sable et de glaise humide.

Soigneux, lent, Arthur commence à colmater une partie du trou de mine avec la terre mélangée de sable que lui prépare Joseph. Les côtes et les coudes meurtris par les éclats de houille dispersés par la Sullivan, Joseph se contorsionne, fait tomber l'une des lampes. Le verre, tout brûlant, rebondit contre le bâton de Favier qu'Arthur tient devant lui.

D'un coup de poing, Arthur repousse la lampe en grondant :

— Crénom de Dieu, tu veux nous foutre en l'air ?

— J'ai pas fait exprès.

— Encore heureux. Donne un peu d'attention au travail.

— Qu'est-ce t'as donc aujourd'hui ? Tu te fiches en rogne dès qu'on respire.

Le cadet des Lecœuvre est au bord des larmes.

Arthur ne répond pas. Avec délicatesse, il enfonce la charge dans le mélange qui colmate le trou.

— Hé, s'exclame Joseph, Henri est de retour…

Du fond de la voie, des lampes surgissent du noir, s'approchent en se balançant. Arthur et Joseph ont juste le temps de se retirer de la taille avant qu'Henri annonce :

— Voilà l'homme !

À son côté, la veste bien cintrée malgré la chaleur, le casque vissé sur un béguin sans astiquette, se tient le porion Pélabon. Un jeune porion, blond jusqu'à la moustache, les yeux clairs et tout ronds qui lui donnent l'air un peu naïf. Il tient devant sa poitrine une lampe plus lourde, au verre plus haut, que les lampes ordinaires.

— C'est pas trop tôt. Depuis la pause du briquet qu'on t'attend.

— Qu'est-ce qu'il y a de neuf ? rétorque Pélabon. J'ai contrôlé il y a pas quatre jours.

— Quatre jours, c'est quatre jours, grogne Arthur en l'entraînant. Viens donc.

Comme Henri et Joseph les suivent, il repousse Joseph.

— Toi, tu restes ici.

— Et pourquoi ?

— Parce que je te le dis.

— Ce que tu me dis, ça rentre même pas dans mon froc, grince Joseph.

La protestation est pour la forme. Joseph est trop habitué à l'autorité de son aîné pour la discuter vraiment.

Pélabon lui adresse un clin d'œil complice.

— Qu'est-ce qu'il y a qui te mange l'humeur ?

demande-t-il en suivant Arthur. Henri dit que vous faites une taille de roi…

Arthur se tait. Pélabon, moqueur, échange un regard avec Henri, qui hausse les épaules.

L'un derrière l'autre, ils s'engagent dans le boyau d'aérage qui rejoint la voie parallèle où Charles Pruvost et Henri travaillaient la veille. Dès qu'ils ont passé le vantail d'acier, leurs lampes éclairent des ténèbres qui paraissent étrangement silencieuses.

Évitant avec aisance les rails de roulage, Arthur traverse la voie, va éclairer le mur opposé. Il a été étayé sans être remblayé. Derrière le boisage, la lampe illumine des blocs de grès de la taille d'un homme. Par endroits, ils se brisent et laissent place à des amoncellements de roche et de glaise.

Auscultant chaque amas de roche avec soin, Arthur s'avance jusqu'au front de taille. Là, il tend l'oreille quelques secondes. Comme Pélabon est resté en arrière avec Henri, il demande :

— Ta flamme est haute ?

Pélabon suit la même trajectoire que lui, approchant sa lampe des anfractuosités de la roche. Henri et lui surveillent la flamme derrière le gros verre grillagé.

— Elle bouge pas. Viens voir toi-même.

— Que non ! Approche donc par ici.

Les deux autres s'approchent, faisant glisser le halo de leur lampe contre les boisages.

— Si tu disais une bonne fois ce qui va pas ? demande gentiment Henri à son frère.

— J'ai que j'ai pas un bon sentiment, grogne Arthur en se passant la main sur les paupières. Et pas que le sentiment : depuis ce matin, j'ai la barre sur les yeux.

— Tu te montes pas un peu le bourrichon ? fait Pélabon. S'il y avait du grisou ici, Henri et ton Zef le sentiraient aussi.

— Je me connais. Quand j'ai la barre sur le front et les paupières qui pèsent, je sais ce que ça veut dire.

Les autres aussi le savent et n'osent protester.

Arthur montre les parois de rondin et, derrière, le chaos de roches à peine visibles.

— Ça, c'est la Connétable. Et dans ces fenderies, il y en a déjà eu, du grisou. Pas vrai, Pélabon ?

— Les vieux le disent. Mais bon, on va voir, puisqu'on est là pour ça...

— Lève la lampe, ordonne Arthur. Faut qu'elle soit vers le toit. Le gaz, il reste en l'air, pas au sol.

Sans rechigner, Pélabon soulève la lourde lampe à bout de bras et recommence son manège.

— Moi, je sens rien de rien, proteste Henri avec un soupçon d'agacement.

— Toi, tu recevrais un pet de goret dans le nez que tu sentirais rien, réplique Arthur. Le grisou, tu le sens pas toujours. Je te dis que j'ai un sentiment.

Pélabon pousse la lampe contre le boisage. Change deux ou trois fois d'emplacement. Les trois hommes se taisent, écoutent, surveillent la flamme, qui demeure égale.

Un souffle de grisou mange l'oxygène et la flamme diminue. Parfois, cela fait le bruit d'une respiration, ou d'une source. Ou même un chuintement.

Mais là, soudain, ce sont des criaillements, des couinements aigus qui les font sursauter.

— Nom de Dieu !

Pélabon saute en arrière.

Une demi-douzaine de souris s'agitent sur une arête de roche. Effrayées par la lampe, elles sautent sur le boisage, se réfugient sur le plat d'une roche.

Henri rigole déjà.

— Le voilà, ton grisou !

Pélabon secoue la tête, hilare.

— Crénom de putes, elles m'ont fichu la frousse.

Les couinements énervés redoublent comme il rapproche sa lampe.

— Elles jacassent tant qu'elles peuvent, remarque Henri. Pas assoupies pour un sou.

La troupe des souris fuit la lumière, s'enfile dans une brisure du grès, ressort sur un à-plat, un peu plus bas, à mi-hauteur du boisage.

— Ben, ces souris, elles l'ont pas, ton sentiment, se moque encore Henri en cherchant l'appui de Pélabon.

Mais Pélabon ne répond pas. Les couinements se sont calmés d'un coup. Trois souris s'immobilisent, à demi dressées sur les pattes arrière, le museau levé, à la manière des rats devant un ennemi. Les autres, au contraire, se tassent contre la roche. Immobiles, silencieuses.

— Pourquoi elles bougent plus ? demande Arthur, la voix tendue.

— Va savoir, marmonne Pélabon en approchant encore sa lampe.

Les souris ne bougent pas plus que la flamme. Les yeux bien ouverts et vifs, elles ne fuient plus. Leurs corps vibrent doucement, leurs poils se hérissent. Leurs queues, roses et laides, se courbent lentement, agitées de minuscules tremblements

— Elles se demandent ce qu'elles foutent ici, ricane Henri. Elles réfléchissent.

Les deux autres se taisent.

Et d'un coup, comme sous l'effet d'un signal invisible, les couinements vrillent leurs oreilles, les souris se redressent par petits bonds énervés et disparaissent dans l'ombre de la voie.

Pélabon secoue la tête et baisse sa lampe.

— L'air est bon. On est peut-être contre la Connétable, mais l'air est encore bon.

Henri ne peut retenir une bourrade contre l'épaule de son aîné.

— C'est que tu deviendrais plus délicat que les souris !

Arthur ne répond pas. Il se masse les tempes. Dans sa face sale, le rouge de ses lèvres dessine une moue dure, sévère.

— Bon, admet-il dans un soupir. Si c'est bon, c'est bon. Je voulais m'assurer. On est quand même juste à côté, à tirer des Favier. Ce serait un mauvais coup que ça nous pète dessus.

Pélabon approuve d'un signe.

— Y a pas de mal à vérifier.

Il dirige la lumière de sa lampe vers la buse de métal qui court au sol le long de la paroi et ajoute :

— Faut prendre garde que le retour d'air fonctionne bien. Comme il y a pas de travaux ici, tant que Pruvost est malade, faut pas laisser le mauvais air s'entasser.

Il s'agenouille devant l'orifice de la buse et jette un regard à l'intérieur en s'aidant de sa lampe. Un frisson court sur l'échine d'Henri. Le sac qui contient ses explosifs « de secours » est toujours caché là.

Mais Pélabon se redresse sans avoir rien vu.

— Des fois, la poussière s'entasse, explique-t-il. Le tirage se fait pas bien. Mais c'est bon.

— Bien sûr que c'est bon, renchérit vivement Henri, soulagé.

Quand ils franchissent la porte d'acier qui les reconduit dans la voie principale, Pélabon frappe gentiment l'épaule d'Arthur.

— Pour ce qui est d'apaiser ton sentiment, va falloir que tu réclames une douceur à ta patronne.

## 14 heures
## Bureau du délégué Simon

Gabriel frappe contre le carreau. Le bureau du délégué mineur donne sur le couloir qu'empruntent les ouvriers pour rejoindre la salle des casiers et la lampisterie. Il est peint en rouge vif. Un large vitrage laisse l'intérieur du bureau visible depuis le couloir.

Ricq est assis à sa table, qui ressemble à un grand bureau d'écolier. Trempant sa plume dans un encrier de métal, il écrit avec application.

— Je peux entrer, Simon ?

Ricq lève un regard qui se glace lorsqu'il rencontre celui de Gabriel. Il n'a ni un bonjour ni un geste. Gabriel demeure sur le seuil, laisse le silence s'installer. Ricq finit par grogner :

— On a jamais vu qu'un ingénieur puisse pas entrer où il veut.

— Je suis désolé pour ce matin. J'ai eu… Ça n'a pas été possible que je sois là au dévalement.

Sa voix n'a rien de convaincant. Ricq n'abandonne pas sa froideur, ne desserre pas les mâchoires.

— J'ai vu Stévenard. Il m'a dit, pour votre rencontre avec M. Barcant. Ma présence n'aurait rien changé. Vous le savez bien. Leur opinion était faite.

Cette fois, Ricq pose sa plume. Un geste brutal qui dit sa colère plus que son ton amer.

— Oh ! c'est sûr que leur opinion est faite. Et c'est sûr aussi qu'ils ne veulent rien savoir de ce qui est.

Il se saisit du papier qu'il était en train d'écrire et l'agite.

— Vous savez ce que c'est ? Mon cent quarante-troisième rapport qui dit toujours la même chose : que l'air ne circule pas assez dans le fond, que le retour de l'aérage n'y est pas suffisant, et même dangereux. La loi dit que les communications d'une fosse à l'autre doivent être larges. C'est pas le cas entre la fosse 4, la 2 et la 3 ! La loi dit qu'on doit pouvoir y faire circuler des berlines. C'est pas le cas. Par endroits, un mioche pourrait à peine passer dans les boyaux. Mais mes rapports, tout le monde s'en fout… M. Stévenard me traite d'illuminé.

— L'ingénieur principal a quelques raisons pour maintenir le travail au fond, Simon. Je viens de passer trois heures à inspecter les barrages dans la bowette de 280. Je suis descendu à 326 pour suivre la voie de Cécile. Les barrages sont efficaces et les fumées ne sont plus menaçantes. J'ai assisté à la remonte du poste du matin. Les porions ne m'ont signalé aucun ouvrier incommodé.

— Les porions ! Si vous vous fiez à ce que vous racontent les porions !

Ricq jette son papier sur la table. Le silence revient, tendu. Gabriel affronte son regard. Il finit par hocher la tête.

— D'accord, expliquez-moi ce que je devrais savoir.

— Il y a plus de fumée au 280. Mais vous avez seulement enfermé le chat dans le sac.

— Soyez plus clair.

— Le feu vit toujours derrière vos barrages. Sauf que c'est plus un feu. C'est une chaudière sans tuyau d'échappement. Voilà ce que c'est. Quand la chaleur sera dans les hautes températures, les fumées et les gaz ne sauront plus par où sortir. Alors, ça pétera.

Gabriel en reste silencieux, songeant à toute vitesse à la possibilité que la menace soit réelle. Pensant que, oui, le délégué Simon voit peut-être juste.

— En avez-vous parlé ce matin avec M. Barcant ?

— Oh, pour ça oui ! ricane Ricq. Mot pour mot. Devant M. Stévenard. Et aussi qu'il fallait nettoyer les retours d'aérage et descendre une colonne d'eau pour noyer ce feu une bonne fois. On m'a répondu : « Vous devenez fou, monsieur le délégué ! » J'ai dit : « Vous voulez rien entendre, mais j'ai raison. Ça va péter ! » Et je vous le dis à vous pareil.

Gabriel ne peut retenir un sourire. Malgré lui, il pense à Héloïse. Il l'entend encore, nue contre lui, qui s'étonne : « Pourquoi ne noyez-vous pas votre feu sous l'eau ? N'est-ce pas ainsi qu'on éteint un incendie ? » Oui, c'est bien ainsi.

Mais Ricq se méprend sur son sourire.

— Ça vous fait rigoler, hein ! Vous aussi vous me prenez pour un maboul !

— Non, non !

— Vous êtes bien tous les mêmes, les ingénieurs ! Vous croyez tout savoir parce que vous connaissez des livres par cœur. Mais vous n'en savez pas plus qu'un galibot !

— Non, Ricq ! Vous vous trompez. Je vous crois. Je ne souriais pas à cause de vous, pas du tout…

Ricq se détourne, la bouche amère, le front buté. Il se met debout, cherche une autre place où se tenir, mais n'en trouve pas. De la salle des lavabos monte le brouhaha des hommes qui viennent de déposer leurs lampes. Gabriel devine que Ricq a hâte qu'il s'en aille, qu'on ne les voie pas ensemble lorsque les ouvriers passeront dans le couloir. Mais il demande encore :

— Avec les ouvriers, vous en avez parlé ?

Ricq hausse les épaules.

— C'est pas mon boulot de mettre la panique dans la fosse. Ça râle déjà bien assez. Ça fait qu'empirer. Il y en a qui veulent que les syndicats s'en mêlent. Peut-être bien qu'ils ont raison, puisqu'on s'obstine à pas m'écouter.

— Je vous écoute, Simon. Je pense que vous avez raison.

— En ce cas, on retourne voir Stévenard. Vous avec moi.

— Inutile. Il ne m'écoutera pas plus que vous.

— On va donc rester sur notre cul en attendant que le chat sorte du sac ? explose Ricq. Je vous préviens : ça va barder. Là-bas dans les corons autant que là-dessous. Les gars en ont marre. Et le Broutchoux du Jeune Syndicat doit déjà leur chauffer la moelle. Si la Compagnie ne bouge pas, lui, il se les mettra dans la poche. Il en fera des furieux, je vous le dis !

— Calmez-vous… Écoutez-moi. Je pourrais descendre à l'instant et prendre sur moi d'ordonner des travaux, d'ouvrir les barrages comme vous le voulez. Vous savez ce qui se passera ? Stévenard et M. Barcant l'apprendront dans l'heure. On m'ordonnera d'arrêter. Et je devrai obéir. Aujourd'hui, vous ne les convaincrez de rien, Simon. C'est une affaire d'orgueil plus que de raison.

— Et alors ? Où ça nous mène ?

— Voilà ce que je propose. Demain, je dévalerai avec le premier poste. On entrouvrira le barrage de la vieille voie à l'étage 280. Si je juge que les fumées sont trop puissantes et dangereuses, vous avez ma parole. J'ordonnerai la remonte.

— Pourquoi ils vous laisseraient faire demain plutôt qu'aujourd'hui ?

— Parce que aujourd'hui ils ne vous ont pas cédé. Leur amour-propre est satisfait. Mais demain le feu sera toujours là. Il faudra bien prendre de nouvelles décisions. Et je vous le dis : même sans ordre, j'ordonnerai la remonte si je le juge nécessaire.

— Si vous jugez le contraire ?

— Je suivrai quand même votre conseil : nous ferons un échappement.

Ricq le regarde sans ciller. Gabriel tente un sourire :

— Qu'importe si on me traite de fou.

Ricq le considère toujours aussi froidement.

— Il n'empêche, vous n'apporterez pas de colonne d'eau pour éteindre le feu.

— On ne va pas l'éteindre avec trois seaux, Simon. Il y faudra une inondation. Vous savez ce que cela veut dire. Noyer la vieille veine, c'est noyer une bonne partie de Cécile, tous les étages inférieurs à 280. Peut-être même inonder la fosse 4, qui est plus basse que nous. Pour plusieurs semaines, peut-être des mois…

— La Compagnie préfère risquer des vies plutôt que de baisser son rendement, hein ? Voilà ce que ça veut dire.

— Bon sang, Simon ! Des jours et des jours sans taille, sans remonte de charbon ! Sans paie pour personne.

Avec un peu d'énervement, Gabriel pointe le doigt en direction du couloir où le bruit de voix enfle.

— Vous voulez le leur proposer ? Vous croyez qu'eux souhaitent rester dehors pendant cinq ou six semaines sans travail ? Peut-être plus ? Sans un sou ?

Ricq ne répond pas.

Gabriel soutient son regard sans ciller. Il frappe durement du plat de la main sur la table.

— Je vous fais une promesse que je vais tenir, Simon. Je serai au dévalement du premier poste demain. Je vais suivre votre conseil et on va écarter le danger. Vous pouvez me croire.

## 17 h 30
## Méricourt-Corons

Maurice siffle sous la fenêtre des Grandamme. Trois petits coups rapides. Il n'ose pas siffler trop fort, de peur de réveiller le père qui doit être de retour de son poste.

Rien ne se passe. Sinon qu'il a le visage tout ruisselant à lever le nez.

Il se décide à siffler plus fort.

La silhouette de Ghislain apparaît dans le cadre lumineux de la fenêtre. Maurice lui fait un signe et court se mettre à l'abri dans la cabane du jardin, qui est aussi celle des latrines.

Ghislain le rejoint presque aussitôt.

— Ce que ça pue ici ! Je te fais pas entrer dans la maison parce que mon père dort encore.

— Je sais, t'inquiète.

— Ma mère veut que je reste à la maison parce qu'elle me coud mes frusques pour demain. Soi-disant qu'il faut que je les essaie…

— C'est pas pour ça que je venais. Je voulais juste te dire quelque chose…

Mais au moment de parler, Maurice hésite, a peur que Ghislain se moque de lui.

— Ben, dis-le !

— Si t'es d'accord, je t'accompagne jusqu'à la fosse.

Ghislain en est si surpris qu'il ne répond pas sur-le-champ. Malgré la pénombre, Maurice devine son drôle de sourire.

— À quatre heures du matin ? Tes parents voudront pas.

— Ils sauront pas. Mon père est du poste de l'après-midi. Je sors par la cuisine.

— Et pourquoi tu veux venir ? Tu pourras pas entrer sur le carreau.

Maurice rougit jusqu'aux oreilles en espérant que Ghislain ne s'en rende pas compte.

— J'irai jusqu'à la grille. Juste comme ça, pour pas te laisser seul. Comme c'est la première fois.

— Je serai pas seul, il y aura mon père.

— Bon… Si tu veux pas.

— Si, si… Si, je veux bien. Je crois que mon père dira rien. On verra…

Ils se regardent droit dans les yeux. Comme il y a des choses qu'on ne peut pas dire, des sentiments qu'il faut bien sortir de soi sans les mots, ils se mettent à rire.

— Hé ! s'exclame soudain Ghislain. Bouge pas, j'ai quelque chose à te montrer.

Il file comme une flèche vers la maison, y disparaît quelques secondes avant de revenir, portant des deux mains une barrette qu'il tend à Maurice.

— C'est une toute neuve. Mon père me l'a offerte tout à l'heure.

Maurice glisse la paume sur le cuir lisse et sombre du casque. Il passe le doigt dans la boucle de l'astiquette. Le toucher en est doux, presque tendre et aussitôt tiède sous la main. Pourtant, ça a beau être du cuir, c'est aussi dur que du fer. Un casque de cuir bouilli comme il en voit depuis son enfance. Une barrette comme les autres. Comme celle de son père, de son oncle, de tous les ouvriers du fond.

Mais ce cuir-là n'est pas pareil. Il est neuf. Il est celui de la première fois.

Gravement, avec respect, Maurice rend la barrette à Ghislain.

— Ouais. C'est une belle.

La voix de la mère de Ghislain jaillit dans l'ombre, impatiente.

— Faut que je rentre.

Maurice hoche la tête. D'un même geste, ils se tendent la main. L'émotion les rend tout chose.

— À demain alors, fait Maurice.

— À quatre heures. Tâche de pas roupiller.

— Sûr que non.

## 23 h 45
## Lens
## Grand Hôtel des Flandres

— Qu'y a-t-il ? Tu ne veux pas ? demande Héloïse.

Elle n'a déjà plus sa robe. Ce dont il s'agit, c'est d'ôter, comme la veille, les lacets du corset.

Le temps d'un éclair, en la contemplant ainsi qu'elle s'offre d'être nue, Gabriel songe aux étoiles noires de sa peau. Ces grains de beauté qu'il peut prendre entre ses lèvres.

Il en a le désir, mais pas tout à fait l'envie.

Héloïse fronce le sourcil. Elle a ce sourire narquois qui la vieillit autant qu'il la rend attirante.

— Cette chambre ne te plaît pas ?

Bien sûr que si. Une chambre de luxe, avec ce qu'il faut de sofas et de fauteuils en plus du lit immense. Des rideaux de chintz, des lampes transformées pour l'électricité, des tapis plus épais que des manteaux de fourrure. Et un cabinet de toilette comme, en vérité, Gabriel n'en a jamais vu.

Si, la chambre lui plaît. Et il comprend très bien qu'Héloïse se soit vite lassée de jouer à la maîtresse dans son logement modeste, d'un exotisme qui ne devait pas trop durer pour demeurer plaisant. Qu'elle propose de s'installer dans la suite sagement réservée au Grand Hôtel des Flandres fut en vérité un soulagement.

— Cette chambre est très belle. Elle me plaît beaucoup.

— Alors ? Ne me dis pas qu'elle te rend timide.

Elle roucoule, vient jusqu'à lui poser un baiser sur les lèvres. Ses seins, enfermés sous les baleines du corset, sentent bon. Tout entière, elle est un délicieux parfum.

Elle saisit les revers du veston qu'il porte encore et le lui ôte en le regardant bien droit dans les yeux.

— Tu ne comptes pas me faire ça tout vêtu ?

Son ton contient ce qu'il faut de vulgarité mais aussi de fraîcheur. Il rit, ne peut s'empêcher de ressentir, au bas du ventre, le pincement annonciateur d'un désir plus fort que la raison.

Elle pose un baiser à la base de son cou, sous la chemise qu'elle ouvre avec dextérité, lançant le col de cellulose derrière elle.

— Cesse de faire cette tête, ronronne-t-elle. Oublie-les. Ils ne comptent pas.

*Ils*, ce sont ses amis. Sa cour adorante et servile. Car, bien sûr, elle n'a pas résisté à convier ce petit monde pour partager l'amusement de son escapade.

Quatre ou cinq jeunes hommes élégants et piailleurs venus de Paris. Toute une soirée capables de pérorer sur ceci et cela. Se chamaillant pour des bons mots, des assauts de singes savants. Lui prouvant à chaque phrase à quel point il patauge dans sa mare de provincial tandis qu'ils nagent, eux, dans les larges fleuves des puissants.

— Savez-vous que la France n'a plus de gouvernement depuis cet après-midi ? Tombé à la Chambre comme au champ d'honneur, mon ami ! Le discours de l'abbé Lemire contre l'inventaire des églises l'a tué ! Un vote, et puis hop !

— La chute du ministère n'est pas une surprise. Le vote était acquis depuis des jours.

— Fini le Bloc des gauches ! Bon débarras : dans la fosse, comme vous diriez ici.

— Allons donc ! Fini les bouffeurs de curé ? Tu rêves doux, mon bon.

— Ne crois pas ces ignorants, Héloïse ! On connaît déjà le nom du prochain ministère : c'est Sarrien avec Clemenceau !

— Vous vous trompez de public, mes mignons ! La guerre de l'Église et de la République, c'est Brouty-Desmond père que ça intéresse… Il n'ose plus suivre la messe que dans son salon. Moi, je me moque de la politique autant que de ma robe de communiante. Mais je suis très contente que les curés rasent un peu les murs. On les voyait trop.

— Quand même, on les tue, maintenant. On ne sépare pas seulement l'Église de l'État. On tranche dans la pauvre chair de ces puceaux.

— C'est d'un mauvais goût !

— Héloïse ! Que tu devais être à croquer en robe de communiante.

— Non. J'étais gourde et sournoise.

— Quand même : savez-vous comment Clemenceau surnomme Sarrien, le prochain président du Conseil ? « Ça rien ! »

— Et il va en le disant dans les couloirs de la Chambre !

— Attendez, attendez ! La meilleure, c'est celle-ci. Hier soir, Sarrien, qui savait d'avance le vote d'aujourd'hui, a invité le ban et l'arrière-ban radical dans son hôtel. Et pour faire plus honnêtement *radical*, il a servi lui-même les boissons. Le voilà qui présente le plateau à Clemenceau. Il demande : « Qu'est-ce que vous prendrez, Clemenceau ? » L'autre lui répond : « Moi ? L'Intérieur. »

Grands rires, criaillements. Et l'on continue : « C'est

ainsi que se font les ministères, l'époque est folle, je vous dis… » Etc.

Lassé de ce théâtre, Gabriel n'écoutait plus. Il ne pouvait s'empêcher de songer au délégué mineur Simon. Au visage de Ricq, à ses mots. À la promesse faite. Et qu'il tiendrait, cette fois.

D'autant que, oui, plus il y repensait, plus il considérait que Simon avait raison. Tandis qu'il était ici avec ces messieurs faisant les paons, là-bas, à trois cents mètres sous terre, il se pouvait bien que le feu devienne une marmite sans échappement.

Peut-être devinant son inattention, Héloïse avait posé la main sur son genou, déclarant qu'elle en avait assez, qu'elle s'ennuyait.

— Il est temps de passer à « autre chose », mes mignons.

Alors sa cour avait tourné ses regards vers lui. L'« autre chose ».

Riante, les lèvres trop rouges, Héloïse l'entraînait sans autre adieu que les ultimes plaisanteries lancées par ses laquais.

Maintenant, à demi nue, elle répète :

— Ce ne sont que des idiots qui m'amusent. Et encore, pas si souvent que cela.

— Tandis que moi ?

Le rire lui fait trembler la poitrine.

— Toi ? Tu es le chevalier au sombre caractère ! Hier, tu m'en voulais d'être chez toi. Aujourd'hui, tu m'en veux d'être ici avec mes amis.

Elle repousse sa réplique sous un baiser. Un long baiser à pleine bouche, ses doigts crispés sur sa nuque. Quand il cesse, elle chuchote contre ses lèvres :

— Toi, tu me plais.

Sa paume glisse jusqu'à la ceinture de Gabriel, la

défait en un tournemain. Elle tire le gilet, la chemise, cherche le nu de la peau, le sexe.

— Tu me plais beaucoup, souffle-t-elle encore.

Il cède. Il est impossible de ne pas céder.

C'est quand ils sont déjà vautrés sur le sofa qu'il trouve la force d'annoncer :

— Tout à l'heure, je ne pourrai pas rester ici. Il me faudra rentrer chez moi.

Elle le repousse.

— Qu'est-ce que tu racontes ?

Il y a plus d'étonnement que de reproche sur son visage.

— Il me faudra dormir quelques heures. Je dois être sur le carreau de la fosse à quatre heures.

— Tu es en train de me baiser et tu penses à ta mine ?

— Je ne dois pas me laisser dormir comme la nuit dernière.

— Et pourquoi donc ?

— À cause du feu.

Elle hésite, ouvre en grand la bouche, lâche un grincement entre la fureur et le sarcasme. Et curieusement elle s'adoucit, émet un petit rire salace.

— Le feu ! Que tu es bête ! On s'en fiche, de ton feu. Les autres s'en occuperont. C'est moi, ton feu. Viens donc.

Peut-être est-ce pour ça ? Pour ce rire. Cette vulgarité qui le renvoie tellement à ce qu'il est pour elle : « autre chose ». Ce « faire l'affaire » que l'ingénieur en chef Barcant a si bien deviné ? Il se met debout.

— Que fais-tu ?

Il ne répond pas. Il évite de la regarder, de voir les étoiles noires semées sur son ventre offert. Il attrape ses vêtements épars.

— Gabriel !

Sous le regard sidéré d'Héloïse Brouty-Desmond, il se rhabille.

— Non, dit-il du mieux qu'il peut. Non. Je crois qu'il ne vaut mieux pas.

# 5.

# SAMEDI 10 MARS 1906

## 4 h 15
## Méricourt-Corons

Ils sortent de la maison l'un derrière l'autre. Le père Grandamme devant, Ghislain derrière. La mère crie son nom. Elle agrippe les épaules de son fils quand il se retourne. Elle le serre contre sa poitrine, l'embrasse sur les joues et les yeux. Le baiser est si violent que la barrette neuve glisse et se place de guingois.

En retrait dans l'ombre, Maurice sourit. Il s'avance et les rejoint quand ils passent le portail du jardin. Grandamme devine sa silhouette, mais il fait trop nuit pour qu'il puisse le reconnaître.

— Qui t'es, toi ?

C'est un grand costaud, le porion Grandamme. Un homme impressionnant autant par la voix que par le corps. Le briquet et la boîte à œufs glissés sous sa veste de fond lui épaississent encore la silhouette.

— Maurice Landier.

— Le fils de Joseph le porion ?

— Oui, m'sieur.

— Et pourquoi t'es pas dans ton lit, p'tiot ? C'est pas encore l'heure de l'école.

— Il vient pour m'accompagner jusqu'à la fosse, dit Ghislain en se plaçant au côté de son ami.

— Ah ben, en voilà un camarade !

Grandamme bouscule la casquette de Maurice avec un petit rire affectueux.

— Je parie que t'as pas réveillé ton père pour le prévenir que tu sortais par la fenêtre, hein, Maurice ?

Les deux garçons gloussent, se donnent des bourrades et se mettent en route. Grandamme les pousse devant lui.

— Allez. Faut pas tarder.

La mallette du briquet, bourrée de tartines, et la gourde de café brinquebalent sur la taille de Ghislain. Il ne sait pas encore bien marcher avec cet attirail. Il bombe le torse quand même.

Le coron est dans une pénombre épaisse malgré les lumières qui surgissent aux portes, quand les hommes sortent des maisons. On se reconnaît, on se salue de loin en rejoignant les rues. La plupart ont un mot de plaisanterie. Mais certains se taisent, sommeillant en marchant, la fatigue déjà dans les jambes. En moins de cent mètres, Ghislain et son père concentrent l'attention.

— Alors, gamin, c'est le jour où tu deviens un homme ?

— Ho ! Braind'amour, t'as prévu la rechange de mouchoirs pour quand ton p'tiot va chialer ?

Grandamme rigole mais défend son fils :

— Que non, c'est un dur, mon Ghislain. Tu verras pas de larmes sur ses joues…

— C'est dans son pantalon qu'on en verra !

Maurice surveille les réactions de Ghislain. Il fait bonne figure, rit avec les autres.

Ils pénètrent dans la grand-rue du coron. L'une après l'autre, les traverses plus petites y jettent leurs foules d'ouvriers ainsi que des rivières dans un fleuve. Tous avec la barrette de cuir sur le béguin, tous avec les mêmes pantalons serrés aux chevilles, les mêmes vestes, les mêmes larges ceintures de cuir où se balancent les gourdes de café encore brûlant. Des centaines et des centaines d'hommes qui vont d'un même pas, dans un grondement de semelles et de voix assourdies par la nuit.

Maurice est émerveillé. C'est comme si l'on ne sentait plus le froid ni l'engourdissement de son corps. Comme si l'on appartenait à une sorte de vague ainsi que les vagues appartiennent aux océans.

Tout à coup, les cousins des Grandamme sont aux côtés de Ghislain. À leur tour ils plaisantent, jacassent des moqueries.

Puis soudain, le fleuve des hommes se scinde. Une partie s'écarte vers la droite, où les lumières toutes proches de la fosse 3 trouent l'obscurité.

— Hé, Anselme !

Maurice a crié en reconnaissant la silhouette du fils Pruvost qui s'éloigne avec le reste des hommes. Anselme se retourne, distingue Ghislain et Maurice. Il lève la main, s'immobilise, crie en rigolant :

— T'en fais pas, Ghislain. Tu fermes les yeux et c'est comme si tu volais !

Quelqu'un se retourne vers Ghislain :

— C'est surtout les fesses qu'il te faudra serrer, p'tit gars, des fois que l'air y entrerait pendant que tu dévales.

Ça rigole de nouveau. Charles vient près de son fils, salue des hommes à son tour. Une voix crie :

— Ho, Pruvost ! Ça y est, t'es plus malade ? Tu retournes chatouiller ta veine de roi ?

Car, bien sûr, chacun sait tout sur chacun. Il n'y a pas de secret à l'heure du dévalement. Charles réplique sur le même ton :

— Malade, je sais même plus que je l'ai été !

Une autre voix gueule :

— Il se soigne à la fumée de Cécile. Ils sont comme ça, à la fosse 3.

Encore des rires mais aussi des grognements. Maurice et Ghislain agitent la main vers Anselme, qui se détourne et suit son père en direction de la fosse 3.

— Tu parles qu'il est plus malade, le Charles, fait Grandamme. Mais il veut pas laisser son fils dévaler tout seul alors qu'il y a le feu dans sa bowette.

Cette fois, personne ne plaisante. Il n'y a que des mots d'approbation.

Épaule contre épaule, Maurice et Ghislain se jettent un regard et sourient. Il leur reste une petite demi-heure de marche avant d'atteindre les grilles de la fosse 4. Même avec la peur au ventre, c'est un bonheur d'être ensemble parmi les hommes du fond.

## 4 h 30
## Fosse 3
## Plate-forme du moulinage

Le porion Carrière a le visage d'un homme heureux.

— Je savais bien que vous seriez là pour le dévalement ! Je l'ai dit à Ricq : « T'as tort de douter de M. Leclerc. Tu peux lui faire confiance. Il sera là. »

— Et où est-il lui-même, Simon ? Il ne descend pas avec nous ?

— Non, à ces heures, il vaut mieux qu'il demeure dans son bureau. Surtout un jour comme aujourd'hui. Il va y avoir de grosses poignées de râleurs qu'il faudra calmer. C'est moi qui vais dévaler avec vous. Le mieux, si vous voulez bien, c'est qu'on soit en bas avant le gros des hommes.

De fait, à part les moulineurs et les femmes préposées à la fermeture des cages, la plate-forme est encore quasi vide. En bas, sur les carreaux, commence, au contraire, à se faire entendre le bruit des ouvriers qui arrivent en grande foule.

Gabriel demande :

— Que disent les rapports des surveillants ? Encore des fumées durant la nuit ?

— Toujours dans la voie basse de Cécile, à 326. Mais pas trop. Pour le reste, rien à signaler sur les étoupées et les murs maçonnés de 280.

— Je n'ai pas encore vu Salliez. Il faut que je lui parle.

— Il ne va pas tarder. Il dévalera avec la première fournée, comme d'habitude.

— Je n'ai pas le temps de l'attendre. Restez ici et faites-lui passer mon ordre. On ne descend pas aux chantiers de Cécile à 326 sans que j'en aie donné l'autorisation explicite. Et pour l'étage 280, on envoie des ouvriers uniquement sur les chantiers donnant sur la bowette nord et surtout au midi. Je ne veux personne près des barrages tant que je ne les ai pas inspectés. Compris ? Vous passez le mot à Salliez et vous venez me rejoindre à l'accrochage de 280.

Le sourire de Carrière est large.

— Oh ! ça, très bien compris, monsieur. Mais ça va fiche de la pagaille et ralentir le dévalement.

— C'est probable, réplique calmement Gabriel. Ne vous laissez pas aller à une discussion avec Salliez, monsieur Carrière. Ce sont mes ordres et le chef porion saura se débrouiller avec, n'est-ce pas ?

Alors que Gabriel se dirige vers la cage et fait signe à un moulineur qu'il va dévaler, le rire de Carrière résonne dans son dos comme celui d'un enfant.

## 4 h 45
## Fosse 3
## Lampisterie

— Arthur !

— Pruvost ? T'es debout ici ?

— Je pouvais pas rester dans le lit. Je suis venu avec le fils.

Charles fait un signe en direction d'Anselme, un peu plus en avant dans la file. Un à un les hommes s'approchent des guichets ouverts dans le gros grillage. Ils tendent une *taillette*, une pièce de métal de la taille d'une monnaie et gravée d'un numéro.

Derrière la grille, une douzaine de femmes s'activent sans un instant de pause. Elles courent entre la dizaine de portiques alignés côte à côte, charriant à bout de bras les lampes. Des lampes de sécurité, pesant chacune leurs quatre ou cinq livres, qu'elles nettoient, contrôlent et rechargent après chaque remonte et qu'elles échangent contre les taillettes, appelant les hommes aussi bien par leur nom que par leur numéro.

Car au retour de la fosse, dans dix heures, le même ballet frénétique aura lieu, mais en sens inverse. Les ouvriers viendront réclamer leurs taillettes en rendant les lampes. Ainsi la Compagnie s'assure contre le vol mais aussi que le mineur est bien remonté du fond.

— Je pouvais pas rester à me prélasser en sachant le p'tiot ici et vous autres, dit encore Charles.

— T'es pas un peu cinglé ? fait Henri qui vient de rejoindre son aîné. Tu veux quand même pas reprendre de la poussière dès aujourd'hui ?

— Laisse-le, coupe Arthur, qui a déjà compris.

Mais Charles a besoin de dire ce qu'il a à dire :

— Depuis hier, j'ai un sentiment. Il me faut être au fond.

Arthur le fixe avec intensité. Il n'a pas besoin de faire un signe pour marquer son approbation. Henri fait la moue, mais Joseph, le cadet, ne sait pas tenir sa langue :

— Qu'est-ce que vous avez, avec vos sentiments ? C'est une histoire de vieux ou quoi ?

Le regard d'Arthur foudroie Joseph.

— Tais-toi ou je te la boucle d'une torgnole. C'est pas tes vingt ans qui me retiendront.

D'une bourrade, Henri pousse le cadet dans la file.

— Va donc chercher ta lampe, couillon !

— Je vais pas descendre avec vous, annonce Charles. Je sais bien que je supporterai pas la poussière.

— D'autant que tu as tort de te soucier pour nous. Aujourd'hui, on se suffira à trois, reprend Henri, l'œil rieur. Hier, on a fait dans les huit mètres de choque !

— Des blocs si gros qu'il faut encore leur mettre un Favier au cul ce matin ! grogne Arthur sur un ton de reproche mais les yeux tout fiers.

— On n'utilisera pas la Sullivan, ajoute Henri. Lundi, il y aura moins de poussière. Tu pourras revenir.

— Je vais m'arranger avec les porions, approuve Charles. Je trouverai bien du raccommodage à faire dans un chantier.

Il ne précise pas : « Pas trop loin d'Anselme », mais c'est son idée.

— Où en est le feu ? demande-t-il.

D'un regard, Arthur englobe tous les hommes autour d'eux.

— Ça arrête pas de causer. Que l'ingénieur veut pas de chantier à 326 et que Pousse-Cailloux râle comme un veau. Nous, on s'en fout encore…

Ils approchent du guichet, leurs taillettes au bout des doigts, c'est bientôt leur tour. Anselme a déjà sa lampe à la main. Sous son attirail d'ouvrier, il a l'air vraiment d'un petit mioche, les yeux sérieux et tendres. Sans trop comprendre pourquoi, Charles est tout remué de le voir. En vérité, c'est pas si souvent qu'ils dévalent ensemble. D'ordinaire, ils sont happés chacun par leur quartier de travail dès qu'ils entrent dans la lampisterie.

Anselme s'approche et annonce :

— Il paraît que l'ingénieur refuse de faire dévaler à 326.

— On sait déjà, répond Charles avec un sourire.

Mais autour d'eux, ça se met à parler fort :

— Ça, qu'il y ait pas de chantier à 326, faut attendre de le voir sur la plate-forme pour le croire ! résume une voix.

Henri pousse un braillement en découvrant le visage de la jeune femme de l'autre côté du guichet :

— Eh ! Mais c'est la belle Éliette pour moi, ce matin ! Les frangins, ça va être jour de chance.

Éliette sourit. Elle veut prendre la taillette des doigts d'Henri, mais il lui retient la main.

— Me fais pas perdre mon temps, Lecœuvre. Il y a du monde derrière toi.

— C'est que j'ai rêvé à toi cette nuit, Éliette.

Rieuse, Éliette dégage sa main, emporte la pièce numérotée.

— Pas moi ! crie-t-elle en filant entre les portiques. Tu peux en être sûr.

Les moqueries fusent tout autour d'Henri. Il rigole de bon cœur, lance quand même, hâbleur, lorsque Éliette revient avec sa lampe :

— Un de ces quatre, tu en auras assez de ton Belge, ma belle. Souviens-toi que je t'attends. Avec moi, tu verras la différence…

— Alors tu vas attendre longtemps. On va se marier, Lido et moi.

Les plaisanteries repartent de plus belle tandis que l'on repousse Henri du guichet.

Ignorant le brouhaha autour d'eux, Arthur touche le bras de Charles.

— Demande à Clabecq. Il a des tailles qui manquent de bras tout au midi de la bowette. Dans l'Adélaïde ou la Joséphine.

Leurs regards en disent plus long que les mots.

## 5 h 15
## Fosse 4
## Carreau du moulinage

Ghislain se retourne. Maurice est resté agrippé derrière la grille, comme un papillon de nuit. Il n'est déjà plus visible. Trop d'hommes masquent l'entrée de la fosse.

Tout semble aller très vite, soudain. Avec une même aisance, la foule des ouvriers traverse le carreau, ses embarras de chevaux, de voitures, sinuant entre les wagons et les rails. Les visages sont déjà dans le travail. Ghislain parvient à peine à jeter un regard aux locomotives qui tournent au ralenti, nimbées d'une vapeur jaunie par les flammes des grands braseros dispersés sur le carreau.

On y voit sans y voir. Les poches de lumière alternent avec le noir de la nuit. Ils entrent dans le couloir qui conduit à la lampisterie. Ici, c'est la froide lumière électrique. Le bruit des galoches résonne entre les murs de briques peintes en blanc, mais souillées de suie depuis longtemps.

Dans la lampisterie, le brouhaha des voix enfle. Des plaisanteries fusent de nouveau à l'adresse de Ghislain. Son père les mouche comme des chandelles. Il appelle une des filles en cafus, tend une taillette : numéro 504.

— Mon Ghislain dévale pour la première fois, trouve-lui une lampe. Il est déjà sur le registre.

La lampe est assez lourde pour que Ghislain doive la saisir à deux mains.

— Ton père te montrera comment ça s'allume, dit la fille.

— Je sais déjà, réplique Ghislain fièrement.

Mais elle n'a pas écouté, elle est avec le suivant. Son père lui prend le bras, l'écarte de la file qui se dirige vers la passerelle.

— On se retrouve sur la plate-forme. Je dois voir mes gars avant.

Ghislain sourit crânement. Son père lui réplique d'un clin d'œil. Il lève la main pour lui faire une tape sur la joue, juge que ça fait trop gosse et lui tape sur l'épaule.

— À tout à l'heure.

À la sortie de la lampisterie, Ghislain s'engage sur la passerelle qui monte jusqu'à la plate-forme du moulinage. Il suit le flot des corps. Ça marche vite. Il doit forcer le pas, respirer fort. Plus personne ne fait attention à lui. Ce n'est plus qu'un môme qu'on bouscule. Un galibot comme les autres.

Ça y est, songe-t-il, je deviens galibot. Ça y est, le grand jour est arrivé ! Il donnerait cher pour que Maurice l'admire tandis qu'il grimpe vers le beffroi. Il a un instant de grande excitation. Tout ce qui est sous ses yeux est neuf. Vu d'en haut, entre les planches de la passerelle, le carreau ne se ressemble pas. Il voudrait voir la machine à vapeur. Il n'en discerne que des cuivres et des reflets vite disparus entre les poutrelles de ferraille et les vitrages noircis de poussière. Demain, il s'y prendra mieux.

Il se souvient du mot d'Anselme tout à l'heure : « Tu verras, c'est comme de voler ! » Oui ! Il s'élève bien haut pour voler. Il voit déjà comme un oiseau !

Tout à coup la passerelle frémit sous le poids des pas. Des grondements terribles résonnent dans les planches.

Des grincements de ferraille strient l'air de la nuit comme des flèches.

Alors, sans crier gare, la peur lui tombe dessus. Ses jambes mollissent. Une pointe de fer crisse dans ses reins et il entend son cœur battre dans ses tempes. Il ralentit sans s'en rendre compte. Des mains le repoussent.

— Ôte-toi, p'tiot !

Mais presque aussitôt la file s'arrête net.

Il ne voit rien, mais il entend. Des bruits dont on lui a toujours parlé et qu'il reconnaît comme si, déjà, il les avait entendus.

Ding ! Ding ! Deux coups de sonnette qui annoncent la descente. Puis, peu de temps après, un nouveau coup, ding ! Un seul. Pour arrêter les cages. Et trois coups maintenant : ding ! ding ! ding ! C'est la remonte.

Des sons durs, bien audibles malgré le vacarme. Ding ! La cage est de retour. Les grilles grincent, le roulement des wagonnets gronde, la passerelle gigote comme un animal. Ça gueule devant, la file avance.

Sa peur grandit sans qu'il puisse rien faire contre. Entre les jambes, les bras, les gourdes, la forêt de lampes, il devine la plate-forme et son trou béant. Il voit les hommes entassés sur trois étages, à croupetons. Les grilles que des femmes claquent sur eux.

Un signe. Les cages montent au lieu de descendre. Ghislain croit à une erreur. Mais non. Il faut bien entasser les hommes dans les cages du dessous.

Ding ! Ding !

Un sifflement de câble, des claquements. Les cages disparaissent. Elles ne descendent pas, elles tombent.

Ghislain tremble des pieds à la tête. Il guette un bruit terrible qui annonce l'écrasement, quatre cents mètres plus bas.

Ding !

Mais non, c'est la sonnette. Un coup !

— Ça va, fils ?

Il n'a pas entendu. Il guette encore les trois coups de la remonte. Son père lui prend le bras et le secoue doucement.

— Eh, Ghislain, je suis là.

Ghislain lève les yeux. Celui que toute la fosse appelle Braind'amour lui sourit. Un beau sourire de père, d'homme solide. Ghislain se mord les lèvres pour repousser les larmes qui montent. Autour de la lampe, ses doigts sont tout blancs tant il les crispe.

Son père a compris. Il dévisse le bouchon de sa gourde.

— Bois un coup, mon fils. Ça ira.

Le café est coupé avec du genièvre. L'alcool brûle la gorge. Ghislain est secoué d'une toux.

— Hé, rigole Braind'amour à l'adresse des autres qui les observent, goguenards. Ça aussi, c'est une première fois.

La file avance de nouveau. Ding ! Ding ! Ding ! Le grondement terrible de la remontée, des berlines roulent sur la plate-forme. Les bruits de galoches, des appels, des cris, des « gare ! ». Ding ! Ding ! Une nouvelle descente.

Grandamme prend la main de Ghislain dans la sienne, énorme.

— Lâche pas ta lampe, dit-il. T'occupe pas du reste.

Ding ! Ding ! Ding ! Les cages sont là de nouveau. Grandamme soulève son fils dans ses bras. Il le pousse dans la cage minuscule, le cale entre un ouvrier et lui. Toute la ferraille résonne. Claquent les grilles. Une secousse. On monte. Les corps brinquebalent. Les coudes, les genoux, les barrettes tapent et frottent. Ghislain serre sa lampe. Ses yeux écarquillés voient tout. Les visages des hommes, tout contre le sien, qui rigolent. Il est suspendu dans le vide. Encore des grincements. Ding ! Les grilles claquées. La ferraille qui résonne avec un drôle d'écho. Ding ! Ding ! Le double coup de sonnette le surprend. Son cœur se soulève. Le souffle lui manque. La cage s'effondre. L'haleine du trou glisse sur les joues. Il est léger. Le cuvelage d'acier défile dans le peu de lumière. Des boulons, des poutrelles qui s'envolent. Le vacarme de l'enfer qui s'envole. La lumière qui s'envole. Le noir.

Rien que du noir. Un souffle violent. Plus rien à voir que la peur. Et l'haleine du fond qui se pousse dans la bouche, les narines. Le sifflement de l'air dans les oreilles. La cage qui danse. Le cœur qui manque, le ventre dans la gorge. C'est la chute.

Ghislain crie.

Il ne se sent plus descendre, mais monter. Il ne sait plus.

Il cherche les bras de son père.

— Tiens ta lampe ! gueule Grandamme.

Il tombe. Il ne sait plus.

Ça dure. L'odeur puante du fond se colle contre sa figure. Et voilà que de l'eau gicle, ruisselle contre la cage ! Une eau pâteuse. Elle pénètre dans sa bouche béante de stupeur. Un goût révoltant.

Il a mal au ventre. Il ne tiendra pas. Il va vomir le café et la gnôle.

Ding !

Comment peut-il entendre le coup de l'arrêt dans cette chute ? Mais ça ralentit.

Durement.

Ça vous écrabouille contre le fond de la cage. Les coudes, les genoux des autres lui rabotent la figure et les côtes.

Ça s'arrête. C'est fini.

Des claquements. Les grilles des cages s'ouvrent. De

la lumière partout, des murs de briques et de la tôle luisante au sol. Des chevaux, harnachés et placides, qui regardent les hommes s'extirper de leurs cages.

— Alors ? rigole Braind'amour en tirant Ghislain derrière lui. C'était bon ?

Ghislain ne peut pas répondre. Il regarde autour de lui avec ahurissement. Son père lui remet la barrette d'aplomb.

Ding ! Ding ! Ding !

La cage remonte et laisse béant le vide de la fosse. Un trou énorme, d'un noir absolu et qui semble pouvoir atteindre le centre de la terre. Dans la chaleur moite, en vient une puanteur irrespirable. Ghislain chancelle. Son père le retient par l'épaule, tend sa lampe vers lc vide.

— De ce coin-là, p'tit gars, tu t'en approches jamais. Ça chute de cinquante bons mètres et dessous c'est le bougnou *. Dix ou quinze autres mètres de flotte et de merde. Tu y tombes, t'es mort.

## 5 h 30
## Fosse 3
## Plate-forme du moulinage

— Clabecq ! Ho ! Clabecq !

Charles évite les hommes qui se bousculent vers les cages, pousse Anselme devant lui.

— Clabecq...

Le porion Clabecq se retourne et le toise.

— Pas la peine de gueuler, Pruvost, je t'ai entendu.

C'est un homme à la belle moustache, dans la quarantaine, rond, les joues lisses. Un Breton à l'humeur égale, façonnée par la mine. Son regard clair ne laisse pas aisément deviner ses pensées.

— Clabecq, faut que tu me trouves un chantier pas trop loin du fils.

— Tu crois que c'est un jour à demander des faveurs ? C'est le grand foutoir.

— Je sais, ça fait une demi-heure déjà qu'on est passés à la lampisterie.

— L'ingénieur Leclerc refuse les dévalements à 326, et maintenant il veut pas qu'on passe la bowette du midi à 280.

Comme pour confirmer ses dires, la pagaille enfle autour d'eux. Les hommes se bousculent, apostrophent les moulineurs, qui ne savent que répondre. Les sonnettes sonnent et les cages dévalent, mais seulement pour quelques chantiers. Les autres doivent s'entasser sur un côté de la plate-forme et laisser filer leur tour. À chaque minute qui passe, le moulinage s'engorge un peu plus et ça râle plus fort.

Excédé, Clabecq se détourne de Charles et hurle :

— Vos gueules ! Faudrait savoir ce que vous voulez ! Vous braillez comme des veaux pour pas qu'on vous place près du feu. L'ingénieur est dessous qui vous demande d'attendre. Un peu de patience, bon Dieu ! Si ça vous convient pas, allez donc vous plaindre à Ricq.

Un faux calme revient. Clabecq, de nouveau placide, refait face à Charles. Il demande :

— Je te croyais malade, Pruvost ?

— Je peux pas aller à la taille avec les Lecœuvre, mais faire du raccommodage près du fils, c'est possible.

Charles jurerait que les yeux bleus de Clabecq s'éclairent d'un sourire. Pas une moquerie, mais un sourire de compagnon, d'homme qui sait de quoi ils parlent sans avoir besoin d'y mettre des mots.

— C'est où ton chantier, galibot ? demande Clabecq à Anselme.

— Dans la Joséphine, m'sieur. Tout au fond de la bowette 280 au midi. Je fais le galibot pour M'sieur Boursier et M'sieur Wattiez.

— Ben, il est poli, ton p'tiot, remarque Clabecq sans changer de ton.

— Poli et travailleur, opine Charles, tout fier, serrant ses doigts sur la nuque d'Anselme.

— Tu pourrais voir avec Cuvelier et Castel. Ils poussent dans la Grande Adélaïde et ils ont besoin d'un boisage un peu sûr. La veine y fait un crochon. Je peux pas retirer ton p'tiot de là où il est, mais tu seras pas bien loin. Et tu te trouveras bien un galibot là-bas.

— Merci Clabecq.

— Me remercie pas encore ! Il faut que vous passiez la bowette de 280 jusqu'au fond du midi pour atteindre vos chantiers. Je sais même pas quand Leclerc va vous laisser dévaler.

— Dans pas longtemps, Clabecq ! C'est moi qui te le dis.

« Moi », c'est Pousse-Cailloux. Il est arrivé à sa manière, se glissant au travers de la cohue comme un fantôme. Son grand corps dépasse celui de Clabecq de deux bonnes têtes.

— Ça va pas durer longtemps, ce bordel, affirme-t-il avec un sourire narquois. J'ai prévenu Stévenard.

## 6 heures
## Fosse 3, étage – 280
## Bowette du midi

— Ouvrez plus grand, ordonne Gabriel. Donnez-vous plus de place.

Ils sont à l'étage 280, devant le grand barrage de la bowette du midi. La bowette est bizarrement vide puisque Gabriel en a interdit l'accès. Les raccommodeux lui jettent un regard suspicieux, mais Carrière a un geste :

— Faites donc ce qu'on vous dit !

— Ça ne vous sautera pas à la figure mais, dès que vous sentez des fumées, arrêtez-vous, dit encore Gabriel, la tête levée vers les hommes qui se remettent au travail.

À petits coups de rivelaine, les ouvriers descellent des briques sur le haut du mur maçonné deux jours plus tôt. Le barrage est épais. Pour en atteindre l'autre face, il faut y pratiquer une entaille assez large pour qu'un homme puisse s'y glisser. Le porion Carrière tient à la main un curieux portique. Trois lampes y sont suspendues. Au ras du toit de la bowette, elles donnent tout l'éclairage qu'elles peuvent.

Le travail est difficile. Les raccommodeux sont inquiets, craignent que les ultimes rangs de briques ne cèdent brusquement devant eux sous l'effet des gaz.

Cela prend plus de temps que prévu. Gabriel s'impatiente.

— On ne va pas retenir les hommes là-haut longtemps, dit-il à Carrière.

Mais avant que celui-ci réponde, un raccommodeux crie :

— Ça y est, j'ai la fumée dans le nez !

— N'allez pas plus loin, ordonne Gabriel. Retirez-vous !

Il ôte sa barrette tandis que les raccommodeux descendent de l'échelle.

— Carrière, donnez-moi des chiffons et un pic.

— Laissez-moi y aller, monsieur.

— Pas question ! Je veux voir ça de mes yeux.

— Soyez prudent.

— S'il se passe quelque chose de mauvais, vous pourrez toujours me retirer par les pieds, s'amuse Gabriel. Levez bien haut les lampes que j'y voie quelque chose.

À son tour, il se glisse dans l'ouverture de la maçonnerie. Le passage est si étroit que son béguin s'accroche aussitôt à une arête de roche. Il ne prend pas la peine de le remettre sur sa tête.

La fumée et les gaz sont bien perceptibles. Les gravats et les briques puent. Au toucher, tout est tiède et un peu humide. Gabriel noue un chiffon autour de son visage, bouche et nez masqués.

À bout de bras, il pique le ciment autour de deux ou trois briques. Les gaz s'y glissent, aussitôt suivis d'une fumée très sombre, nauséabonde. Elle est si chaude qu'elle lui brûle le front. Il recule en rampant, s'intoxique sous le bâillon de chiffon, le retire pour mieux respirer. Derrière lui, il entend la voix de Carrière :

— Ça va, monsieur ?

Il ne répond pas, pour ne pas ouvrir la bouche. Ses yeux s'irritent, des larmes lui viennent. S'appuyant sur les coudes, il frappe violemment dans les briques descellées. Elles basculent de l'autre côté.

— Hé, monsieur Leclerc ? C'est bon ?

Rien n'est visible dans la béance obscure ouverte entre les briques. Pas même un serpent de fumée car Gabriel masque la lumière de son propre corps.

Durant quelques secondes, à part une odeur infecte, un drôle de silence, une chaleur assez forte, cela paraît tranquille. Mais d'un coup, alors que Gabriel s'avance pour jeter un regard dans ces ténèbres, un souffle putride lui frappe le visage. Une gifle aussi violente que brûlante. Comme si un démon lui crachait son haleine ardente en pleine face !

Il pousse un cri, se protège de la main. Se tortille pour reculer. Il entend des braillements derrière lui, devine qu'on lui saisit les pieds, qu'on cherche à le tirer.

Sans se rendre compte qu'il ne respire qu'à peine, il résiste. Il secoue les pieds, bourre la brèche avec les chiffons, s'y brûle les mains, mais insiste. L'air calciné lui enserre les poignets et la tête dans un étau. Derrière, une voix qui n'est pas celle de Carrière gueule à nouveau :

— Sortez de là, Leclerc ! Vous êtes fou !

Aussi vite qu'il le peut, il colmate le trou avec les chiffons. Il les bourre de ce qu'il trouve de gravats et de briques à portée de main.

On le tire toujours par les pieds. Il crie, la respiration courte :

— Ça va ! Je viens !

Il avale de la poussière. Une quinte de toux le secoue.

— Tout va bien, crie-t-il encore en tentant de retrouver une voix normale.

Lorsqu'il se redresse sur l'échelle, il les voit.

— Que diable êtes-vous en train de faire, Leclerc ? Vous voulez vous tuer ?

L'ingénieur principal Stévenard. À son côté, le grand corps de Salliez, dit Pousse-Cailloux. Bien sûr. Il devait s'y attendre.

— Ça va ? demande Carrière en lui saisissant le coude.

Il le repousse, tente de sourire à Stévenard :

— Non, monsieur. Aucune envie de mourir aujourd'hui.

Il crache un peu, ses poignets lui font mal. Il saisit la gourde que lui tend Carrière, remercie d'un signe et boit goulûment. Les autres le dévisagent avec ahurissement.

— Crénom de nom, dans quel état vous vous êtes mis ! grogne Stévenard.

Carrière l'observe avec inquiétude.

— On dirait que vous avez le front brûlé, monsieur. Et vos cheveux…

Gabriel essuie ses yeux qui larmoient encore. Il se passe un peu d'eau sur le visage. Au lieu de le rafraîchir, cela semble lui raboter la peau. Il grimace, annonce :

— Des gaz chauds… Très chauds et très asphyxiants. Il ne semble pas y avoir beaucoup de pression. Cela sort, mais sans trop de violence.

C'est à Carrière qu'il s'adresse. Stévenard désigne la brèche dans le barrage. Malgré l'éclairage, on voit qu'il est blanc de rage.

— Nom d'un chien, qu'est-ce que vous racontez ? Bien sûr qu'il y a des gaz brûlants et asphyxiants de l'autre côté. Vous voulez défaire le barrage pour vous en assurer ?

Gabriel lui sourit avec calme.

— Non, monsieur. Mais je voulais vérifier si le chat était bien dans le sac. Il y est. Et je peux vous le dire : ce n'est pas un chat, c'est un démon !

Cette fois, Salliez et Stévenard le regardent comme un vrai fou, sans plus savoir quoi dire. C'est un raccommodeux qui, le premier, hoche la tête et marmonne :

— C'est sûr. Ricq a raison. Ça se consume là-derrière comme dans un fourneau et c'est pas près de s'éteindre.

Au nom de Ricq, Pousse-Cailloux s'esclaffe, goguenard :

— Je me doutais bien que Simon était dans le coup ! M. Leclerc veut réaliser les échappements du délégué. Voilà ce qui se passe.

— Vous avez parfois quelques lueurs d'intelligence, Salliez, fait Gabriel, cinglant. Mais je crains qu'elles ne vous servent pas à grand-chose.

— Il a raison ? C'est ça ? demande Stévenard en faisant signe à Salliez de ne pas répliquer. Vous vous êtes laissé embarqué par cette obsession dont Simon nous a rebattu les oreilles hier ?

— Le délégué Simon a vu juste, monsieur. Le feu est loin de se réduire. La chaleur devient dangereuse dans les voies obturées. Les gaz n'ont aucune échappatoire et nous sommes en train de fabriquer une marmite qui ne sait où lâcher sa vapeur. Il faut créer des échappements avant que les gaz nous sautent à la figure. C'est même urgent.

Stévenard est un instant dérouté par la fermeté de Gabriel. Peut-être aussi par son apparence, car, malgré sa fureur, il le dévisage avec encore un peu d'ahurissement. Peut-être hésite-t-il quelques secondes. À son côté, Salliez le devine. Il dit :

— L'urgence, c'est le dévalement, monsieur. On ne peut pas lanterner plus longtemps ou c'est une journée de travail qui s'en va.

Stévenard hoche la tête.

— Oui.

Il se redresse, sec et sûr de lui à nouveau.

— On s'occupera de vos échappements plus tard, Leclerc. Et, bien sûr, je fais descendre tout le monde. J'annule cet ordre stupide que vous avez donné.

— Monsieur ! Il y a un vrai danger à l'étage 326. Les fumées y sont mauvaises. Et ici les ouvriers travaillent trop près du feu et des barrages…

— Surtout si vous les abattez, ricane Salliez.

— Ce que je viens de voir prouve que j'ai raison, monsieur, insiste Gabriel sans accorder d'attention au chef porion. Montez vous-même le vérifier, si vous en doutez…

Stévenard s'est transformé en pierre. La lumière de la bowette est bien suffisante pour que chacun s'en rende compte. Carrière baisse le nez, les raccommodeux rangent leurs outils comme s'ils étaient des ombres.

— Vous voulez m'apprendre mon métier, Leclerc ?

— Non, monsieur. Mais je le répète : je juge que c'est dangereux.

— Vous n'êtes pas en état de juger quoi que ce soit. Vous devriez vous voir ! Et, de toute façon, ce n'est pas à vous de décider.

Déjà Salliez tourne les talons sans plus attendre, un rictus victorieux aux lèvres. Il se dirige vers l'accrochage. Dans sa démarche, on peut lire toute l'immensité de son mépris. Stévenard s'apprête à le suivre. Avant de se détourner, il lève l'index en désignant le visage de Gabriel.

— Montez donc vous faire soigner. Nous reparlerons de tout ça ensuite dans mon bureau.

Gabriel ne bouge pas.

Comme Carrière et les raccommodeux, il regarde un instant s'éloigner l'ingénieur principal. Lorsque Stévenard entre sur la plate-forme, il ne peut retenir un grognement de colère :

— Les imbéciles ! Les foutus imbéciles prétentieux !

Les autres se taisent, mal à l'aise.

— Et alors, on fait quoi ? demande enfin un raccommodeux avec gêne.

— Que voulez-vous faire ? s'énerve Gabriel. Vous refermez cette brèche avant que les gaz nous tombent dessus !

Carrière intervient avec gentillesse :

— C'est vrai que vous devriez remonter vous faire soigner, monsieur. C'est pas joli à voir.

Gabriel tâte son front, qu'il trouve chaud et suant, mais pas plus que d'ordinaire.

— Qu'est-ce que j'ai donc ?

— Vos cheveux. Ils ont brûlé. Et votre nez, vos sourcils…

Les doigts de Gabriel palpent son crâne. Il devine un étrange friselis dur qui recouvre à peine la peau. De ses mèches, qu'il porte longues et bouclées, il semble n'en rester qu'à l'arrière de son crâne. Il éclate de rire.

— Ah oui ! Je dois avoir une drôle de tête. Je comprends mieux pourquoi Stévenard m'a pris pour un fou !

Carrière ne sourit qu'à peine.

— Votre visage est très rouge. Il y faudrait de la pommade…

— Ce n'est qu'un coup de chaud, Carrière. Vous êtes gentil, mais la pommade peut attendre. Pas question que je remonte maintenant. Je ne vais pas leur faire ce plaisir.

Gabriel observe les raccommodeux qui se sont remis au travail. Sur la plate-forme, la sonnette du moulinage s'active. On entend le vacarme des cages. Le bruit d'un cheval fait se retourner Gabriel. Un homme le tient par la bride.

Carrière le reconnaît et lance :

— Hé, Rabisto ! Où tu vas ?

— À la Joséphine. Pousse-Cailloux dit que c'est bon, que la bowette est rouverte et moi je...

Mais Rabisto se tait en découvrant la tête de Gabriel.

— Hé ben ! Ça vous a soufflé le chaud, on dirait.

Gabriel sourit.

— Louis Eugène Joseph Renault, c'est ça ? C'est vous qui avez découvert le feu ?

— Ici même, monsieur l'ingénieur. Avec l'Variste que vous voyez là. Il l'a reniflé avant moi.

Rabisto caresse affectueusement la joue du cheval.

— Je te croyais du poste du soir ? fait Carrière.

— Pas aujourd'hui. Ce matin, j'ai voulu être avec les camarades. Avec ce feu, faut être serrés ensemble. C'est que ça gueule dru dans les corons. Moi, j'ai dit hier qu'il y avait plus de fumée. Ils se sont foutus de moi. Ils m'ont pris pour un suceux. Faut bien que je montre que mes mots sont pas en l'air. Les fouteux de merde du Jeune Syndicat racontent n'importe quoi. Ils s'en fichent, qu'il y ait de la fumée ou qu'il y en ait pas. Ce qu'ils veulent, c'est foutre la merde, pardon pour les mots justes, monsieur. Mais je vous le dis : le Broutchoux du Jeune Syndicat, il veut bouffer la laine sur le dos du Vieux Syndicat en faisant passer Ricq pour un suceux lui aussi. Moi, je suis pas d'accord. On dit ce qui est, et c'est pas pour plaire aux ingénieurs ni aux syndicats. On est pas des suceux, sûr que non !

— Des *suceux* ? s'étonne Gabriel.

— Des lèche-culs, monsieur, en bon langage bourgeois.

— Ah ! Je vois.

— Ricq, je sais ce qu'il vaut. Et si je trouve pas de fumée dans la bowette, je vais pas inventer qu'il y en a pour plaire à Broutchoux.

Gabriel opine, mais glisse un regard gêné vers Carrière.

— C'est exact, il n'y a plus de fumée ici, Rabisto. Mais ce n'est pas pour autant que…

Il s'interrompt tout net. Là-bas, sur la plate-forme, la sonnette résonne. Ding ! Un coup. Les grilles grincent. Les hommes sortent des cages et la rumeur des voix enfle.

Gabriel passe la main sur ses cheveux roussis et hausse les épaules.

— Oui, dit-il à Rabisto. Vous avez raison, Ricq est un bon délégué. Et il faut être serrés ensemble, ce matin.

Un raccommodeux lui tend son béguin. Il l'assure sur son crâne, y repose sa barrette en grimaçant.

— Merci d'être resté avec moi, Carrière.

Comme le porion s'apprête à répondre, Gabriel fait un signe en direction de la plate-forme :

— Allez sur vos chantiers. On se verra plus tard. On va les faire, ces échappements.

Et, se tournant vers Rabisto :

— Venez, Renault, je vous accompagne, vous et votre 'Variste. Il me faut inspecter les barrages plus bas au midi de la bowette.

## 6 h 25
## Fosse 3, étage – 280
## Voie Lecœuvre

— C'est bon, dit Henri. Un trou tout propre ! Et vite fait, avec ça.

Avec l'aide de Joseph, Henri Lecœuvre achève de percer au pic et à la masse un trou de mine bien net, tout en haut du front de taille.

Appuyé sur une berline encore vide, un peu en retrait, Arthur observe. Il approuve sans grand enthousiasme. Joseph lui demande :

— C'est encore un jour où t'es pas de bon poil ?

Henri s'apprête à corriger son cadet, mais Arthur se passe la main sur les yeux et répond avec calme :

— C'est bizarre, j'ai toujours ce poids sur les yeux.

— Et alors ? fait Joseph.

Arthur ignore la question. Il attend qu'Henri se détourne de sa tâche et lève les yeux vers lui.

— J'ai cru que ça me passerait. Que non. C'est comme hier. Ça m'a repris dès qu'on est arrivés dans ce fond de voie.

Henri marmonne des mots inaudibles. Il dépose son pic, essuie la sueur autour de sa bouche avant de lâcher ce qu'il a sur le cœur :

— Quand même, on va pas rappeler Pélabon ! On aura l'air de zouaves.

Son ton est si plein d'agacement que Joseph le considère avec surprise.

— Eh quoi ? Tu me connais pas ? gronde Henri. Reste pas là à bâiller. Va donc chercher les Favier dans la boîte à poudre.

Joseph obéit dans un soupir. Mais Arthur a bien pris le reproche.

— T'as raison. On va pas appeler Pélabon. C'est pas la peine. Quand même, je me demande d'où ça me vient.

Cette fois, Henri préfère ne pas répondre.

Joseph s'est éloigné jusqu'à l'embranchement qui rejoint la voie parallèle. Il tarde un peu à revenir, discutaille autour de la boîte à poudre avec un rouleur qui vient d'arriver. Les deux aînés se tiennent dans un silence plein d'embarras. Henri finit par crier :

— Zef ! C'est pas l'heure du bal !

Arthur sourit.

— Hé, on dirait bien que c'est toi qui es de mauvais poil aujourd'hui.

Henri est sur le point de répliquer durement, mais le regard d'Arthur est plus tendre que moqueur. Il se marre.

— Ouais… T'as raison. C'est qu'à force de t'entendre, je finirais par me faire des mauvaises idées moi aussi.

Joseph est tout surpris de les retrouver qui rigolent ensemble.

— Qu'est-ce qu'il y a de drôle ?

— T'occupe.

C'est pas une rebuffade, c'est dit gentiment. Joseph sourit de toutes ses jeunes dents, agite le bâton de Favier devant son nez.

— Ho ? Vous me laissez allumer le pétard cette fois ?

Arthur hausse les épaules. Henri rigole un peu plus.

— Pourquoi pas ?

Cela leur prend sept ou huit minutes pour installer la charge dans sa bourre et y placer le détonateur. Plusieurs fois, Arthur fait semblant d'essuyer la sueur de son front et se presse la tempe droite d'un coup de pouce discret.

Henri annonce soudain :

— C'est bon, on peut y aller.

— J'suis prêt, s'excite Joseph.

Arthur pense qu'il lui lance :

— Attends un peu, p'tiot…

Mais il ne saura jamais s'il a prononcé ces mots à haute voix.

Tout est l'affaire d'une pincée de secondes.

La tête lui tourne et il baisse les yeux. Il ne regarde pas Henri montrer au cadet comment s'en sortir avec le détonateur.

Il entend Joseph demander :

— Comme ça ?

Encore une fois, il a envie de dire :

— Attendez !

Il sait qu'il lève la main.

Le hurlement du souffle la lui emporte. Et le bras avec. Le déchire en entier.

La lumière l'éventre.

Le feu l'emporte dans une nuit blanche.

Durant un milliardième de seconde, Arthur sait qu'il avait raison. Le démon du grisou est sorti de sa tanière.

Dans le meuglement de l'enfer qui se lance dans la mine, les corps de Joseph et d'Henri explosent contre le sien. Chairs broyées, emmêlées de frères bien-aimés, soudés au néant pour toujours.

## 6 h 35
## Fosse 3, étage – 280
## Bowette du midi

Ils ne vont pas bien loin dans la bowette.

Comme à son habitude, Rabisto suit le pas d'Évariste et Gabriel se satisfait de cette lenteur. Ils dépassent le barrage du midi. Gabriel hésite et continue. Il dit à Rabisto :

— Je reviendrai l'inspecter tout à l'heure. Je vais aller jusqu'au fond, voir si tout va bien à l'embranchement de la Joséphine. On m'a signalé que des fumées filaient vers la fosse 4.

Rabisto se garde d'un commentaire. Gabriel songe que peut-être il se passerait de sa compagnie, lui qui ne veut pas apparaître comme un suceux.

Des ouvriers les dépassent. Chaque fois, il y a de grandes politesses :

— 'Jour, m'sieur l'ingénieur… Ho, Rabisto, t'es du matin ?

Rabisto salue chacun par son nom, jacasse une plaisanterie : « C'est que ma reine m'a fichu hors du lit ! », ou : « Y paraît qu'ici on y voit plus clair le jour que la nuit !… » Il lance des « Bon courage les p'tits gars » à pleine brassée.

Et puis cela arrive sans crier gare.

Ils entendent le même grognement de fauve. Sourd et lointain, qui les fait se retourner ensemble, la même question sur les lèvres. Cela va si vite que ni l'un ni l'autre ne la pose.

Le démon vole vers eux, ruisselant de rouge et de noir.

Ils voient le fond de la bowette comme ils ne l'ont jamais vu. Une illumination merveilleuse et épouvantable au-devant d'un fleuve d'incandescence qui se précipite, cogne et tue.

Oh, dieux tout-puissants !

Gabriel n'a que le temps de comprendre que le démon n'est pas sorti du sac là où il l'attendait. Il les prend à revers. Sa tanière était ailleurs. Il cogne depuis les tréfonds de la terre. Il se jette sur eux en hurlant de son feu noir, aussi noir que les étoiles de nuit sur le corps désiré d'Héloïse, son ultime pensée avant d'être englouti dans le crachat du fauve. Oh ! pourquoi une fois encore ne les ai-je baisées, ces étoiles offertes ? Le démon lui défonce la poitrine. Il devine Rabisto agrippé à l'encolure de son 'Variste pour une cavalcade qui les emporte au paradis. Et tous les trois, ils s'envolent dans le dur et le noir de la terre. Le 'Variste s'ouvre, devient oiseau des ténèbres, jeté parmi les miettes de chairs calcinées dans la fumée qui noie tout.

Et puis, derrière eux, ça continue dans un temps qui ne compte pas, ça avale l'air, la poussière et les hommes, ça jette les corps, disperse les membres, allume des torches humaines, ça hurle le tonnerre, la mort d'entre les morts, ça ouvre la terre, défonce la mine, les galeries, les puits, les bures, les boyaux, le fer ou le bois, le dur ou le mou, qu'importe, ça écrabouille tout, une bouillie dans la nuée ardente qui fuse plus vite que le ululement de son souffle dément craché mètre après mètre, kilomètre après kilomètre, là et ici, en haut, en bas, au nord, au sud, partout, partout sans rien épargner. Et je te griffe, et je te déchiquette, je t'explose et je t'éventre à grands coups de pattes et de flammes, les forts et les faibles, les chevaux, les jeunes, les vieux, par centaines et centaines, par brassées entières ça dévore, dévore et dévore encore.

## 6 h 35
## Fosse 3, étage – 280
## Taille de la Grande Adélaïde au midi

Charles guide patiemment l'ouvrage du gamin qui travaille à son côté.

— Tiens bon, p'tiot. Voilà… Pousse, maintenant ! Pousse plus fort !

À coups de masse, ils font glisser le rondin taillé en biseau dans l'entaille du rondin supérieur.

— Donne-moi un cougnet, ordonne encore Charles.

Le môme regarde autour de lui, sans savoir quoi faire.

— Un de ces coins de bois que tu as là contre tes pieds, galibot. Voilà ce que c'est, un cougnet. Encore qu'il y en a qui appellent ça des cocugnets. Va savoir pourquoi. Peut-être bien qu'ils croient que leurs bourgeoises pourraient les faire cocus avec.

Charles rigole. Il est bien, il est à son aise. Son mauvais sentiment s'est envolé, comme il s'en doutait. Il est resté accroché là-haut, sur la plate-forme du moulinage, avec son asthme.

Depuis une bonne demi-heure, ils sont dans un boyau étroit, très pentu, qu'on appelle un treuil et qui permet d'évacuer le charbon abattu jusqu'au roulage en suivant la veine qui remonte de dix ou vingt mètres au-dessus de la bowette. Ils se sont débottés, ne sont plus vêtus que du caleçon et suent déjà. L'air ne court pas vite dans ce coin-là, mais, par bonheur et bien étrangement, Charles ne s'en trouve pas du tout incommodé. Il n'a pas toussé une seule fois depuis le début de l'ouvrage.

L'espace est si restreint que les coups de masse leur résonnent dans la tête. À chaque coup, les paupières du galibot battent. Ses gestes sont timides. C'est un môme de quinze ans et qui ne montre pas une grande expérience.

— Tu sais comment ça s'appelle, ce qu'on fait ? demande Charles.

— Ben… On met du bois pour le toit du treuil, m'sieur.

— Une rallonge de doublage, voilà ce qu'on fait, mon gars. Sais-tu au moins la différence entre une rallonge et une queue, galibot ?

— Ben…

Charles glousse.

— Ben !… Ben va falloir qu'on se cause tous les deux, galibot. Que t'apprennes un peu ton métier aujourd'hui, pas vrai ?

— Oui, m'sieur.

Ils s'activent sur un rondin. Charles demande encore :

— C'est quoi ton petit nom ? Je l'ai pas retenu.

— Louis… Louis Delplanque.

Accroupi, Charles tape sur le bois, fait du vacarme.

— J'ai un fils comme toi qui roule les berlines quelque part là-dessous. Anselme, il se nomme. Tu le connais peut-être ?

Le gosse ne répond pas. Il se dresse de tout son petit buste maigre.

— Quoi ? fait Charles.

— Un grondement, m'sieur.

— Un tir de Favier. Il y a des boutefeux dans l'Adélaïde.

— Un gros. Un gros bruit, pas comme les pétards.

Charles regarde mieux son galibot, sa petite bouche un peu tremblante, ses yeux trop grands ouverts.

— Qu'est-ce que tu me racontes ? murmure-t-il alors que son mauvais sentiment lui ressaute dessus comme un chat noir.

— M'sieur, vous entendez ? Ça crie là-dessous. Ça appelle. C'est la voix de Danglos !

Charles se met à genoux, tend l'oreille. Le môme dit la vérité. Il entend des braillements en bas du treuil.

Il se retourne, gueule à son tour :

— Ho ! Qu'est-ce qu'il y a ? On est ici. C'est Pruvost ! Qu'est-ce que tu veux, Danglos ?

Il n'entend pas la réponse car, au même instant, le môme Delplanque lui agrippe le poignet et dit :

— J'ai peur, m'sieur.

## 6 h 35
## Fosse 3
## Plate-forme du moulinage

Ding ! Ding ! Ding ! Les trois coups de sonnette. La remonte des cages à vide. La dernière, enfin.

L'ingénieur principal Stévenard se détourne de l'accrochage où l'on pousse des berlines. Sans un mot pour le moulineur, il se dirige vers l'escalier qui rejoint la cour du carreau. Il frappe de ses gants contre sa blouse de cuir. Il est excédé.

Il a dû lui-même ramener le calme sur la plate-forme, faire descendre en vitesse deux cents hommes à l'étage 326. Heureusement, Salliez lui a prêté la main : dans le regard de certains hommes, il devinait des choses qu'un ingénieur principal ne devrait jamais voir. Mais enfin, voilà, c'est fait.

Reste que cette altercation avec Leclerc, il l'a encore dans les oreilles et plus encore sur l'estomac.

Pour qui se prend ce jeune imbécile ? Il n'aura pas pour lui l'indulgence de l'ingénieur en chef Barcant. Que Leclerc s'envoie en l'air avec la fille Brouty-Desmond, voilà bien ce qui l'indiffère.

Sans compter qu'il y a aussi ce délégué mineur Simon. Celui-là, il va le convoquer dès qu'il sera parvenu dans son bureau.

Stévenard a donc descendu vingt-sept des marches de fer, songeant aux mots avec lesquels il va river le bec de Ricq, lorsque toute la ferraille de la tour du moulinage tremble d'un coup sous lui. Un claquement énorme résonne dans les poutrelles. Il s'immobilise, se retourne.

Ça crie là-haut :

— Monsieur Stévenard ! Monsieur ! Monsieur l'ingénieur principal !

Il reconnaît la voix du moulineur. Allons donc, voilà que ces imbéciles ont fait une fausse manœuvre. Décidément, on veut lui gâcher sa journée.

— Monsieur Stévenard !

Il remonte, plus furieux encore qu'il n'est descendu.

Il n'arrive pas même jusqu'au haut des marches. Le moulineur et son aide sont dans l'escalier. Ils bataillent pour refermer derrière eux la porte qui isole la plate-forme.

— Mais qu'est-ce qui vous prend ? Pourquoi fermez-vous ces portes ?

— Les cages ont sauté en l'air, monsieur !

— Qu'est-ce que vous racontez ?

— Les cages, monsieur, à la remonte. Elles ont sauté jusqu'aux molettes. Et la plate-forme…

— Qu'est-ce que c'est que cette histoire ? Je n'ai pas entendu la sonnette d'arrêt ! Vous avez oublié de donner l'ordre…

— Non, monsieur ! Oh non ! c'est bien autre…

— Et bon sang, que faites-vous donc à bloquer cette porte ?

— C'est la fumée, monsieur ! On peut pas respirer ! C'est terrible. Une fumée d'enfer qui sort du puits.

— Que dites-vous ?

— Ça a pété là-dessous, monsieur. Oh ! nom de Dieu, pour sûr que ça a pété !

## 6 h 35
## Méricourt-Corons

Maurice est accoudé devant la fenêtre de l'étage. Il guette le jour qui vient. Un jour de mars tout blême, pareil à celui de la veille.

Il est rentré à la maison comme il en était sorti : par la fenêtre de la cuisine, sans réveiller personne. Pas même ses sœurs. La plus jeune dort dans son dos, la plus grande, Émilie, est déjà dans la cuisine avec la mère. Elle l'a découvert devant la fenêtre qui contemplait les lumières de la fosse comme s'il ne les avait jamais vues.

— Pourquoi tu dors pas ?

— Parce que.

Émilie s'en est contentée en haussant les épaules.

C'est vrai qu'il aurait dû dormir. Une heure au moins. La fatigue pèse déjà sur ses épaules, la journée d'école sera longue. Mais pas question de dormir. Il n'est pas une minute où il ne songe à son ami Ghislain.

C'est comme s'il l'avait suivi pas à pas depuis les grilles de la fosse : la lampisterie, la passerelle, la plateforme, le dévalement, les bowettes et maintenant…

Maintenant, vu l'heure, Ghislain devrait savoir de qui il est le galibot. Il doit rouler une berline ou porter les lampes des hommes, découvrir les boyaux et les voies de taille.

Peut-être, comme son père est un porion, lui confie-t-on le transport des outils des haveurs ?

Et puis Maurice cesse de penser en dedans. Il cesse de voir des choses qui ne sont pas visibles et de se raconter une grande histoire. Quelque chose ne va pas, là, dehors, dans le jour blême.

Il bat des paupières, regarde mieux le beffroi de la fosse qui surplombe les toits des corons. Il voit.

Il voit pour de bon sans rêver debout.

Il voit et il sait.

Il tremble, la bouche grande ouverte, mais sans qu'un son n'en sorte.

Les ongles de ses doigts crissent contre le bois de la fenêtre et cassent.

Il court hors de la chambre et se précipite dans celle de son père. Joseph Landier est rentré de son poste il y a moins de trois heures. Il dort à poings fermés. Maurice le secoue. La voix lui revient. Il hurle.

— Papa, papa !

Landier sursaute, se retourne en regardant Maurice.

— T'es devenu maboul ?

— La fumée ! Il y a plein de fumée !

Émilie est déjà sur le seuil de la chambre et la mère ne tarde pas à la rejoindre. Émilie crie :

— Maurice ! T'es pas un peu cinglé ?

La mère dit :

— Sors d'ici tout de suite ! Qu'est-ce qu'il te prend de réveiller ton père ?

Toutes les deux l'attrapent, il s'agrippe au bras de son père.

— Viens voir, viens voir ! Il y a de la fumée !

Maurice est tout blanc, hors de lui, véritablement comme fou. La mère gronde et le tire en arrière. Émilie tente de lui fiche des claques. La petite sœur s'est réveillée, bien sûr. Elle observe ce chambard depuis le seuil en suçant son pouce.

Landier gueule à son tour, à demi hors du lit, le caleçon tout plissé :

— Ho, la paix ! Vous êtes tous devenus raides dingues ?

C'est efficace. Ils s'immobilisent. La mère tient Maurice serré contre elle. Il tend les bras vers son père, il a des larmes dans la voix.

— Papa, viens voir !

— Voir quoi ?

— La fosse. Il y a plein de fumée qui sort du moulinage.

Ils courent devant la fenêtre. Ils voient à leur tour.

— Crénom de Dieu ! souffle Landier.

La mère presse les mains devant sa bouche. Émilie a les yeux si grands qu'on ne voit plus ses paupières. La petite se met à geindre.

Le beffroi de la fosse 3 n'est plus un beffroi. C'est une cheminée. Il en sort des flots et des flots d'une fumée noire, si épaisse qu'elle cache déjà le ciel blême.

La main de Maurice cherche celle de son père. Il la serre avec les secousses des sanglots qui lui ravinent le corps.

— Crénom de Dieu, répète Landier en attirant son fils contre sa hanche. Crénom de Dieu. Sûr qu'ils sont tous morts là-dessous.

## 6 h 40
## Fosse 4/11
## Carreau

À demi vêtu, le porion Douchy sort des lavabos en courant. Il court encore dans le couloir et encore pendant quatre ou cinq mètres dans la cour. Là, il s'immobilise. Ses jambes tremblent soudain et le portent à peine.

— Oh non ! marmonne-t-il. Non, non ! C'est pas Dieu possible.

Le beffroi de la fosse 11 crache du noir, une fumée terrible qui engloutit le ciel et les bâtiments.

On accourt autour de lui et on lève le nez. Il y a des exclamations, des jurons.

Douchy entend des cris, des braillements là-haut.

Douchy se ressaisit, rassure ses jambes. Il a beau être en simple tricot et caleçon, il court dans le froid, il fonce vers la passerelle. Il prend le temps de jeter un regard vers la fosse 4. Elle est à moins de cent mètres de la fosse 11. Elle sert de retour d'air à l'ensemble de la mine. Là-bas, au moins, la tour du moulinage n'est pas transformée en cheminée.

Douchy se remet à cavaler vers la plate-forme. Il court, haletant. Mais il ne va pas jusqu'en haut. Les moulineurs descendent vers lui, cavalant aussi, tout noirs de suie et crachant.

Quand ils sont près, Douchy voit que l'un d'eux,

Eugène, a le visage plein de sang. Il n'a pas besoin de poser de question.

— Ça a pété ! Ça a pété dessous, balbutie Eugène en se reculant, tremblant, jusqu'à la rambarde.

L'autre, Toussaint, qui est un vieux de la vieille, explique :

— Il y a eu le noir ! Tout un nuage de fumée d'un coup du fond, wouff ! Et vlang, la cage s'est envolée au-dessus des taquets. Jusqu'aux molettes. Ça nous a foutus par terre, l'Eugène est allé cogner. Faut pas monter, ça pue le mauvais air là-haut. Tu peux pas respirer…

Douchy n'écoute plus. Il regarde au-delà de la passerelle le ciel qui s'emplit de noir.

Sur un ton qui ressemble plus à une plainte qu'à celui d'une question, il dit :

— Ça a pété dessous, tu es sûr ?

Eugène agite ses mains rouges.

— Que tu peux pas imaginer. Ça a pété en grand, je te dis !

— C'est pas temps de rester là comme des couillons, s'énerve Toussaint. Faut se bouger vite ! Il y a les gars dessous.

Douchy dit que oui, bien sûr. Il court déjà vers le bas de la passerelle.

— Les ingénieurs, marmonne-t-il en courant. Les ingénieurs, faut les prévenir. Nom de Dieu, ça a pété !

# Fosse 3, étage – 280
# Veine Joséphine au midi

Anselme court derrière les autres. Et tous, galibots ou adultes, ils courent dans la voie de fond, à demi nus, débottés comme ils sont, les vêtements à la main, la même panique dans le ventre. Ils ne savent même pas pourquoi. Il y a eu un gros vacarme. Un craquement d'enfer. Et puis plus rien. Un rien qui les pousse devant eux.

— Qu'est-ce que c'était ? demande quand même Anselme quand ils ralentissent un peu.

— Un gros pétard, fait une voix devant. Une mine mal placée.

— C'était pas le bruit d'une mine, tranche un autre gars.

— Si, ça pourrait.

— Pourquoi on cavale si c'est qu'une mine ?

— Vaut mieux savoir.

— Un éboulement, moi je dis. Pas une mine.

— Qu'est-ce qu'on craint ?

Cette fois, personne ne répond. Ils sont cinq, trois adultes et un autre galibot qu'Anselme connaît à peine. Ils entrent dans un passage de taille, si biscornu et si étroit, sans boisage, qu'il leur faut s'accroupir un à un pour le franchir. À la sortie, Anselme remarque :

— On va à la tête du treuil, par là.

— Tout juste. Tu connais ta mine, galibot !

— Et pourquoi on y va ? C'est pas le chemin de la bowette.

— Il y aura du monde, là-bas. On saura ce qu'il se passe.

C'est Wattiez qui a répondu. Un gars solide, un ouvrier qui pense et sait ce qu'il fait. Un qu'on peut suivre.

Et Wattiez a raison : il y a du monde dans l'espèce de salle qui se trouve à mi-pente du treuil. Cinq ou six hommes, tous débottés, les frusques à la main, les lampes dans l'autre, les gourdes et les étuis de briquet suspendus à l'épaule. Mais eux, ils ont déjà mouché les flammes nues de leur astiquette. Et tous se demandent qu'est-ce que c'était, ce crénom de bruit.

Wattiez s'exclame :

— Merde, t'es là, Nény ?

— Et pourquoi tu veux que je sois pas là ? grogne Nény.

C'est un grand mince à belle gueule, un nouveau dans la mine, venu du Sud et au fond depuis seulement six mois. Il dit à Wattiez :

— J'ai entendu le braboum et j'ai couru ici en craignant que quelque chose soit arrivé.

— Merde, répète Wattiez, je croyais que c'était toi qui avais raté une mine.

— Que non. J'ai rien raté du tout.

Ils se regardent les uns les autres. Tout juste reconnaissables, les faces déjà noires après à peine une heure de travail.

— Alors, c'est quoi ce qu'on a entendu ? demande un jeune, maigre comme un oiseau.

— Le tonnerre, dit Wattiez. Un sacré roulement de tonnerre.

— Sauf qu'ici dessous, il y a pas de tonnerre, remarque Nény.

Ils se taisent de nouveau, tendent l'oreille.

Rien d'autre n'est à entendre que leur souffle. Ils se remettent à parler tous ensemble :

— Alors, c'est de l'éboulement.

— Un gros, en ce cas.

— Un sacré gros.

— J'y crois pas, à l'éboulement.

— Un boisage qu'a clippé...

— Tu parles d'un boisage ! Faut que ce soit une voie qui parte en fonderie sur une autre pour faire un raffut pareil.

— Oui, ça se pourrait ! C'est déjà arrivé.

— Faut se méfier, c'est un truc à donner du puteux.

— C'est peut-être un coup, aussi.

Il y a presque un silence.

— Un coup de quoi ? demande Anselme en entendant sa voix trembler.

— Un coup de mauvais. Le grisou.

— Il y a pas de grisou dans cette mine, fait Nény. Ils me l'ont dit quand je suis arrivé ici à l'automne.

— C'est justement parce que t'arrivais qu'ils te l'ont dit. Le grisou, il y en a pas jusqu'au jour où il en vient.

Cette fois, c'est le silence pour de bon.

— Faut y aller pour voir, décide Wattiez.

— Aller où ? demande Nény.

— Au plus proche. À l'étage 231. À l'accrochage, on saura.

— On en est pas loin si on prend les échelles. Elles arrivent juste dans la bowette du midi.

— Wattiez a raison. Si on veut rejoindre la bowette de 280, on va se casser les pattes dans les trous de taupe de la taille. C'est à n'en plus finir.

Celui qui a dit cela, c'est Auguste Boursier. Un jeune de vingt ans qui travaille souvent avec Wattiez et le connaît bien. Son jugement entraîne les autres. Chacun approuve.

En manière de rigolade, parce que c'est son genre à plaisanter en toutes circonstances, Nény demande :

— Comment ça, personne veut retourner au travail ?

Boursier n'aime pas la plaisanterie. Il toise Nény avec tout le blanc de ses yeux et répond :

— Ça se pourrait.

— Il y a pas plus court que les échelles ? demande le jeune maigre comme un oiseau.

— Pas que je connaisse, fait Wattiez.

Anselme hésite et dit :

— Il y a mon père qui est pas bien loin. Peut-être que je pourrais aller le voir. Peut-être qu'il sait ce que c'était, le bruit.

Wattiez le considère en fronçant les sourcils.

— C'est qui, ton père, galibot ?

— Charles Pruvost, moi, je suis Anselme.

— Ah, c'est toi ! Avec tout ce charbon que tu t'es pris sur la figure, je te reconnaissais même pas. Il est où, ton père ?

— Dans l'Adélaïde. Avec Danglos et d'autres.

— Ça marche pas, mon p'tiot ! intervient Boursier, déjà en route vers le haut du treuil. Si tu veux atteindre l'Adélaïde depuis ici, faut repasser par la bowette de l'étage 280. Je te le conseille pas. Allez, assez causé pour rien. Faut avancer.

Dans la lueur de sa lampe, Wattiez croise le regard d'Anselme. Il sourit, effleurant du dos de la main sa belle moustache bien taillée.

— T'en fais pas, galibot. Tu vas le revoir, ton père. Il suffit de monter à l'échelle.

## Fosse 3
## Carreau

Ça court et ça crie dans tous les sens. Tout ce qui est présent sur le carreau, les femmes, les surveillants, les conducteurs de locomotive, ceux des charrettes, les chauffeurs de la machine à vapeur, les livreurs de bois, les porions comptables, les quémandeurs de tâche, tous, tous ils se précipitent, le nez en l'air.

Ils hurlent, gémissent, lancent les bras vers le ciel comme si la fumée qui sort à flots du moulinage gonflait, dans ses volutes de suie, la face d'épouvante d'un dragon prêt à mordre.

Ricq fend cette foule à coups de coude. Il se jette dans l'escalier. Il grimpe les marches sans même s'en rendre compte. Dans la dernière volée, il trouve Stévenard et les moulineurs qui se tiennent devant la porte. Il hurle :

— Je vous l'avais dit ! Je vous l'avais bien dit ! Vous avez foutu le démon dans le sac et il nous pète au nez !

— Simon !

— C'est de votre faute, crénom de Dieu. Je vous jure que c'est de votre faute, monsieur l'ingénieur principal !

— Allons, Simon, tenez-vous. Vous ne savez pas de quoi vous parlez !

— Ça fait deux jours que je l'annonce, cette catastrophe, et on me prend pour un fou dès que j'ouvre la bouche. Alors vous allez pas continuer à me la boucler…

— Calmez-vous !

— Vous voulez que je me calme alors qu'ils sont tous dessous ?

— Cessez donc de hurler, ça ne sert à rien. Je vous entends très bien.

— Moi qui vous ai demandé vingt fois de pas faire dévaler ! L'ingénieur Leclerc vous le demandait, lui aussi ! Mais lui aussi vous l'avez pris pour un fou, pas vrai ? Et maintenant il est là-dessous parce que vous avez pas voulu nous écouter…

— Simon, ce n'est pas le moment de discuter de cela.

C'est plus fort que lui. Grondant comme un chien enragé, Ricq pointe le doigt contre la poitrine de Stévenard. L'ingénieur principal recule, la peur dans les yeux. Il a raison. Il ne s'en faudrait que d'un millimètre avant que Ricq appuie jusqu'à le renverser. Il hurle de toute sa gorge :

— Vous savez combien ils sont là-dessous, à cette heure ?

— Tous ces cris ne nous aident pas.

— Mille sept cents ouvriers, monsieur ! Nom de Dieu de bordel ! Mille sept cents hommes !

Cette fois, Stévenard ne réplique pas. Il regarde ailleurs. Dans la cage d'escalier ou vers le ciel noir de suie. Là où il est certain de ne pas croiser les yeux du délégué mineur Simon.

Mais Ricq est enfin à bout de souffle et de colère. Ses genoux tremblent. Lui le si costaud, le petit taureau, il tremble comme une feuille. Il est même au bord des larmes, bon sang de bois.

— Et pourquoi vous vous agrippez à cette porte,

vous autres ? demande-t-il aux moulineurs avec rage. Elle va pas s'envoler. L'explosion est passée.

— C'est pas respirable derrière, Ricq. Ce qui sort de la fosse, ça te fait tomber dès que tu ouvres la bouche.

— Ah crénom ! Comment ils doivent être, les pauvres, là-dessous ! Ah crénom de Dieu, c'est pas croyable ! Quand même, il faut descendre les chercher.

— C'est pas possible, je te dis.

— Dès que c'est respirable, je descendrai moi-même par les échelles, annonce Stévenard, solennel. C'est mon devoir.

Ricq l'assassine du regard.

— Faut faire donner les sonnettes, dit-il. Qu'ils entendent qu'on est là et qu'on s'occupe d'eux. Et surtout, l'air mauvais du dessous, faut le tirer fort. Vous devez donner l'ordre aux gars du ventilateur de pousser la puissance. Et dans les fosses d'à côté, pareil. Au retour d'air de la 4, il faut forcer aussi. Et vite. Il y a que des secondes de perdues !

Stévenard est sur le point de répliquer. Mais il opine. Il dit seulement :

— Oui, vous avez raison.

## Fosse 4/11, étage – 331
## Voies de fond d'Amée, d'Eugénie, de Marie

Grandamme braille autant qu'il le peut :

— C'est moi, Braind'amour ! Venez tous dans le retour de Marie, l'air y est bon !

Voilà presque un quart d'heure que le pire est arrivé. Il en a déjà quatre autour lui, dont son garçon, Ghislain, Dieu soit loué.

Il braille encore deux ou trois fois, en reculant dans l'espace un peu large où des rondins de boisage ont été entreposés.

Il écoute et, comme pas un bruit ne vient, il gueule encore dans les voies de fond partant en fourche.

Le charbon et le noir étouffent l'écho. Quelqu'un dit :

— Il y a plus personne.

Grandamme réplique du tac au tac :

— Qu'est-ce que t'en sais ?

Et le voilà qui gueule à nouveau.

Il a raison. Soudain, il y a des « Ho ! » en retour, des cliquetis de bidons. En moins d'une minute, ils sont dix à apparaître.

— Braind'amour ! Vingt dieux, c'est bien la première fois que je suis aussi content de voir un porion ! Qu'est-ce qui nous arrive ?

— Ça a explosé, répond Grandamme sans hésiter.

— Tout ce que j'ai entendu, c'est un craquement terrible.

— Mais où ça a pété ?

— On aurait dit que ça venait de partout. Bon sang de bois, dans quels draps on est !

— Il y a des morts, et plein. J'ai vu des gars couchés.

— Des brûlés, il y en a, je suis sûr. Là où j'étais, ça puait la chair roussie.

— Les gaz, c'est ça le dangereux, maintenant, fait calmement Grandamme.

Mais les autres sont encore loin du calme :

— Mon galibot, il est tombé comme ça, hop ! Sur les genoux. Mort la main sur le nez.

— C'est le puteux.

— Pire que le puteux : l'acide carbonique.

— Et les bidets ! L'explosion les a fait valser. J'ai marché dans le ventre d'un ! J'ai encore la sensation dans mon pied…

— Vos gueules ! aboie Grandamme. S'exciter de frayeur, c'est pas utile.

Mais il y a un bruit derrière lui, dans le coude de la voie. Grandamme s'y précipite. Deux gars de plus. L'un des deux tient à peine debout. Ils le saisissent, l'assoient pour lui donner de l'air avec leurs jupons.

— C'est des gaz et des fumées partout ! explique son compagnon. Ça vous tombe dessus et t'es pris. Tu vois tout comme en rêve. Tu trouves tout joli et bien doux. Et hop ! tu crèves sans t'en rendre compte.

— C'est ça, l'air vicié. Rien que de la traîtrise…

Grandamme ne laisse pas repartir les jérémiades.

— Écoutez-moi : ça a pété en grand, c'est fait. Pas la peine de gémir. Il y a du puteux, ouais, c'est sûr. Du carbonique plein les voies, les bowettes et même jusque dans les plus petites tailles. Donc, c'est simple : on est à trois cent trente mètres sous terre et faut trouver la sortie en évitant le mauvais gaz.

— T'es un drôle, Braind'amour. Et comment on la trouve, ta sortie ?

— On la trouve parce que je vais vous y conduire. Ici, c'est mes chantiers. Je connais même les grains de poussière. On va aller à l'accrochage de 331.

Il y a du silence et de la réflexion. Une voix dit :

— D'accord, porion, je te suis. Pas la peine de discutailler, faut se calter d'ici vite fait. C'est pas bon d'attendre.

Grandamme est bien d'accord. Ça gamberge déjà assez comme ça. Bouger éclaircira les cervelles. Il explique posément :

— On est dans la voie de fond de Marie. On va remonter sagement jusqu'à la bowette de 331. Chacun, gare au gaz. Des fois on le sent et, souvent, on sent rien du tout. Le dangereux, c'est que ça bouge. Cette saloperie de gaz, ça reste pas en place. Ça se déplace avec l'air, un coup tu l'as dans le nez, l'autre coup il s'éloigne. Donc le premier qui a la jambe qui flageole, les yeux qui tournent, il gueule. Il galope en arrière sans attendre.

Il y a des grognements mais pas de protestations. Grandamme ajoute :

— Et vérifiez que ça suit derrière ! Je veux voir personne d'isolé.

Il se décale pour prendre la tête de la file. Dans la lumière de sa lampe, il découvre le visage de Ghislain. Le fils a des yeux grands comme la terreur.

Grandamme lui attrape le menton.

— Ça va, mon garçon ?

Ghislain hoche la tête sans pouvoir répondre. Grandamme hésite sur ce qu'il va dire. Les autres surveillent chacun de ses gestes, et plus encore ses mots.

— T'es mon fils, Ghislain. Un petit gars encore plus costaud que moi. Tu vas voir ce que c'est d'être un Grandamme.

Cette fois, Ghislain trouve le moyen de répondre :

— Oui, papa.

Grandamme approuve. Il grogne ce qui pourrait être un rire :

— Tu as bien choisi ton jour pour dévaler, mon fils. On t'a fait un spectacle en grand, rien que pour toi !

Ça ricane un peu derrière, sans trop de joie.

## Méricourt-Corons

Éliette court à travers le coron à en perdre haleine. Elle court, elle court de toutes ses forces. Son cafu vole dans l'air qui commence à puer. Sans un cri, sans un appel, elle court en évitant de justesse les premiers qui sortent déjà dans la rue, le nez en l'air.

Elle se jette contre la porte de la maison plus qu'elle ne l'ouvre. Elle vole jusqu'à la chambre. Ça lui prend une seconde. Il y a assez de jour pour qu'elle sache.

Il est dans le lit. Lido est là. Il dort. Il est vivant.

Cette fois elle crie. Elle se jette sur lui. Elle le serre à l'étouffer avant qu'il se réveille. Elle plante ses dents dans la chair de ses épaules.

— Lido ! Lido ! Lido !

Elle pleure, elle le tuerait presque de le serrer trop fort, de l'embrasser trop fort, de planter ses ongles noirs et abîmés dans sa peau si blanche.

Il gronde, se débat, rit, ne comprend rien, proteste. Elle ne se rend même pas compte qu'elle salit tout car elle est dans ses loques du criblage. Il l'attrape enfin, la repousse :

— Qu'est-ce qu'il y a ? Qu'est-ce que tu fabriques ?

Elle ne répond pas, elle pleure. Elle pleure aussi fort qu'elle a couru. Elle s'agrippe de nouveau à lui, il questionne encore, elle ne répond pas à ses questions. Alors il la met debout. La mère est déjà sur le seuil de la chambre à demander ce que c'est que tout ce cirque.

Éliette se dégage brutalement. Elle l'entraîne dans l'escalier qu'elle dévale comme une folle. Ils se retrouvent dans la rue du coron, Lido en caleçon. Il n'est pas le seul. Il voit.

— Ça a pété, souffle quelqu'un.

## Fosse 3, étage – 280
## Veine Joséphine au midi

Anselme Pruvost ne perd pas de vue le dos de Wattiez.

Ils ne parlent plus depuis un moment. On entend seulement les souffles, les coups de lampe ou de bidon contre les boisements des parois.

La côte du treuil est de plus en plus raide. Cela fait un bout de temps qu'ils grimpent, tous les huit à la queue leu leu, rampant à demi, franchissant à genoux des encombrements de charbon ou de bois.

De temps en temps, Wattiez s'immobilise et demande :

— Tout le monde est là ?

Des « oui » résonnent dans son dos, et l'on commence à les reconnaître au son de leur voix et sans qu'ils aient besoin d'égrener leurs noms : Boursier, Martin, Tourbier, Castel, Nény, Bauchet…

Soudain, la voix de Boursier résonne :

— On arrive à la bowette ! Plus que cinquante mètres. Sûr que je m'y reconnais !

Le ton du triomphe. Wattiez rigole :

— Je vous disais… J'ai gagné la chopine !

Derrière, Nény lance une plaisanterie qui fait rire. Anselme ne la comprend pas mais s'en moque. Il a le cœur qui bat fort. Encore une petite course et ils seront à l'accrochage de l'étage 231. Il croit déjà entendre les trois coups de sonnette de la remonte : Ding ! Ding ! Ding ! Il songe déjà à la manière dont il racontera les choses à son père.

— Eh ! Attention ! Attention les lampes !

Encore un cri de Boursier. Il n'a pas le temps de lever sa lampe. Le coude bien dur de Wattiez le frappe en pleine figure. Il titube, glisse dans la pente tandis que Nény se met à hurler à son tour :

— Ma flamme tombe ! C'est plein de puteux ici !

C'est déjà la bousculade. Wattiez se retourne juste devant Anselme et lui bouche le passage. Le grand Bauchet, qui était venu à sa hauteur, pivote comme s'il affrontait le diable. Son sac frappe le flanc d'Anselme. Le coup le déséquilibre, l'entraîne dans la pente. Il tente de se rattraper au boisage. Dans son dos, Wattiez gueule :

— En bas du treuil, en bas ! Ouste, ouste !

Les doigts d'Anselme ripent sur la rondeur d'un bois. Il s'affale de tout son long. Wattiez le rattrape par le bras alors qu'il est encore à croupetons.

— Hé là, p'tiot, c'est pas le moment de la prière !

Il le redresse sans ménagement, le pousse en avant.

Dans le bruit et les grognements, ils dévalent la pente qu'ils viennent de grimper, glissent, se laissent aller sur le cul avant de se remettre debout. Anselme entend Boursier qui grogne juste derrière lui :

— Ho, Wattiez ! Le gaz nous poursuit.

Se déchirant les mains aux parois, Anselme imagine le gaz comme une bête. Un grand fauve souple et transparent, aux dents de verre plus pointues que des pics.

Ils butent contre un resserrement plus étroit que les autres. Devant, ça se bouscule à nouveau, ça gueule. Dans le noir, Anselme voit les lampes s'agiter. Il ralentit le pas, veut se tourner vers Boursier. Mais les choses deviennent étranges. Le halo des lampes grandit. Il se balance avec une drôle de mollesse. Les sons se font plus lourds et diffus. Les voix ne sont plus des voix mais des frappes de tambour.

— Anselme…

Avec beaucoup d'efforts, il se tourne. Devine la main de Wattiez sur lui.

— Anselme…

Pourquoi Wattiez se met-il à genoux ?

Anselme se balance en avant comme s'il plongeait dans une eau douce. Il ne comprend plus. Son bras ne se lève plus, sa main ne parvient plus à soulever la lampe. Il tangue comme un ivrogne. Ses oreilles grondent. Oh !… Voilà que la lampe s'en va toute seule dans la pente.

Ma lampe ! Wattiez ! Ma lampe. Faut pas la laisser filer.

Il se jette dessus.

Mais tout s'éteint.

## Fosse 3, étage – 280
## Taille de la Grande Adélaïde
## au midi

Charles dit :

— On va pas rester là, à se donner des mots pour rien savoir et rien faire.

Cela fait bien des minutes qu'ils se sont retrouvés au haut du treuil de la Grande Adélaïde, là où commencent les rails de roulage qui permettent de descendre les berlines à l'étage 326. Ils sont accroupis en rond devant leurs lampes comme une secte au fond d'une crypte, rabâchant ce qu'ils ont entendu et pas entendu. Des mots et des mots qu'ils se donnent par pelletées pour conjurer l'inquiétude.

Chacun invente ce qu'il ignore. L'un dit que c'était une mine, l'autre un éboulement, un troisième est d'avis que c'est une conduite d'air comprimé qu'a pété… Et quoi encore ?

Charles les toise avec tout le poids de son âge et de sa mauvaise humeur. Il sait déjà que c'est avec eux qu'il va devoir trouver le chemin du dehors. Cinq ou six ouvriers sages, pleins de courage, des gars qui ont la force dans le sang et encore pas trop de charbon dans les poumons. Mais des jeunes. Qui connaissent trois ou quatre voies et ne sauraient pas se diriger sans lampe. Des mômes comme le petit Delplanque. Un galibot qui ne possède rien, ni l'expérience ni la force. Qui est là, accroupi entre les rails en grelottant de trouille.

Charles en a le cœur tout remué par-dessus sa colère. Voilà à quoi doit ressembler son Anselme en ce moment : un petit môme terrifié.

Quand même, il y en a trois de plus de trente ans : Lefebvre, Danglos et Noiret, sur qui il peut compter. Si jamais l'âge est une sagesse.

C'est à eux qu'il s'adresse :

— Ce qui s'est passé, on le sait : c'est le feu de Cécile qui a pété. Du grisou qu'est venu dedans ou autre chose. Mais c'est le feu de Cécile. Je le sentais venir depuis deux jours. J'avais un mauvais sentiment…

— Alors, t'es bien bête d'avoir dévalé ce matin si tu te doutais, soupire Lefebvre. T'aurais mieux fait de rester dans ton lit, et nous autres avec.

— Sûr que j'allais pas rester dans mon lit alors que mon garçon venait rouler dans la Joséphine ! s'exclame Charles.

Dans la pénombre on ne voit pas sa rage, mais on l'entend dans son ton.

Castel, un grand tout maigre qui a à peine passé vingt ans, s'agite. Il se redresse d'un coup, brandit sa lampe vers le fond obscur de la voie.

— Il y a du monde qui vient. J'entends des pas !

Oui ! Des gosses encore ! Deux rouleurs que Charles ne connaît pas. Le souffle court et des têtes de panique sous le noir du charbon. Ils crachent la nouvelle :

— C'est un sauve-qui-peut !

— On était dans le fond de la bowette de 280. À cent mètres dans l'Adélaïde. Ça nous a foutus par terre…

— C'est pas possible ce que ça pue là-bas ! Le roussi, et si fort qu'on peut pas respirer…

— C'est comme si l'air avait brassé dans l'autre sens.

— On a couru vers ici, mais ça nous tapait dans les tempes. J'ai cru qu'on allait tomber.

Charles est comme les autres : il regarde les rouleurs et laisse les mots entrer dans son crâne. Chaque phrase confirme ce qu'il pense déjà : le démon est sorti du feu de Cécile.

Son mauvais sentiment n'était donc pas une menterie.

Il demande aux rouleurs :

— Vous avez entendu des appels ? Des porions qui gueulaient ou tapaient la cloche pour battre le rappel ?

— Rien de ça. Juste ce grand craquement.

— Et puis le gros souffle qui nous a foutus par terre.

— C'est pas Dieu possible, marmonne Lefebvre. Faut-il qu'on soit seuls ici dans le coin et que tous les autres aient déjà filé à l'accrochage ?

Des mots qui ramènent le silence.

Pour ne pas qu'il dure trop, Noiret demande aux rouleurs :

— C'est quoi, vos noms ? On vous reconnaît même pas, tant vous êtes couverts de poussière.

Ils se nomment comme à l'école : Dubois Albert, Vanoudenhove Léon.

— Bon, fait Charles en réfléchissant à haute voix. Faut se calter, et vite. L'accrochage de la bowette de 280, faut pas y compter. L'incendie doit tout ravager par là-bas. Faut descendre le treuil jusqu'à la bowette de 326. Il y a pas autre chose à faire.

— Ça fait une trotte, remarque Danglos.

— T'as vu pire.

— On pourrait attendre que ceux du dehors viennent nous chercher, fait Lefebvre. Si on bouge, ils sauront pas où nous trouver.

— Eh ben attends, mon gars, réplique Charles en enfilant sa veste. Moi, j'ai pas cette patience.

Danglos se dresse à son tour.

— C'est pareil pour moi. Je te suis.

— Eh ben ouste, et vite.

Mais les autres se montrent encore indécis. Danglos enfile ses frusques et déclare :

— Restez pas là. S'il y a un de nous qui connaît ce fond de mine, c'est bien Pruvost. Vous pouvez lui faire confiance.

Charles file déjà dans la voie. Derrière lui, il perçoit les bruits des pas et des bidons. On le suit avec un temps de retard mais sans plus discuter.

En moins de vingt pas, le petit Delplanque se trouve dans ses pas, sa lampe bien tenue devant lui. Charles lui jette un coup d'œil, trouve le moyen de sourire.

— T'en fais pas, galibot. On va être au jour avant l'heure de la remonte.

Le gosse lève des yeux tout blancs de peur, murmure un : « Oui, m'sieur » plein de respect.

Crénom de Dieu, songe Charles, ce môme est aussi poli que mon Anselme. Une pensée qui lui donne des picotements dans les jambes. Il presse le pas, saute par-dessus des boisages qui sont tombés ici et là. Qui sait si, avec un peu de chance, Anselme n'est pas déjà à l'accrochage ? Pourquoi pas dans une cage qui rejoint le grand jour ?

— M'sieur ! Il y a quelqu'un qui vient devant !

Le galibot Delplanque a raison. Une ombre qui vacille dans le noir, à la limite de leur éclairage, menace de s'écrouler.

— Hé !

Charles se précipite, Danglos est déjà à son côté. Ils ont juste le temps de recevoir dans leurs bras le corps d'un tout jeune gars, les yeux révulsés.

— Merde, il a pris du puteux. Faut l'aérer.

Danglos se démène, réclame qu'on balance les vestes

au-dessus du visage du jeune gars. Charles lui soulève la tête et lui presse la poitrine :

— Respire, petit gars ! Respire à fond, cré bon Dieu !

Il s'agite, lui presse la poitrine, l'oblige à respirer fort.

— Ça vient, fait Danglos avec un sourire dans la voix, il rouvre les yeux.

Il faut encore cinq minutes pour que le garçon soit en état de donner son nom :

— Couplet, Honoré…

Un gars de dix-huit, dix-neuf ans, costaud, qui fait plus mûr et plus dur que son âge. Il ne chougne pas et n'a pas l'apparence malingre des autres galibots de leur troupe. Il raconte qu'il mène les bidets, que le sien est resté tout mou dans le puteux. Alors il s'est enfui avant d'être trop pris par le gaz.

— J'ai mal partout. On dirait que le toit m'est tombé dessus !

— C'est l'effet du mauvais gaz, explique Danglos. Ça va te passer.

— Tu dis que tu viens du fond de la voie d'ici ? marmonne Charles. On était justement en route pour la bowette par cette pente.

Couplet s'agite :

— Faut pas y aller. Il n'y a plus d'air là-bas, que du puteux. Et le fond de la voie d'Adélaïde est bloqué.

— Ça va nous venir dessus, marmonne Lefebvre. On est coincés.

Les autres, les plus jeunes, regardent Charles et attendent.

— Non. On est pas encore coincés. Il faut passer par le beurtiat. Il est à cinquante mètres. Il arrive pile dans la bowette du midi à 326. On évitera les gaz.

Noiret a un grognement de dépit. Il est l'un des rares

à porter la barbe, qui lui dessine un visage rond et doux. Il la gratte et l'ébouriffe :

— Passer par le beurtiat… C'est pas une promenade, que tu proposes.

Le beurtiat est un puits intérieur, très raide, presque à l'à-pic et très étroit. Il y en a de loin en loin qui relient les étages entre eux, creusés pour le passage de l'air plus que pour celui des hommes. Depuis l'étage où ils se trouvent, cela fait près de quatre-vingts mètres de dénivelé à descendre comme on peut dans la roche charbonneuse.

— J'ai rien de mieux, grommelle Charles en ramassant ses affaires.

— Peut-être qu'il y a aussi du gaz dedans, s'inquiète Danglos.

— Vous décidez ce qui vous plaît. Discuter, ça sert pas. C'est juste perdre du temps.

## Méricourt-Corons
## Chemin de la fosse 3

Marthe est là, dans la rue, devant sa maison, le nez en l'air avec les autres.

Elle murmure le nom de Charles, celui d'Anselme. Mon homme ! Mon fils !

Une au milieu de toutes, et toutes pareilles. Toutes, le visage levé vers le ciel et le beffroi de la fosse. Toutes, avec la boule de l'horreur dans le ventre, l'angoisse qui bouche la gorge pire qu'un chiffon. Toutes, l'œil sec. Le temps des larmes n'est pas encore venu.

Elles ne savent pas quoi faire d'elles-mêmes. Mon homme ! Mon fils ! Elles fixent le ciel noir, se couvrent les yeux, la bouche, poussent de petits cris. La vérité leur entre dans le corps aussi bien qu'un couteau.

Elles se reconnaissent.

— Ho, Marthe !

— T'es là, toi ?

— Mes hommes sont dessous !

— Les miens aussi. Oh ! j'y crois pas, j'y crois pas !

Elles gémissent :

— Il y a mon père, il y a mes frères. Ils étaient du premier poste…

Elles serrent les nouveau-nés contre leurs poitrines, les petits dans leurs jupes.

— J'y crois pas ! C'est pas possible.

Elles balbutient :

— Je lui ai pas fait son briquet ce matin, le petit me réclamait trop… Oh ! doux Jésus, c'est pas possible !

Mais elles voient le ciel et savent qu'elles ne peuvent pas se mentir.

La sale bête de mine a planté ses crocs dans leurs hommes, les fils, les frères, les pères, les fiancés. Tous, ils sont dessous, et elles, là, dans le froid de ce jour qui ne semble même pas capable de lever sa lumière.

De regarder la fumée noire qui s'effiloche au-dessus d'elles comme si elle emportait leurs hommes, d'imaginer le pire là-bas dessous, elles en ont le tournis. Certaines chancellent. Les autres les rattrapent. Les lèvres sont pâles, les joues dures comme des pierres.

Marthe dit :

— Mon Charles avait raison. Tout le jour d'hier, il avait le mauvais sentiment. Et moi qui me suis moquée de lui.

Elle ne s'adresse à personne, ou à toutes. Il lui faut juste sortir les mots de sa pensée pour pouvoir respirer.

Les autres sont pareilles. Tous ces murmures font un drôle de grondement au-dessus de leur tête.

Sans qu'on sache comment, soudain elles se mettent en marche. De rue en rue, puis le coron tout entier. Par dizaines, par centaines. Comme elles sont, sans se soucier du froid, le châle sur les épaules ou rien du tout. En tablier et galoches. Elles se dirigent vers la fosse. Des gosses se mettent à courir autour d'elles. C'est un autre grondement qui résonne entre les maisons. Toutes ont la même idée, toutes les mêmes mots dans la bouche : « C'est pas possible, c'est pas possible ils vont sortir. Ils vont pas rester là-dessous ! »

Non, c'est pas possible. Ils sont dehors déjà. Elles vont les voir apparaître au moulinage. Elles pressent le pas, se jettent en avant, soudain prises d'un espoir qui n'a pas de forme ni de mots.

# Fosse 4, étage – 331 Voies de fond d'Amée, d'Eugénie, de Marie

Grandamme serre la main de Ghislain dans la sienne. Les autres viennent en file indienne derrière eux. Grandamme surveille le bruit des pas pour s'assurer qu'on le suit sans peine. Ils avancent vite, mais prudents comme des chats.

Le fond de la mine est étrangement silencieux. D'un silence qu'aucun n'a jamais entendu. Il n'y a que le bruit de leurs pas, les chocs de leurs bidons ou des outils qui se font entendre. Un silence qui pèse sur leurs épaules autant que toute la terre qui les sépare du jour.

Encore dix ou quinze mètres. Ils perçoivent un drôle de gargouillis.

Une voix crie :

— Gare au grisou !

— Il reste plus de grisou ici, à cette heure, lance Grandamme. Ça, tu peux en être sûr. Il a flambé son soûl !

Il lève sa lampe, demande à Ghislain de lever la sienne. Il avance, précautionneux, jusqu'à un trou du boisage. Un trou pas encore remblayé. Le gargouillement se rapproche. Il lui faut se baisser pour voir dedans le trou.

— Crénom !

Il y a là un homme recroquevillé qui pleure.

— Ho ! camarade, fait Grandamme.

L'autre lève le visage, cligne des yeux et gémit plus fort. Il est nu comme un ver et tremble à se mordre la langue. Avant même que les autres s'approchent, il se met à crier. Cela s'écoule soudain de lui comme une eau sale. Des mots et des mots jetés dans le désordre :

— J'ai respiré le feu ! Grisou... Grisou ! Notre porion qui l'a dit... Grisou ! On s'est jetés... J'ai respiré le feu ! Des morts ! Dans le puits ! Les flammes ! Fallait marcher dessus... Grisou, grisou qu'il gueulait... Woufff... J'ai respiré le feu... Tous couru au puits. On se cogne, on se cogne ! Toi, je te connais pas ! Dehors, dehors ! Dans le bougnou. Moi... J'ai le feu dedans. Touche : je l'ai dedans, maintenant...

— Calme, dit doucement Grandamme en s'agenouillant près de lui. Calme...

— Woufff ! Les chevaux, ouverts en deux... Grillés les gars, woufff !... Dans le bougnou. Tous... Pas moi, j'ai respiré le feu !

— Tout doux, mon gars. T'es plus tout seul. On est là.

Mais l'autre a des yeux qui ne racontent que la folie. Il bave, il marmonne. Des spasmes le secouent comme des coups de fouet.

Grandamme jette un regard vers Ghislain. Son fils a une tête qu'il ne voudrait pas voir. Il appelle :

— Berthon, vient aider. Il va pas tenir debout.

Auguste Berthon, un paisible et un tenace. Une longue moustache en pointe sur un visage simple, un sur qui Grandamme sait pouvoir compter sans hésiter.

Avec douceur, ils saisissent le pauvre gars sous les bras.

— Tout doux, camarade ! marmonne Berthon. T'es en de bonnes mains, tu risques plus.

Par chance, l'autre ne se débat pas. Il gémit seulement quand un frôlement ouvre des plaies rouges sur sa peau de suie. Berthon lève un regard vers Braind'amour et souffle :

— Crédieu, le pauvre. Il pèle comme un poireau fondu !

Grandamme se détourne. Oui, sûr qu'il va pas durer, celui-là. Mais il risque de les ralentir. Tant pis. Aux autres, il dit :

— Ouste, on y va. On continue.

Mais ils ont à peine le temps d'avancer dans la voie. La flamme de sa lampe diminue d'un coup. Elle chancelle, sautille derrière le verre. Et, là-bas devant, Grandamme devine une brume au ras du sol. Il jette le bras pour repousser le fils derrière lui. Le mouvement est si brutal que Ghislain bute contre les rails et tombe sur le cul.

Braind'amour l'agrippe par la veste et le relève, gueulant à pleins poumons :

— En arrière ! Vite, en arrière. Cette vérole de gaz nous vient dessus !

## Fosse 3
## Carreau

À cent mètres de l'entrée du carreau de la fosse 3, l'automobile de l'ingénieur en chef Barcant, une Cognet-Desseix aux chromes flambants, fend la foule. Le bras par-dessus la portière, le chauffeur presse nerveusement la poire du klaxon. Il en sort un braillement rauque de vieux corbeau qui fait sursauter les femmes. Elles se bousculent, se jettent sur le côté.

Leurs visages livides d'angoisse défilent sur les côtés de la voiture. Heureusement, Barcant a eu la présence d'esprit de tirer les rideaux des portières. Elles ne voient rien de lui et il peut ignorer leurs faces hagardes. Ce qu'il distingue au-dessus du moulinage lui suffit bien.

À haute voix, sans même s'en rendre compte, il ne cesse de marmonner :

— Ce n'est pas possible, ce n'est pas Dieu possible !

Le chauffeur continue de corner pour s'ouvrir le passage. La voiture dépasse enfin le plus gros de la foule dans les derniers mètres avant la grille. Des gosses sautent sur le côté.

— Hé, c'est l'automobile de l'ingénieur en chef !

Des ouvrières encore dans leurs frusques de travail se retournent. Elles ont tout juste le temps d'éviter l'eau boueuse que projettent les roues. L'instant d'après, la voiture fonce jusqu'au pied de la tour du moulinage et s'immobilise sous la passerelle.

Avant d'ouvrir la portière et de se montrer, Barcant hésite. Doit-il convoquer tous les ingénieurs disponibles dans son bureau pour faire preuve d'autorité dans ce chaos ? Vaut-il mieux qu'il se montre un peu ? Et même peut-être qu'il grimpe jusqu'à la plate-forme du moulinage ?

Il quitte la voiture, encore indécis. Un appel lui fait lever la tête. C'est Stévenard, penché au haut de la passerelle, qui crie un ordre et s'énerve.

Barcant agite la main.

— Stévenard ! Monsieur Stévenard ! Descendez un instant, s'il vous plaît !

L'ingénieur principal croise son regard, grimace, fait un signe d'accord de la main et disparaît.

L'échange a attiré l'attention. Tout autour, les ouvriers et les surveillants le dévisagent. On ne le salue pas. Les têtes ne s'inclinent pas. Les casquettes et les barrettes restent fixées sur les crânes. Il n'a pas besoin d'affronter beaucoup de regards pour savoir qu'il ne va pas s'en montrer courroucé.

Pour se donner une contenance, il ordonne à des surveillants d'approcher :

— Il y a toute une foule de femmes qui arrivent aux grilles. Ne les laissez pas pénétrer sur le carreau. Cela ficherait une belle pagaille en plus de celle que nous avons déjà !...

Par bonheur, Stévenard est déjà là, s'approchant au pas de course. Et dans un état où on ne l'a jamais vu. Les yeux rouges, les joues noircies, le sarrau de toile cirée semant de la suie à chaque pas, le col relâché et même déchiré. Quand il est assez près, Barcant découvre dans son regard une pâleur qui ne le met pas à l'aise. Il s'exclame à grands cris :

— C’est terrible ! Terrible… Quelle histoire ! Une explosion pareille ! Par tous les saints, qui pouvait s’attendre à ça ?

Il dévisage Stévenard sans vraiment attendre de réponse. D’ailleurs, l’ingénieur principal se détourne, suit des yeux un groupe d’ouvriers qui transportent au pas de course de gros tuyaux souples. Il braille d’une voix déjà cassée :

— Dépêchez-vous, on vous attend là-haut !

Barcant devine des ordres inutiles, juste pour se passer les nerfs. Quand Stévenard lui fait face de nouveau, il a dans la voix un grincement de corde prête à rompre.

— J’ai ordonné une chute d’eau dans le puits et j’ai fait interrompre le ventilateur. En temps normal, il tire l’air vicié du fond mais on vient de se rendre compte qu’il ne brassait plus que de l’air frais.

Barcant le regarde sans comprendre.

— Cela veut dire que les cloisons de retour d’air sont détruites, monsieur. Que l’aérage du puits ne fonctionne plus.

— Ah !…

— Nous ne sommes pas capables de tirer les fumées et le mauvais air du fond. L’air est si vicié qu’on ne peut pas descendre pour se rendre compte des dégâts, même par les échelles…

— Vous voulez dire : pas du tout ?

— Pas du tout. L’explosion a dû détruire…

Il ne précise pas. Il fait un geste de la main, vague, large.

Barcant ne dit rien. Stévenard ajoute :

— Je fais établir une chute d’eau dans la fosse. L’eau froide fera peut-être monter le mauvais air, qui est plus chaud…

C’est dit avec plus de fatigue que de conviction. Il hausse les épaules.

Barcant jette un regard vers les grilles d'où vient du bruit. On y devine la foule des femmes qui s'y amasse et proteste. Il y a des braillements aigus. Mais au moins les surveillants font leur travail. Les grilles sont closes, et bien closes. Barcant dit d'une voix à peine audible, comme s'il craignait qu'on l'entende trop loin :

— Je suis passé à Sallaumines, à la fosse 2, mais ils ne savaient pas grand-chose. Un peu de gaz, à ce qu'il semble. Je ne suis pas encore allé voir à la 4 et la 11. On me dit qu'il y a du dégât là-bas. Des blessés, à ce qu'il semble. Des ouvriers qui faisaient des réparations dans la fosse elle-même ont été emportés par le souffle. L'ingénieur Bousquet travaille à rendre la descente…

Stévenard le coupe sans effort de politesse :

— C'est d'ici dessous que le coup est parti.

Il désigne le beffroi du moulinage au-dessus d'eux, dont les vitres sont brisées et des cloisons de bois démantibulées.

— Les cages ont été projetées à dix mètres au-dessus de la plate-forme. Quand on se penche sur la fosse, on voit que la ferraille du cuvelage est toute tordue.

— Seigneur Dieu ! souffle Barcant.

Il est tout pâle. Il jette un regard vers les hommes qui s'affairent autour.

— Il faut trouver le moyen de faire remonter tous les ouvriers…

Stévenard lui lance un regard blanc, sans répondre. Barcant ouvre la bouche, mais d'en haut vient un appel. C'est le porion Clabecq qui hèle Stévenard depuis la plate-forme :

— La conduite est en place, monsieur.

— Ouvrez l'eau sans attendre.

— On dégage les cages. Il faudrait que vous veniez voir l'état de la roue.

Stévenard crie qu'il arrive, se détourne déjà.

Barcant lui attrape le coude, le retient, demande à mi-voix :

— Vous pensez que là-dessous, c'est... ?

Il n'arrive pas à prononcer les mots. Mais Stévenard a compris. Il hoche la tête.

— J'en ai peur. Pour dire la vérité, j'ai même peur que ce soit pire encore.

Barcant détourne les yeux, regarde vers la grille.

— J'ai déjà téléphoné à Arras... Les autorités, n'est-ce pas. Toute la procédure, comme il se doit.

Stévenard se tait. Barcant désigne les grilles du menton.

— Toutes ces femmes qui arrivent... Je vais aussi demander la police... Vous savez comment c'est dans ces cas-là.

— Je dois monter, monsieur.

Barcant le dévisage à nouveau.

— Votre opinion, Stévenard : il reste des hommes debout là-dessous ?

Stévenard se passe la main sur le visage. Sa barbiche, d'ordinaire si bien brossée, s'ébouriffe sur sa lèvre en petits paquets ridicules. Il murmure :

— Il faut que j'aille là-haut, monsieur.

— Nous devrions faire le point dans mon bureau avec les ingénieurs. Coordonner le travail de chacun...

— Si je peux vous donner un conseil, monsieur, ce serait d'aller à la fosse 10. Puisqu'on dit qu'elle est la moins touchée. Voir si l'on peut y faire sortir les hommes...

## Fosse 3, étage – 280
## Fond de la bowette du midi

Il sent son corps. Parcelle après parcelle.

Tout est douleur. Un froid de glace.

Des coups aigus qui entaillent l'intérieur de la poitrine. Des coups lourds dans la tête, à lui faire éclater les os. Un flot d'aiguilles qui pénètre jusque dans la bouche. Lui soulève les paupières en tailladant ses yeux. La nausée lui scie le ventre. Il s'étouffe. La terreur l'emplit d'un coup.

L'air revient dans sa gorge.

Elle brûle. L'air incendie ses poumons.

Il entend des bruits.

Le bruit des coups dans sa tête.

Toujours ce flot de glace qui déchire son visage.

Il voit soudain son visage ouvert en deux, éparpillé. Il veut se protéger avec les mains. Il ne sait pas où sont ses mains.

Dans un immense effort, il ouvre les yeux. Tout est noir.

Le flot de glace lui déchire les paupières, qu'il referme aussitôt.

Il gémit, jette les bras en avant. Heurte quelque chose.

— Ah ! crénom de Dieu ! Vous êtes enfin vivant !

Il a entendu des sons. Il n'est pas certain. Un poids le secoue.

— Monsieur l'ingénieur ! Monsieur Leclerc ! Réveillez-vous donc !

Il lance les mains en avant, veut se dresser. Un fer d'épée lui cisaille la taille, lui coupe le souffle, il retombe avec le désir de pleurer et de dormir. Il balbutie :

— Arrêtez… Arrêtez, ça fait mal…

— Ah, enfin ! Ben merde, c'est pas trop tôt.

Le jet de glace cesse de lui brûler la figure. Gabriel veut lever le bras, mais il est si lourd qu'il y renonce.

— Vous êtes bien réveillé ? C'est sûr ? Vous m'avez déjà fait le coup tout à l'heure et vous vous êtes rendormi.

Gabriel ouvre les yeux. Tout demeure noir. Ses poumons le brûlent à chaque souffle. Il renonce à parler.

— C'est moi, Rabisto ! Je vous dis tout de suite : si vous y voyez pas, c'est pas que vous êtes aveugle ou mort. C'est juste qu'on a pas de lampe.

Il devine un mouvement, près de lui. Un choc contre son épaule. Des doigts glissent sur sa poitrine, son cou, et cherchent son visage. Un choc contre sa bouche. Il se défend, se détourne.

— Craignez pas ! Laissez-vous faire. Buvez un peu… J'ai trouvé une gourde encore en état.

Le liquide lui fait du bien. Un liquide pâteux, sans goût, mais qui apaise la brûlure de sa gorge. Il murmure :

— Merci.

— Ah ! Ben enfin, vous causez !

Gabriel se souvient d'un coup. Le démon, le feu dans la bowette, le souffle. Il murmure :

— Non, non ! C'est pas possible.

Rabisto comprend tout de suite.

— Si ! Crénom de merde que si. Ça a pété, et en grand.

Gabriel parvient à bouger la main. Il l'avance dans le noir, cherche. Il touche une matière chaude, gluante. Puis des doigts saisissent les siens et les serrent.

— C'est bien moi, fait Rabisto. On doit pas être dans un bel état. Heureusement, on peut pas voir.

Un grognement. Peut-être une sorte de rire.

— Comment ? demande Gabriel. Pourquoi nous ne sommes pas morts ?

— L'Variste. On peut lui dire merci. Il nous a sauvé la mise. Je me suis réveillé, on était dans ses entrailles. Comme on y voit rien, je suis pas trop sûr, mais on dirait que le coup l'a ouvert en deux. Il nous est tombé dessus et nous a protégés du feu. Le pauvre vieux, j'ai touché un peu sa couenne, c'était comme du bois. Un bon gars qu'a fait son boulot jusqu'au bout.

Leurs mains ne se desserrent pas pendant que Rabisto se tait.

— On doit puer quelque chose, mais j'ai plus le nez pour sentir. Ça pue trop de partout.

Gabriel referme les yeux. La douleur reflue comme une ombre et laisse place à une immense fatigue. L'envie de dormir revient, mais la voix de Rabisto le retient.

— La flamme a tout pris. Pour vous dire, je crois bien qu'on est seuls par ici. J'ai gueulé plein de fois, mais rien n'est venu en retour. Saloperie de saloperie. On savait bien que ça allait venir.

Ils se tiennent toujours les doigts liés. Un silence comme celui qui les entoure, Gabriel n'en a jamais entendu. Il demande :

— Vous êtes blessé, Renault ?

— Pas plus que ça. Rien qui empêche de bouger. Mais vous, je sais pas trop. Faudrait que vous vous tâtiez par-ci par-là pour savoir.

— J'ai mal partout. On dirait que j'ai le feu dans la poitrine et la tête.

— C'est l'effet du souffle et du gaz. Ça m'est venu aussi et c'est passé.

— Vous êtes réveillé depuis longtemps ?

— Un bout de temps on dirait. Sauf que c'est difficile de se rendre compte dans tout ce noir. On sait déjà plus l'heure. Pour dire le vrai, quand je vous ai retiré du 'Variste j'ai cru que vous étiez mort. Je suis allé faire un tour dans le noir pour savoir où on est. Il y a des éboulements partout autour. Quand je suis revenu, j'ai posé mon oreille sur vous. J'ai entendu votre cœur : boum, boum. Hé, je me suis dit, le petit ingénieur est plus costaud qu'il en a l'air.

— Vous saviez où me retrouver dans ce noir ?

— Je suis pas au fond de la mine depuis trente ans pour rien. J'ai pas besoin de lumière pour m'y retrouver. Quand même, je tâtonne un peu, parce que le coup a tout chamboulé.

— Où est-on ?

— Pas bien loin de là où ça nous a pris. À 280, dans le fond de la bowette, avant le coude qui part à droite et descend vers le quartier de Joséphine à 326. Je vous ai tiré ici parce qu'il y a une conduite d'air comprimé qui marche encore. C'est avec ça que je vous ai réveillé. En vous crachant de l'air comprimé dans la bouche.

— Ah !... Je comprends. Je croyais qu'on m'ouvrait la tête avec des aiguilles.

Rabisto a un petit rire nerveux.

— Tout ce qu'on peut imaginer quand on est en route pour la mort, c'est pas croyable.

Ils se rendent compte que leurs doigts sont encore noués. Rabisto ouvre la main avec douceur, laisse aller celle de Gabriel.

— Vous savez ce qui nous ferait du bien, monsieur

l'ingénieur ? Une chopine. Une sacrée grande chopine de bonne bière !

— Oubliez le « monsieur l'ingénieur », Rabisto. Je m'appelle Gabriel.

— Je sais pas. J'ai pas l'habitude.

— Il n'y a plus grand-chose ici dont on a l'habitude et je vous dois la vie, à vous autant qu'à votre Évariste.

— C'est encore un peu tôt pour les mercis. Faudrait qu'on vienne nous chercher ou qu'on trouve le chemin pour le jour.

# Fosse 3, étage – 326
# Bowette

C'est le petit Delplanque qui les découvre en premier. Il pousse une beuglante qui glace le sang. Charles s'immobilise.

— Qu'est-ce que t'as, galibot ?

— M'sieur…

D'une voix qui tient pas debout et sans pouvoir en dire plus.

Danglos, Noiret et les autres sortent du beurtiat à leur tour. La descente a pris du temps mais s'est faite facilement. Ils ont mis le pied dans la bowette avec prudence, guettant la moindre oscillation de leurs lampes. Mais non, les flammes sont demeurées droites et nettes. Et eux soulagés, rigolant même un peu, prêts à se moquer du puteux.

Mais maintenant ils éclairent la bowette. Ils voient ce qu'a vu le galibot.

Un mort.

Danglos se précipite et le retourne. Il crie :

— Hé, c'est mon oncle ! Cré Dieu, il a plus que la moitié du visage, mais je le reconnais !

— Et ici, ici, fait Charles d'une voix sourde.

Sa lampe éclaire un autre corps.

Et un autre. Et encore d'autres.

Tout un amoncellement de morts.

Aussi loin qu'ils peuvent distinguer dans le noir devant eux, des cadavres en charpie. Des demi-corps, certains sans membres, d'autres sans visage. Des bouts de viande, des entrailles sans apparence humaine. Certains entiers mais recroquevillés comme s'ils étaient devenus des insectes. D'autres presque intacts. D'autres chiffonnés comme si un monstre les avait roulés entre ses paumes.

Et aussi un chaos de boisages renversés, de wagonnets réduits en miettes. Les rails soulevés et dressés comme des serpents. Deux chevaux les pattes en l'air, comme s'ils voulaient encore galoper cul par-dessus tête. Sauf que des têtes, ils n'en ont plus.

L'odeur leur vient dessus. Une puanteur qui n'est pas celle du puteux mais celle de la mort.

— C'est pas possible, fait Noiret, c'est pas Dieu possible.

Les autres se taisent, pétrifiés, osant à peine respirer.

Delplanque et l'autre galibot, Castel, vomissent et sanglotent comme des gosses qu'ils sont.

Charles serre les poings et s'avance. S'immobilise presque aussitôt. Les morts n'ont pas tous les yeux fermés. Il y a des regards qui viennent dans la lumière et font froid dans le dos.

— Hé, souffle Danglos à voix basse, je les reconnais, ceux-là…

Il désigne des visages pas trop abîmés malgré leurs bouches grandes ouvertes. Il donne des noms.

Charles n'écoute pas. Il contourne comme il le peut les cadavres, les enjambe, évite de leur marcher dessus.

Mais, avec les chevaux et les débris du boisage, ils forment un monticule aussi large que la bowette et qu'il faut bien franchir. Il y va. Il avance, grimpe en jurant. Se refuse à regarder mais devine sous ses mains et ses genoux les membres et les chairs des camarades anéantis.

Il n'a pas à aller loin, cependant. Ce qu'il craignait est juste là.

Un éboulement énorme obstrue la bowette des rails au toit. Pierres, bois, charbon, berlines… La terre s'est effondrée, broyant les étayages comme des allumettes.

— Merde !

Charles sursaute. C'est Noiret qui l'a suivi courageusement par-dessus les cadavres. Et qui constate :

— On va pas passer.

Charles ne répond pas. C'est plus fort que lui, il songe à Anselme. Si l'explosion a été assez forte pour provoquer cet éboulement aussi loin du feu de Cécile, elle a pu emporter bien d'autres choses.

Tout d'un coup, il est moins sûr que le fils ait pu trouver le chemin du dehors. En vérité, il est même moins sûr qu'Anselme soit vivant.

Dans son dos, Noiret annonce la mauvaise nouvelle.

Criant par-dessus les cadavres, Danglos demande déjà :

— Alors, qu'est-ce qu'on fait, Charles ?

— Qu'est-ce que tu veux qu'on fasse ? réplique Charles, soudain écœuré par toute cette mort qui lui fait un tapis sous les semelles. Qu'est-ce que tu veux qu'on fasse ? On remonte le beurtiat comme on est venus.

— Avec les gaz en haut ? s'inquiète Lefebvre.

— Avec ce qu'on peut tant qu'on est debout.

Sans aller jusqu'au bout de sa pensée et dire que c'est peut-être pour pas bien longtemps encore.

## Fosse 4
## Grilles du carreau

Maurice est si fort agrippé à la grille d'entrée de la fosse 4 qu'il planterait ses dents dans les barreaux de fer. Il a couru jusque-là l'un des premiers, il y a plus d'une heure. On venait tout juste de fermer les grilles et il n'y avait pas encore les gendarmes à cheval. Maintenant, il semble que tous les corons, tous les villages alentour se soient déversés ici. Des femmes et des femmes. Des milliers. Toutes les femmes, jeunes ou vieilles. Et le peu d'hommes qui n'étaient pas au fond de la mine quand ça a pété. Des vieux, des enfants, ceux du poste de nuit qui sont en casquette et tenue de bourgeois pour la plupart, sauf quelques-uns avec les béguins et les barrettes comme s'ils allaient au travail. Une foule dense, qui remonte haut entre les maisons bordant la rue menant à la fosse. Le temps des cris et des pleurs est passé. C'est celui des rumeurs, des « on-dit » qui fusent sur les têtes comme des oiseaux de malheur.

On dit que c'est le feu de Cécile qui a tout fait péter comme on s'en doutait, sauf que l'obstination des ingénieurs a poussé à la catastrophe.

On dit que le feu de Cécile continue de brûler et que c'est pour ça qu'il y a encore de la fumée partout dans le fond.

On dit que Stévenard, l'ingénieur principal, celui qui a refusé la remonte hier, est descendu dans la fosse 3 par les échelles et qu'il n'est pas allé plus bas que soixante-dix mètres parce que tout y est détruit.

On dit qu'à la fosse 4, ceux du dehors ne savent pas quoi faire, que les cages et tout le moulinage ont été renversés par le souffle.

On dit qu'à la fosse 3, les cages ont manqué de percer le beffroi tant elles ont sauté haut.

On dit que le mauvais gaz et la fumée sont partout et qu'il suffit de se pencher au-dessus des buses d'aérage pour tomber raide.

On dit que les ingénieurs se demandent déjà s'il ne faut pas noyer la mine.

On dit que l'ingénieur Voisin, celui de la fosse 4, est descendu juste après le coup. Il est tombé évanoui dans la cage et a eu le pied broyé lors de la remonte.

On dit que les ingénieurs sont responsables de tout, mais qu'il y en a deux qui sont tombés dans le bougnou à la fosse 2 en descendant par les échelles.

On dit que c'est pas vrai. Bousquet, l'ingénieur responsable de la fosse 2, où pourtant même les cages étaient intactes après le coup, a déjà fait refermer le moulinage avec de la tôle et de la terre.

On dit qu'ils ont l'intention de faire la même chose ici, à la 4, et même que ça a commencé.

On dit qu'ils laissent même pas le temps aux hommes de remonter. Et pourquoi ? Pour protéger leur charbon !

On dit que c'est pour ça qu'ils ont fait venir les gendarmes à cheval. Parce qu'ils craignent la colère...

— Un peu qu'il y aura de la colère, gronde une femme. Comment nos hommes sortiront de dessous si on leur referme le moulinage sur la tête ?

— Par les autres fosses. La 10 et la 11. Faut pas s'emporter pour rien. Si les moulinages de la 3 et de la 4 sont détruits, de toute façon ils ne pourront pas remonter par là.

— Si elles ont du bon air.

— C'est que des si !

— Et comment ils le sauront, dessous, qu'il faut sortir par les autres ?

— On dit que les sonnettes marchent plus…

On dit, on dit, on dit…

On se soûle de mots de malheur et d'espérance. De tout et de son contraire. On en vient à se disputer. Maurice n'écoute plus qu'à demi. Lui est au premier rang et il voit. Il ne quitte pas des yeux l'agitation au pied du moulinage.

Tout un ballet d'ambulances à cheval et même d'automobiles. Des gens qui courent et s'appellent. Beaucoup d'autres qui restent plantés là, à ne rien faire. À l'instant, des bonnes sœurs vêtues de blanc arrivent, des infirmières. Elles transbordent aussitôt des sacs, des linges ou des baquets dans les bâtiments de briques.

Mais des hommes à soigner, des hommes qui sortent du moulinage et descendent la passerelle, on n'en voit pas.

On n'entend même plus la machine à vapeur. Maurice est certain que la grande roue des cages demeure immobile. Peut-être bien qu'ils sont vraiment en train de fermer la fosse là-haut.

Cette seule pensée lui fait monter les larmes aux yeux. Il n'arrive pas à s'ôter le poids qui lui pèse sur la poitrine depuis l'explosion. Comme si on lui avait jeté une pierre dedans les poumons.

Par instants, il est obligé d'ouvrir tout grand la bouche pour respirer, sourd au brouhaha qui l'entoure. Il voit Ghislain, ici dessous, dans le noir. Il le voit qui marche, qui grimpe dans les voies, les bowettes. Il imagine, il imagine. Ghislain peut-être blessé. Ou aidé par son père. Ou…

D'imaginer ainsi lui noue la gorge. Il tremble. Il ferme les yeux très fort, espérant, sans oser se le dire, que ses paupières effacent tout. Qu'elles fassent disparaître tout ce qu'il vient de voir et tout ce qu'il sait.

Mais quand il rouvre les yeux, les gendarmes à cheval sont là. Bien en ligne juste de l'autre côté des grilles, la sangle du fusil passée sur leurs grandes capes et leurs képis à visière de cuir masquant leurs yeux. Là-bas, les ambulances et les infirmières en blanc sont toujours là. Personne ne va sur la passerelle du moulinage. Rien ne s'est effacé. Il y a toujours les rumeurs dans son dos. Des hommes qui sortiraient du fond, on n'en dit rien.

Les larmes lui reviennent aux yeux plus fort qu'avant. Il imagine à nouveau Ghislain. Tout en sang. Écrabouillé. Brûlé. Pris par les mauvais gaz. Comment savoir ?

Il plante ses ongles dans les barreaux de fer, referme ses paupières en poussant les larmes sur ses joues et murmure :

— Remontez ! Remontez ! Remontez ! Vous pouvez pas rester dessous, vous pouvez pas !

Mais il y a une grosse exclamation dans son dos, un brouhaha de cris, et tout à coup on comprend les mots.

— Ils sortent au 10 ! Ils sortent à la fosse 10…

Maurice se retourne. La nouvelle vole de bouche en bouche :

— Ceux du fond sortent au moulinage de Billy. Les cages arrêtent pas.

— Ricq est là-bas avec les ingénieurs, ils font activer la remonte.

L'excitation éclaire les visages. Puis la confusion revient. Non, Ricq n'est pas à la fosse 10, il est ici, au 11, et se bagarre avec les ingénieurs pour descendre. Une femme crie, excédée :

— Ricq, Ricq ! Vous croyez qu'il est le bon Dieu ? Qu'il va sauver tout le monde à lui tout seul ?

— T'as raison, ils le laisseront pas faire.

— Il voulait pas que nos hommes dévalent aujourd'hui et vous avez vu comme ils l'ont écouté…

Ça se chamaille, et soudain une voix aiguë lance :

— Ils peuvent bien remonter au 10. Et alors ? Il y en a combien, à travailler dans les quartiers de là-bas ? Deux cents, trois cents peut-être ? Et nos hommes, ils sont ici dessous, à Méricourt et pas à Billy !

Les mots griffent comme des pointes de glace. Dans le silence brutal qui l'entoure, Maurice cherche le visage de la femme qui vient de crier. Elle est tout près. Une grande blonde, le chignon à demi défait, le visage plein de rage, les yeux aussi gelés que la glace de ses mots.

Une autre, plus jeune, lui prend les épaules pour l'apaiser. Maurice découvre que c'est l'Éliette Gosselin. Elle est encore dans ses frusques du travail. À côté d'elle, en veston et casquette, il y a le Belge Lido. Maurice l'entend qui demande :

— Pourquoi les gendarmes nous empêchent de passer et de faire des secours ? Qui est-ce qui peut aider, sinon nous ?

Il y a des grommellements, de nouveaux éclats de voix. Une femme crie vers les gendarmes :

— Laissez-nous passer !

Aucun d'eux ne répond. Au contraire, ils font semblant de ne rien entendre. Alors c'est cent, deux cents femmes qui crient :

— Ouvrez les grilles, ouvrez les grilles !

Les cris font frémir les chevaux. Les gendarmes tirent sur les rênes, font tourner les bêtes. Mais il n'y a pas de réponse et l'officier qui commande prend soin de regarder ailleurs, de mettre son cheval au petit trot pour remonter la ligne de sa troupe.

Les cris finissent par s'éteindre. Deviennent un grondement lourd de vaines menaces.

Maurice lâche les grilles, se laisse glisser au sol et se faufile entre les jupes, les tabliers et les vestons. Il lui faut jouer des coudes, les femmes râlent quand il force le passage. Quand il est assez près de Lido, il lui attrape la manche. Le Belge se retourne, la bouche dure. Mais quand il découvre un petit môme aux joues salies de larmes, il se radoucit.

— Qu'est-ce qu'il t'arrive, petit gars ?

Éliette se penche et le découvre. Maurice a la voix qui tremble.

— Des hommes pour le sauvetage, ils en demandent.

— Qu'est-ce que tu me racontes ?

— Ils sont venus chercher mon père à la maison il y a plus d'une heure. C'était pas pour ici, mais pour la fosse 3.

Lido fronce les sourcils, jette un regard vers Éliette. Il demande :

— C'est qui, ton père ?

— Joseph Landier.

— Landier le porion ? Celui de la surveillance ?

— Oui, m'sieur.

— Et toi, comment tu t'appelles ? demande Éliette.

— Maurice.

Il y a une lueur tendre dans son regard.

— On s'est déjà vus.

— Oh oui ! Moi, je vous ai vue plein de fois dans le coron !

Le plaisir de Maurice est si sincère qu'Éliette et Lido en souriraient.

— Tu es sûr, ils ont besoin d'hommes pour descendre à la fosse 3 ? fait Lido sérieusement.

— Pour descendre, je sais pas. Ils disaient que la fosse 3 était bouchée et qu'il fallait du monde pour la rouvrir.

— Lido !

La main d'Éliette se serre sur le poignet du Belge, la supplique est autant dans le ton que dans les yeux.

— On peut pas rester là comme ça à attendre, fait Lido.

Et déjà il se redresse, gueule la nouvelle autour de lui. Une poignée de gars se frayent un passage dans la cohue et les rejoignent. Ils sont d'accord, si on demande des hommes à la fosse 3, il faut y aller. Il est plus que temps.

Lido serre Éliette dans ses bras. Un baiser devant tout le monde.

On voit qu'elle ne veut pas lui lâcher le cou mais il l'embrasse encore. Il lui chuchote quelque chose à l'oreille et se dégage. Autour on les regarde avec un peu de gêne ou peut-être de l'envie. Il croise des regards. Il dit :

— C'est pas un jour à faire semblant !

Et il fend déjà la foule pour repartir vers Méricourt.

Maurice hésite à le suivre. La main d'Éliette se pose sur son épaule, la serre et le retient. Quand il lève les yeux vers elle, il en est tout retourné. Elle est livide. Son beau visage ressemble à un vieux chiffon.

Il faut pas longtemps pour que Maurice comprenne : elle voit partir son amoureux et elle ne sait pas quand elle va le retrouver. Il a honte. C'est à cause de lui. Il n'y avait pas pensé.

— C'est juste comme j'ai entendu qu'il demandait…

Elle le fait taire d'un geste. Essaie de lui sourire à travers ses larmes.

— Tu as bien fait. Il crevait d'envie d'y aller.

Et quand elle s'est un peu séché les joues et les yeux, elle demande :

— Alors, ton père est dehors. Tu as quelqu'un que tu aimes là-dessous ? Des frères ?

Maurice secoue la tête.

— Non, j'ai que des sœurs. Mais c'est mon ami Ghislain. Il dévalait pour la première fois ce matin.

## Fosse 4, étage – 331
## Voie de fond de Marie

— Qu'est-ce qu'on fait, Braind'amour ? On va attendre longtemps comme ça ?

— Ça se peut.

— On va pas rester là toute la vie.

— Tant que tu respires, t'es en vie. C'est ce qui compte, pas les heures qui passent.

— Ceux du dehors vont bien venir nous chercher, quand même…

— S'ils peuvent, c'est sûr.

— Pourquoi ils pourraient pas ?

— Il y a des gaz plein les bowettes. Ils peuvent pas plus que nous.

— Ben alors, à quoi ça sert, l'aérage ? À plumer les souris ?

— C'est vrai, ça. Qu'est-ce qu'ils foutent avec les ventilateurs ? Ils peuvent pas nous retirer l'air vicié ?

Grandamme ne répond pas, laisse filer les commentaires. Mais c'est une bonne question. Il se la pose depuis un moment. Il ne saurait quoi répondre, sinon qu'il a dû se passer des choses pas belles au-dessus de leur tête pour que l'air ne circule pas mieux et que les gaz menacent encore.

En vérité, le grand costaud de porion Grandamme commence à fatiguer. Tenir l'angoisse de trente-trois bonshommes dans le fond de la mine s'avère plus épuisant que de tenir les chantiers.

Le mauvais air aux fesses, ils sont revenus dans la salle où il les avait réunis après l'explosion. Par chance, l'air y demeure encore sain. Il faut espérer que ça ne va pas changer.

Tout à côté de lui, il sent la présence du fils. Crénom de Dieu, en voilà un qui mérite rien de ce qui lui arrive. La chance est pas tombée de son côté pour son premier jour dans le fond. Il suffit d'un coup d'œil pour deviner toutes les peurs qui traversent la cervelle du môme. C'est quelque chose qui vous efface les pires fatigues.

Grandamme calme le bavardage, demande :

— Quelqu'un aurait-il une montre qui marche ?

Plusieurs voix répondent, annoncent qu'il est huit heures, ou presque.

— Ben alors, fait Grandamme, ça doit pas faire une heure qu'on est ici à attendre. C'est pas grand-chose. Faut être patient. Avant que le gaz se déplace et qu'on puisse retourner dans la bowette, ça peut prendre encore une ou deux heures.

— Si le mauvais air se déplace dans le bon sens !

— Juste.

— Et si c'est pas le cas ? On est dans un cul-de-sac, ici.

— Pas si on sait où passer. On peut descendre dans la voie de fond d'Amée. C'est une jolie trotte, mais c'est faisable. Et même si l'air est vicié sur toute la bowette de 331, on peut encore descendre plus bas, jusqu'à l'accrochage du fond, à 383.

Il y a des soupirs de dépit.

— Tu parles d'une balade !

— Et tout ça en s'enfonçant dans le bas alors qu'on veut monter au jour.

— Le puteux monte, réplique Grandamme avec une

pointe d'agacement. Le mauvais air est plus léger que le bon. Faut toujours s'en souvenir. Si tu te couches sur le sol, t'as moins de chances d'en avoir dans le nez que debout.

— Quand même, Braind'amour, ce que tu proposes, c'est une balade qu'en finit pas. Ça va nous prendre tout un jour, avec les mauvais passages.

— C'est pourquoi vaut mieux avoir de la patience. Attendre que le puteux aille faire un tour ailleurs ou que l'aérage le tire au-dehors…

Un raisonnement qui donne à réfléchir et calme un peu.

Grandamme devine le regard intense de son fils sur lui. Il lui sourit :

— Ça va, galibot ?

Ghislain opine, le visage tout jauni par sa lampe. Il demande à voix basse, comme s'il s'agissait d'un secret :

— C'est vrai ça, papa ? On peut marcher ici dessous tout un jour sans remonter ?

Grandamme rigole doucement.

— Tu peux faire cent kilomètres sans t'arrêter, si t'en as la force. Peut-être même le double si tu connais le fond de ta mine. Tu peux aller d'une fosse à l'autre. De Courrières à Sallaumines en passant par Billy et Méricourt, et par cent chemins différents, en te promenant entre trois cent quatre-vingt-dix mètres de fond et cent cinquante. Pas que ce soit facile, mais c'est possible.

— Toi, tu saurais ?

Grandamme prend le temps de réfléchir. Il ne veut pas que son fils le prenne pour un fanfaron.

— Ça dépend. Pas tout du long. Il y a des coins où j'ai jamais mis les pieds. Mais t'en fais pas, garçon. J'en sais plus qu'il nous en faut pour en sortir. Même si on devait marcher pendant quatre jours dessous !

Ghislain approuve d'un hochement de tête. Maintenant, son œil brille plus d'excitation que d'inquiétude.

Grandamme en a la poitrine toute chaude de satisfaction. Il s'est pas trompé sur Ghislain. La première trouille passée, il s'en sort pas plus mal que bien d'autres.

— Ho ! Braind'amour ! Ça va pas, ici…

C'est la voix de Berthon.

Grandamme se détourne de Ghislain. Le garçon pris de folie qu'ils ont ramené tout à l'heure est agité de spasmes. Il n'y a pas une partie de son corps qui ne s'agite. Berthon a bien du mal à lui tenir les poignets.

— Le pauvre gars va en pire, dit encore Berthon.

— Approchez vos lampes, demande Grandamme. On y voit rien.

Mais quand ils voient, ils frissonnent. La poitrine du gars n'est qu'une suppuration de sang et d'humeurs noircies de poussière. La peau s'en est allée. Sur son cou, cela fait des caillots noirs monstrueux. Les mains de Berthon sont rouges de sang car la peau des bras et des mains aussi s'en va.

— Lâche-le, fait doucement Grandamme à Berthon.

Le gars pousse un gémissement rauque qui le tend en entier. C'est comme si on voyait l'air attiser les flammes qui lui calcinent l'intérieur du corps.

Grandamme demande :

— Quelqu'un a de la gnôle ? De la pas coupée ?

Une flasque d'étain lui arrive dans les mains presque aussitôt. Il ordonne :

— Tenez-lui le visage.

Quand la bouche du garçon est presque immobile, il lui verse dedans un grand coup de gnôle. Le gars déglutit, son souffle s'interrompt une seconde ou deux, puis un grand râle sort de sa poitrine. Une plainte rauque qui semble faire trembler l'espèce de caverne où ils se tiennent, réunis autour du moribond illuminé par leurs lampes.

Puis la plainte cesse. Un peu de salive blanche apparaît sur les lèvres du gars.

Ils sont là, immobiles pendant quelques minutes encore, à le regarder sans pouvoir détacher leurs yeux de cette mort qui vient et emporte. Il y a tant de silence qu'ils savent exactement quand le petit gars cesse de respirer.

Grandamme perçoit soudain les ongles de Ghislain qui sont enfoncés dans son bras depuis un moment. Il songe que ça commence à faire beaucoup de premières fois pour son fils.

# Fosse 3, étage – 280
# Veine Joséphine au midi

Wattiez soulève ses paupières douloureuses. Il est au sol, à demi assis contre la paroi.

— Bon Dieu, qu'est-ce que je fais là ?

Des lampes autour de lui trouent l'obscurité. La sienne s'est renversée mais ne s'est pas éteinte. Il y a une forme pas loin de ses pieds. Il ouvre mieux les yeux et reconnaît Bauchet, qui a encore le nez dans la poussière.

— Ho ! Bauchet ? Qu'est-ce que tu fiches ?

Wattiez est sur le point de lui donner un coup de semelle dans l'épaule, quand tout lui revient d'un coup. L'explosion, leur ascension pour atteindre la bowette de 231, les gaz tout en haut et leur course pour redescendre. Et puis cette saloperie de gaz qui les rattrape !

Il songe : « Oh, crénom, on est toujours là ! »

Les braillements de Nény l'empêchent de penser plus.

— Hé ! Hé vous tous… Debout ! On est pas encore morts. Debout ! Ça fait deux heures que vous roupillez. Debout donc !

Nény qui fait tout un raffut. Il va de l'un à l'autre, agitant sa montre, excité comme si le gaz l'avait soûlé.

Wattiez se déplie, les muscles crissant comme s'il était fait de verre pilé plutôt que de chair et de sang. Il attrape l'épaule de Bauchet, le secoue doucement.

— Eh, camarade, réveille-toi !

Il lui masse les joues et la poitrine. Mais comme Nény n'en finit pas de faire son cirque, il gronde :

— Tais-toi un peu, l'Auvergnat ! Tu nous fais mal aux oreilles.

Il en faut plus pour retenir Nény.

— Le mauvais gaz est parti ! Regardez, les flammes des lampes sont redevenues hautes.

Il dit vrai. Et les paupières de Bauchet frémissent. Un souffle lui gonfle les joues. Wattiez rigole, essuie la bave blanche qui cerne la bouche de Bauchet.

— Ouvre en grand les yeux, mon gars, c'est pas cette fois que la sale bête nous a pris !

Nény cesse enfin de brailler. Il y a un moment de grognements et d'exclamations. Les uns et les autres se redressent et pestent contre les muscles qui font mal.

Wattiez cherche à mettre des visages sur les silhouettes. Mais il n'arrive pas à compter combien ils sont. Il demande :

— Tout le monde est réveillé ? Nény, on sait qu'il est là. Ici, il y a Bauchet et moi…

Les autres donnent leurs noms : Boursier, Tourbier, le petit galibot Martin, Castel, qui est pas bien plus vieux que lui.

— Et le petit Pruvost ? fait Wattiez. Ho, Anselme Pruvost, t'es avec nous ?

Il n'y a pas de réponse. Le silence se fait d'un coup.

— Ho, Anselme ?

Rien ne vient. Bauchet marmonne :

— Il a peut-être roulé plus bas dans la pente en tombant.

Wattiez se met debout, agite sa lampe pour mieux voir. Nény le rejoint. Ils s'avancent sur quelques mètres, éclairent le resserrement qui les a retenus.

— Merde, il est quand même pas parti là-dedans tout seul…

Des cris les arrêtent.

— Ici ! ici ! Il est tombé dans une reculée.

Ils remontent en courant. Le corps d'Anselme apparaît dans la lumière des lampes, tassé contre le fond d'un trou où l'on a dû entreposer du bois d'étayage.

— Il est pas réveillé, constate le petit Martin.

— Sa lampe s'est éteinte, remarque Castel.

Mais Wattiez est déjà près de lui. Il le retourne.

— Oh, le pauvre gars !

— Qu'est-ce qu'il a ?

— Il est tombé contre sa lampe. Il s'est roussi le visage, le pauvre mioche !

— Et ça l'a pas réveillé ? s'étonne Nény.

— Quand t'as le gaz dans les poumons, on te découperait en rondelles que ça te réveillerait pas, grince Bauchet.

— Il est vivant ? demande Martin.

Wattiez a déjà la main sur la poitrine d'Anselme. Il attend un moment avant de répondre, pour être sûr. Il hoche la tête.

— Ouais, ça cogne là-dedans. Faut le tirer de là et lui donner de l'air.

Ils s'y mettent tous ensemble, déposent Anselme sur un petit matelas de leurs frusques. Les lampes éclairent mieux son visage. La blessure n'est pas belle à voir. Depuis la tempe gauche jusqu'à la mâchoire, sa chair est ravinée par des croûtes noires pareilles à celles du pain brûlé, crevassées et qui déjà suppurent du sang et on ne sait quoi. La paupière de son œil gauche aussi est à demi emportée.

— Merde, souffle à nouveau Wattiez. Le pauvre p'tiot.

— J'ai de la pommade, fait Bauchet, fouillant dans son sac. Émilie veut toujours que j'en emporte. Elle est pas d'hier, mais ça sera toujours ça.

— De la pommade pour quoi ? demande Wattiez en prenant la boîte de fer-blanc.

— Émilie jure que ça referme les plaies. Ça pourra pas faire de mal.

— Faudrait d'abord le réveiller, remarque Tourbier.

— Non, proteste Wattiez. Il aura moins mal si je lui met la pommade avant…

— Il risque d'y passer, à pas se réveiller.

Wattiez dépose la pommade sur la blessure.

— Vérole ! La peau part avec !

— Bien, fait Nény dans leur dos. Pendant que vous faites l'ambulance, je vais avancer dans le beurtiat, voir si c'est bon en bas. Je crierai pour vous dire…

— T'as pas peur de te perdre tout seul dans le noir ? demande Bauchet.

Chacun entend l'ironie dans le ton. Mais Nény ne relève pas et s'éloigne.

— Comme s'il pouvait pas nous attendre ! grommelle encore Bauchet. Plus je le fréquente, moins il me plaît, cet Auvergnat.

— Laisse… C'est juste qu'il a la trouille, réplique Wattiez. Faut qu'il s'agite.

Il enserre la tête d'Anselme dans un grand mouchoir qui n'est plus propre depuis longtemps.

— À la guerre comme à la guerre.

— On dirait un œuf de Pâques, sourit le petit Martin.

— Aidez-moi à le réveiller.

Avec empressement, ils frictionnent la poitrine d'Anselme.

— Souffle-lui dans la bouche, demande Wattiez à Martin.

— Comment ?

— Avec ta bouche, tiens.

— Je peux pas.

— Que si. Dépêche-toi.

— Non. C'est… Je peux pas ! Anselme, c'est pas une fille…

— Que t'es couillon, galibot !

Boursier n'attend pas, s'incline, écrase sa moustache sur la bouche d'Anselme. Il souffle tout ce qu'il peut dans ses poumons.

Durant un instant, ils s'activent en silence. Enfin, un premier spasme secoue la poitrine d'Anselme.

— Gare à toi, Boursier ! Il va cracher.

L'écume blanche des intoxiqués jaillit dans un crachat de la bouche d'Anselme. Il émet un petit feulement. Wattiez n'ose pas lui toucher le visage. Il lui masse tendrement la nuque et pèse encore sur sa poitrine à petits coups.

— Allez, allez ! C'est bon ! Réveille-toi, galibot !

Cela prend encore quelques minutes. Anselme respire à petits coups. Ses paupières battent.

— Ça y est, fait Bauchet en s'asseyant. Il nous revient.

Aussitôt qu'il reprend conscience, Anselme porte une main à sa joue blessée. Wattiez la lui retient.

— Tout doux, p'tiot. Tu t'es pas arrangé.

Anselme les regarde, un peu ahuri.

— Ça fait mal…

— Sûr que ça doit pas te faire du bien, grogne Bauchet.

Il n'a pas le temps d'en dire plus car les gueulements de Nény emplissent le beurtiat.

— Qu'est-ce qu'il lui arrive, à celui-là ?

Ils voient la lampe qui se balance dans tous les sens, puis l'ombre de Nény qui grimpe comme une chèvre.

— Les gaz ! C'est plein de gaz, là en bas. Ils montent. C'est pas croyable. On dirait des chiens qui te courent après les mollets !

— Saloperie de merde.

## Fosse 3, étage – 280
## Bowette du midi

— Faut essayer encore une fois, grommelle Rabisto.

— C'est inutile, soupire Gabriel. Je n'y arrive pas. J'en peux plus.

— Merde que si, vous pouvez !

Gabriel devine que Rabisto lui saisit les jambes et une fois de plus cherche à les plier. Mais il ne sent rien. Pas même une douleur. La douleur est plus haute, sourde et vrillante dans les reins. Il tente dans un ultime effort de se redresser. Seul son buste bouge, que ses bras soutiennent.

— Allez, ça va venir, grogne Rabisto.

— Non.

Gabriel se laisse retomber.

— Non ! Je ne les sens même plus. Vous pourriez me les couper que je ne les sentirais pas.

— Allons ! Là, vous ne sentez pas ?

— Qu'est-ce que vous faites ?

— Ça vous fait pas mal ? Je vous appuie une pointe de bois dans le mollet et vous sentez rien ?

— Rien du tout. Je vous l'ai dit. J'ai les jambes paralysées. Quelque chose qui a dû se casser dans mon dos. C'est là que j'ai mal.

— Merde et merde de crénom de saloperie de merde !

Gabriel laisse passer la colère de Rabisto. Il ne sait pas s'il a peur ni s'il a mal. Son corps lui semble curieusement étranger et l'immensité du noir autour d'eux possède maintenant quelque chose d'apaisant.

Il entend des bruits, devine Rabisto qui s'agite, mais sans comprendre à quoi. Soudain il est là, tout près, la respiration rauque et rapide.

— J'arrive pas à trouver des chiffons pour mieux vous installer. Quelque chose qui ferait un peu de confort. Mais tout est brûlé, ici autour. C'est pas croyable, on touche quelque chose qui ressemble à une frusque, pfft, ça part en poussière. Et tout comme ça. Il doit y avoir plein de pauvres gars réduits en cadavres autour de nous. Et des bidets. Crénom, j'en ai trouvé un sous mes mains : on dirait que le feu l'a réduit à la taille d'un veau !

— C'était le grisou, n'est-ce pas ? Ce ne sont pas les gaz du feu de Cécile qui ont explosé…

— On dirait bien. Ça m'a aussi semblé venir du nord de la bowette. Mais c'est allé un peu vite pour que je demande.

Rabisto ricane. Gabriel dit :

— Vous devriez me laisser et chercher à remonter. Vous allez trouver un moyen.

— Et quoi encore ? Comptez là-dessus. Un gars du fond qui laisse tomber un autre gars du fond ! Même si c'est un jeunot d'ingénieur. Vous croyez que c'est comme ça que je suis fait ?

— Rabisto…

— Taisez-vous donc. Vous avez la moitié du corps qui marche pas et la cervelle doit pas aller mieux. Ce que je vais faire, c'est aller vers l'accrochage et lancer un grand barouf pour qu'ils sachent dehors qu'on est ici et qu'il faut venir nous chercher.

## Fosse 3
## Plate-forme du moulinage

— On ne peut pas descendre plus bas, monsieur, c'est dangereux... Regardez les lampes, les flammes sont basses. C'est plein de gaz par ici.

La voix du porion Clabecq est blanchie par la peur.

Stévenard ne réagit pas. Incliné sur le vide, il balance sa lampe pour distinguer les horreurs qui les attendent dessous. Suspendus dans le puits par une simple corde, ils se tiennent dans une sorte de tonneau de bois que l'on appelle *cuffat**. Autour d'eux, les câbles d'acier des cages pendent librement et heurtent de temps à autre le cuffat. Ce simple choc suffit à entraîner la nacelle dans un balancement nauséeux. Mais Stévenard, obstinément penché par-dessus le rebord, une lampe à bout de bras, y semble indifférent.

Clabecq répète :

— Il y a du gaz ici, monsieur.

— Je vous ai entendu, Clabecq. Mais nous ne sommes pas assez bas pour bien voir.

— Soixante-dix ou quatre-vingts mètres, monsieur.

— L'accrochage est à deux cent quatre-vingts, Clabecq.

— Je sais...

Le bras de Stévenard se lève, il attrape la cordelette de la sonnette et tire deux coups. Clabecq serre les mâchoires. Le cuffat a une secousse, se dandine un peu et descend doucement. Par précaution, Clabecq retire son béguin de sous son casque et se le met contre la bouche.

Ce qui apparaît autour d'eux est terrible. Les plaques de tôle qui doublent la paroi du puits sont déchirées, froissées autant que du papier. Certaines, à demi arrachées, pendent dangereusement. Les moises des guides des cages sont tordues comme du simple fil de fer. Leur enchevêtrement retient par miracle des traverses de bois qui ont été brisées comme des allumettes.

— Ho ! Ho ! Il y a quelqu'un dessous ? Ho ! Répondez !

Le hurlement de Stévenard surprend Clabecq. Dans un geste brusque, lâchant son béguin, il s'agrippe au rebord du cuffat qui se met à danser dans l'écho du cri.

— Ne bougez pas tant ! grince Stévenard.

— J'ai laissé tomber…

Clabecq ne va pas jusqu'au bout de sa phrase, c'est inutile. Stévenard ne lui prête aucune attention. Dans l'écho du cri qui s'éteint, il est plié en deux par-dessus le bord du tonneau, scrutant le noir au-dessous.

— Monsieur, personne ne peut nous entendre.

— Taisez-vous, Clabecq ! Laissez-moi écouter.

— Hé, attention !

Dans son balancement, le cuffat heurte une poutre brisée en équilibre entre deux moises déviées à angle droit. Sous le choc, la poutre perd son appui et commence à glisser vers eux.

Clabecq attrape Stévenard par son sarrau et le tire en arrière.

— Gare à vous !

La poutre frappe le rebord du cuffat. Son poids

entraîne le tonneau contre la paroi opposée, menace de le faire basculer cul par-dessus tête. Clabecq repousse l'ingénieur principal sur le côté, attrape la poutre des deux mains et la rejette de toutes ses forces dans le vide. Libéré, le cuffat s'agite dans un violent mouvement de balançoire.

— La lampe ! gueule Stévenard.

Il veut la retenir, mais l'oscillation du cuffat l'éloigne. Elle chute en tournoyant. Durant de brèves secondes, ils voient la poutre riper sur les tôles, rebondir d'un choc à l'autre, rejointe par la lampe qui accompagne sa chute. Cela dure incroyablement, comme si le puits n'avait plus de fin. Soudain, dans un ultime éclat, apparaît un monstrueux amas de roches, de briques, de bois et de ferrailles. Un chaos qui bouche hermétiquement le puits.

Et l'obscurité, à nouveau, efface tout.

Dans le cuffat qui se stabilise, Stévenard empoigne la lampe de réserve. Clabecq se rend compte qu'ils descendent encore.

— Il faut remonter, monsieur. Il est inutile de mourir ici.

Stévenard lui jette un regard mauvais. Il attrape la cordelette de la sonnette et tire un coup. Le coup d'arrêt. Le tonneau s'immobilise dans une secousse.

— Vous sentez du gaz ? demande Stévenard. Pas moi.

— Regardez la lampe, monsieur. La flamme est irrégulière, toute petite et trop rouge.

Stévenard considère la lampe sans répondre.

— Parfois, le puteux ne se sent pas, monsieur, dit encore Clabecq. Mais il est là quand même.

— Vous voulez m'apprendre ce qu'est l'acide carbonique, Clabecq ?

Clabecq se tait. Fait son possible pour garder son

calme. Il regrette son béguin tombé au fond. Maintenant il n'a plus rien pour se protéger du mauvais air et de la folie de l'ingénieur principal.

— Vous entendez ? demande Stévenard à voix basse.

— Quoi, monsieur ?

— Des coups. J'entends des coups là-dessous. Écoutez donc…

Un instant, scrutant le fond obscur, Clabecq tend l'oreille.

— Rien, monsieur. Je voudrais bien, mais j'entends rien.

Stévenard serre les mâchoires. Il tend le bras vers le cordon de la sonnette, tire enfin les trois coups de la remonte.

Par bonheur, ils sont vite au jour, bien qu'il faille prendre soin d'éviter les câbles d'acier disloqués dont les brins pourraient vous trancher un bras aussi bien qu'une lame.

Dès qu'ils parviennent à la surface, Stévenard donne des ordres. Il faut réparer au plus vite le moulinage, couper les câbles d'acier inutiles et renforcer celui qui soutient le cuffat.

— Réunissez des hommes. Je veux qu'ils débarrassent la paroi de la fosse des moises et des poutres qui menacent de tomber. Dans deux heures, on doit pouvoir descendre sans risquer de se faire assommer.

Le porion Landier, responsable de la première équipe de sauvetage, fait la moue. Il ose dire tout haut ce que chacun pense :

— C'est encore plein de gaz dans la fosse, monsieur. On va s'y faire prendre.

— Je viens de descendre, Landier, et vous voyez : je ne suis pas asphyxié. Clabecq non plus. Il vous suffira de surveiller vos lampes.

Landier est sur le point de protester, mais un grand type à la peau très blanche que Clabecq ne connaît pas lui pose la main sur l'épaule et dit doucement :

— On est là pour descendre, Landier. Sinon, à quoi on sert ?

## Fosse 3, étage – 326
## Treuil d'Adélaïde

— Non, dit Charles en se laissant tomber sur le sol. Ça marche pas. Il y a du gaz partout. En haut, en bas, partout !

Cela fait plus d'une demi-heure qu'ils essaient d'atteindre l'étage de 280 par un conduit oblique, pas plus large qu'une cheminée. Mais, parvenus à dix ou quinze mètres du but, les lampes vacillent et menacent de s'éteindre. Le gaz est là, tapi dans l'obscurité, prêt à les prendre.

— On est comme dans une bouteille, grommelle encore Charles. Le bon air est pris entre le cul et le bouchon, et nous avec.

— Hé ! encore heureux, réplique Noiret. Te laisse pas aller à la mauvaise humeur, Charles. On est dans le bon air et je nous ai trouvé un joli coin pour attendre, pas vrai ?

Si, c'est vrai. Tandis que Charles courait de haut en bas, Noiret leur a trouvé un cul-de-sac spacieux. L'air y est bon et, par une chance rare, le plafond assez haut pour qu'ils puissent s'y tenir debout. Le boisage n'y a pas souffert et on y éprouve un sentiment de sécurité qui est un véritable soulagement.

— Une vraie caverne, approuve Danglos, goguenard. Dix bonhommes tout noirs dans une caverne, voilà ce qu'on est. On se croirait revenus au temps de la Bible.

La plaisanterie en fait rire quelques-uns, pas trop.

— Tu dis d'attendre, demande le jeune Vanoudenhove à Noiret. Mais tu veux attendre quoi ?

— Pardi, qu'ils nous donnent de l'aérage là-haut dessus ! Qu'ils tirent le puteux.

— Tu crois qu'ils peuvent ? demande Couplet.

— À quoi crois-tu qu'ils servent, les ventilateurs ? réplique Danglos.

— Mais il va falloir attendre longtemps ?

— Quelques heures, c'est bien possible.

— Et puis on a vu en bas, admet Noiret. Il y a des éboulements. Peut-être qu'il y a des endroits où ils doivent refaire des passages avant que l'air circule.

— On a déjà vu ça ? demande d'une voix frémissante le jeune Delplanque. Des fosses prises par le puteux et où il faut longtemps pour sortir ?

Les autres voient la peur qui lui laisse la bouche ouverte et les yeux agrandis.

Lefebvre, qui est l'un des plus âgés et des plus sages ouvriers du groupe, jette un regard vers Charles, comme s'il attendait qu'il réponde. Mais Charles se tait, le visage clos. Alors Lefebvre a un petit rire qui sonne presque juste. Il sort une montre de sa mallette à briquet.

— Un peu mon gars, qu'on l'a vu. Et il est que 9 heures, ou presque. Peut-être un peu plus, parce que j'ai oublié de remonter ma toquante tout à l'heure. On est encore loin de la journée finie ! Et je vais te dire un truc : plutôt que de se lamenter, vaut mieux taper dans le briquet.

— Bien dit, approuve aussitôt Noiret. Depuis le temps qu'on cavale, ça creuse l'estomac.

Charles les regarde qui ouvrent leurs mallettes, empoignent les casse-croûte, l'appétit entre les dents. Il n'y a que le môme Delplanque, toujours à son côté, qui ne bouge pas.

— T'as pas faim, galibot ? demande Charles.

— J'ai oublié mon briquet dans le treuil quand on s'est sauvés, m'sieur.

Charles ouvre son sac, lui tend les tranches de pain et la pomme de terre.

— Mange.

— Et vous, m'sieur ?

— J'ai pas plus faim que ça.

— Moi non plus.

— Et pourquoi ?

— J'arrête pas de penser aux morts qu'on a vus.

— Faut pas, gamin.

— C'est plus fort que moi, m'sieur. Si je regarde dans le noir, je les vois.

— T'as raison. C'était pas beau. Mais faut que tu manges.

Le môme est obéissant. Il prend le casse-croûte et mord dedans. Il est jeune et l'appétit lui revient vite.

Mais chacun a entendu les mots du galibot et le malaise est revenu. Charles soutient le regard de Danglos. Il devine ceux de Lefebvre et de Noiret. Ils n'ont pas besoin de dire leurs pensées pour qu'il comprenne. Ils comptent sur lui pour sortir d'ici, pas pour qu'il ait de la mauvaise humeur ou du découragement. Il secoue la tête, lance d'un ton désinvolte :

— C'est drôlement fait, les choses. Hier, j'étais dans mon lit avec l'asthme qui me faisait cracher du charbon que c'était pas possible. Ce matin, alors qu'il y a du puteux partout, j'ai même pas toussé une seule fois.

## Fosse 4/11
## Carreau

Il commence à pleuvoir. Une pluie froide mêlée de neige fondue qui alourdit les vêtements. Mais personne ne s'en soucie. Les femmes ont mis leurs châles sur la tête. Quand elles n'en ont pas, elles se glissent à deux sous un seul. Bien que tout soit trempé, elles s'assoient partout où cela est possible. Plus une ne doute que l'attente sera longue.

C'est une foule devenue silencieuse. De temps en temps, il y a un cri, des pleurs, des sanglots qui se calment aussi soudainement qu'ils ont éclaté. La fatigue de l'angoisse et le froid engourdissent même la douleur.

Maurice est demeuré près d'Éliette. Là où ils se trouvent, ils ne peuvent plus voir grand-chose derrière la file des gendarmes. Mais en vérité, il n'y a rien à voir, que la même agitation impuissante depuis l'aube.

Éliette et lui se sont peu parlé. Elle lui a demandé s'il allait à l'école, s'il était un bon élève. Des questions polies et que l'on pose en songeant à autre chose. Mais parfois, elle tremble, frissonne de froid ou d'autre chose. Elle lui agrippe les épaules et le serre contre elle. Bien qu'elle soit dans ses frusques du criblage, il perçoit la chaleur de son beau corps pressé contre le sien. Il voudrait l'enlacer, la serrer fort contre lui et même enfouir son visage dans son giron. Il n'ose pas. Il se contente du trouble qui l'envahit des pieds à la tête. Il songe qu'il pourra raconter ça à Ghislain : l'Éliette Gosselin qui l'a serré contre elle, comme s'il était son chéri !

En se vantant un peu. Ghislain en sera vert de jalousie. Ou peut-être pas.

Ça dépend comment il sort de la mine.

Les rumeurs continuent de voler de bouche en bouche. Mais plus si fréquentes. On dit qu'il n'y a plus guère de remontées de la fosse 10. On dit que les ingénieurs sont descendus par la fosse 11, qui sert de retour d'air à la 4. Là, ils ont trouvé des gars pris par les gaz et les ont ramenés au jour. Des femmes demandent les noms :

— Mes hommes sont là-bas !

Comme personne ne peut donner de nom, elles crient vers les gendarmes. Ils baissent le képi, évitent les regards, font tournicoter leurs montures. C'est devenu une habitude. Ils ont l'ordre de ne rien entendre de toutes ces femmes.

Il y a un peu d'énervement, des gros mots. Puis ça se calme. On dit aussi qu'il y a des gens qui arrivent de partout. De Lens, d'Arras, des ouvriers et des ingénieurs des autres mines. Pour quoi faire ? On n'en sait rien. Les ingénieurs ont fait fermer des moulinages, mais on ne sait pas bien lesquels, ni si c'est une bonne ou une mauvaise manœuvre.

On dit encore qu'un ministre va venir. Et aussi qu'il y a déjà plein de journalistes qui sont descendus du train de Paris à la gare de Lens.

Éliette écoute sans vraiment s'intéresser. Mais Maurice lui demande :

— Les journalistes, ils vont aller dans les fosses ? Ils vont savoir ?

Elle approuve d'un signe de tête.

— C'est leur travail.

— On va leur ouvrir les grilles, ils pourront passer ?

— Il faudra bien.

Ces questions n'intéressent pas Éliette. Mais à côté d'eux, une femme dit :

— Pour ça, c'est sûr qu'ils en sauront plus que nous !

— Mais ils viennent de Paris, fait Maurice. Ils connaissent rien d'ici. Ils sauront pas où aller et moi je peux les conduire. Comme ça, je saurai. Je viendrai vous dire.

Un jour ordinaire, cela les ferait rire. En voilà un qu'a pas froid aux yeux. Un journaliste et un gosse des corons, tu parles d'un attelage. Mais ce n'est pas un jour ordinaire. Elles secouent la tête, soupirent :

— Tu peux toujours essayer.

Maurice regarde Éliette comme s'il lui demandait la permission. Elle lui caresse la joue et dit seulement :

— N'oublie pas de revenir.

## Fosse 3
## Bureau des ingénieurs

Incliné sur le lavabo de son bureau, Stévenard se lave le visage. L'eau froide le saisit et lui fait du bien. Il aimerait qu'elle puisse lui laver l'esprit de tout ce qu'il sait, mais il se contente de fermer les yeux un instant avant de s'essuyer la face.

Alors qu'il referme la porte du placard qui masque le lavabo, Stévenard devine qu'il est là, dans le bureau. Entré sans même frapper. Il se retourne brusquement et voit qu'il ne s'est pas trompé. Ricq est là qui le dévisage. Stévenard songe à protester contre l'impolitesse de l'intrusion mais se contente de demander :

— Que voulez-vous ?

— Vous avez demandé à des ouvriers de descendre dans la fosse alors que le gaz y est encore. Je viens de voir ceux qui remontent. Il y en a déjà trois qui sont malades. Vous trouvez que l'explosion ne nous en a pas assez tué ?

Stévenard referme lentement les boutons de son gilet.

— Je croyais que vous étiez pressé de descendre…

— Je vous dis que vous les envoyez à la mort. Et pour quoi faire ?

— Le gaz n'est pas si terrible dans la fosse, Simon. J'y suis allé m'en rendre compte moi-même. Demandez à Clabecq. Il y en a de moins en moins et il faut retirer des parois les débris dangereux. Sans cela on ne pourra pas atteindre les accrochages.

— Vous ne les atteindrez pas comme ça, de toute façon. Vous savez bien que l'explosion a bouché le puits. Vous l'avez vu vous-même.

— Précisément, nous allons le déboucher.

— Et comment ? En remontant chaque morceau de bois, chaque pierre ou chaque bout de ferraille avec le cuffat ? Vous y serez encore dans dix ans !

Stévenard se passe la main sur les yeux. La fatigue lui donne un teint jaunâtre et transparent.

— Je fais mon travail, Simon. La première chose que nous devons faire, c'est de rétablir l'aérage dans le fond de la mine pour le nettoyer des gaz afin que les secours puissent descendre. Toutes les connexions avec les voies de fond de la fosse sont bloquées. M. Bousquet est descendu au puits 11, il s'est heurté à des éboulements ou à des bouchons de gaz à tous les étages. Il en va de même depuis la voie de Sainte-Barbe, dans la fosse 2. Impossible d'avancer, M. Barcant s'en est assuré lui-même.

Ricq fait un geste nerveux, le poing serré.

— Je sais bien. J'en viens…

— Vous voyez.

— Mais c'est pas en tuant de nouveaux ouvriers dans la fosse d'ici que vous déboucherez ce puits, crénom de Dieu !

— Quelle est votre solution ?

— Il faut le faire sauter par un moyen ou un autre.

— Un moyen ou un autre ?

Le ton et le sourire de Stévenard sont d'une ironie qui frôle le mépris. Ricq ôte brusquement son casque pour s'en frapper violemment la paume.

— Hier, vous n'avez déjà pas voulu m'écouter,

monsieur Stévenard. Quand tout le monde était encore vivant. Et vous allez continuer ?

— Je vous écoute, Simon. Vous entrez dans mon bureau comme dans un moulin, vous me parlez sans aucun respect… Mais je vous écoute. Et je me rends compte que vous n'avez pas plus de solution que moi !

Ricq est sur le point de répliquer mais, dehors, des pétarades d'automobile et des bruits de voix attirent leur attention. Stévenard s'approche de la fenêtre. Il hoche la tête, boutonne son veston. Il se retourne, fait face à Ricq.

— Voilà M. Léon, l'ingénieur en chef d'État, qui arrive d'Arras. C'est lui qui va prendre les choses en main. Je suis sûr qu'il aura envie de vous écouter, Simon.

## Fosse 4, étage – 331
## Voie de fond de Marie

Une fois de plus, Grandamme voit son fils tourner la tête.

Ghislain ne peut pas s'en empêcher. Il fait l'effort de se retenir pendant un moment, mais c'est plus fort que lui. Il tourne la tête et regarde pour la centième fois le cadavre tout nu du fou.

Grandamme aurait bien voulu qu'on le recouvre, mais personne n'a de frusques de trop. Il n'a pas osé demander qu'on le déplace. Personne n'a envie de toucher ce pauvre gars devenu une masse de chair informe et suintante de partout.

Maintenant, Grandamme se dit qu'il ne supportera pas de voir Ghislain regarder de nouveau ce cadavre.

L'attente est devenue exaspérante, même si tout le monde paraît plus ou moins assoupi. Toutes les heures, ils se sont assurés que le puteux ne se rapprochait pas d'eux. Avec l'espoir secret qu'il se serait peut-être dissous. Mais non, le gaz est bien là. S'il ne les menace pas, il ne quitte pas l'entrée de la bowette et interdit toujours d'atteindre l'accrochage.

Du coin de l'œil, Grandamme surveille Ghislain. À sa surprise, son fils ne se tourne pas vers le cadavre mais vers lui. Dans un chuchotement, il demande :

— Papa, tu crois qu'on va pouvoir partir d'ici ?

Grandamme ne répond pas tout de suite. Il connaît assez les visages des hommes et des galibots pour savoir lire la terreur dans un chuchotement.

Il prend la main de Ghislain et la serre avec force.

Sûr qu'il serait plus sage d'attendre encore. Donner un peu plus de temps à ceux du jour pour remettre en route l'aération et tirer du fond cette saloperie de puteux. Mais il commence à douter que ça arrivera. Peut-être bien que le fou n'était pas si fou. Que le coup a été plus fort qu'ils veulent l'imaginer, avec des incendies et des éboulements de partout.

« Aide-toi et le ciel t'aidera ! » Sauf qu'ici le ciel est fait de trois cents mètres de terre et qu'il va falloir les traverser.

Il lâche la main de Ghislain et hoche la tête.

— Sûr qu'on va sortir, mon garçon. Et même tout de suite.

Il se lève, agite sa lampe, demande qu'on lui donne l'heure.

— C'est midi, Braind'amour ! Quatre ou cinq heures qu'on lanterne.

— Eh ben, on a assez lanterné.

— Sauf que le puteux est toujours dans la bowette.

— T'as raison, gars, mais on va le contourner. Le bouchon ne doit plus être aussi gros que tout à l'heure.

— T'en es sûr ?

— On en sera sûrs en y allant voir.

Il y a quelques marmonnements, mais pas de protestations. L'attente a trop duré. Personne ne veut la prolonger. Ils se lèvent tous, attentifs pendant que Braind'amour explique :

— On va faire la balade que je vous ai expliquée tout à l'heure : on s'enfonce plus bas dans Marie et on rejoint la voie de fond d'Amée. De là, on retrouve la bowette pas loin de l'accrochage.

Déjà, ils se mettent en marche.

— Hé, fait Grandamme, faut perdre personne. On est trente-quatre. Faut arriver autant à la bowette.

Il jette un coup d'œil vers Ghislain. Son fils a rejoint les autres galibots et quitte leur refuge sans un coup d'œil vers le cadavre.

## Fosse 3, étage – 231
## Bowette

D'un coup, c'est des braillements de joie.

— Ça y est, c'est la bowette ! C'est la bowette ! L'air y est bon…

Malgré la douleur qui lui enflamme la tête, Anselme entend les hurlements de Wattiez et de Bauchet.

Les autres aussi se mettent à gueuler. Anselme participerait bien au vacarme, mais bouger les lèvres le met à la torture et le pansement que lui a fait Wattiez l'aveugle d'un œil. À chaque pas, il doit regarder où il met les pieds.

Bon sang, voilà des heures qu'ils montent et descendent pour échapper au gaz et d'un coup voilà que c'est fini.

— T'es sûr qu'on est bien à 231 ? demande Nény.

— Sûr de sûr, mon gars, réplique Wattiez.

— Tu peux faire confiance, l'Auvergnat, rigole Bauchet. L'accrochage, c'est tout droit devant.

Ils en danseraient presque.

Martin, le grand Castel, Tourbier et Boursier se serrent contre Anselme, rouleurs et galibots ensemble, rigolant sous cape en se moquant de Nény.

— T'as vu, il sait pas où il est.

— Tu le sors de sa voie, et il sait même plus dans quelle fosse il est.

— Tu parles d'un zigue !

En quelques minutes, ils sont à l'accrochage. Les lampes y sont normalement éclairées et on n'y découvre aucun dégât.

— Il y a pas grand monde, remarque Nény.

C'est vrai. Pas une âme qui vive. Pas un cheval. Wattiez dit :

— Ils ont pas traîné à nous attendre. Depuis le temps qu'on fait les zouaves à éviter le puteux, ils sont montés.

Bauchet est déjà au câble de la sonnette et tire dessus pour la remonte. Pas un ne le dit, mais tous l'ont en tête : encore une poignée de minutes et nous voilà dehors.

Sauf que Bauchet annonce :

— On dirait que ça sonne pas.

Wattiez le rejoint, tire à son tour les trois coups.

— T'as raison. Le câble est pris.

Il tend l'oreille, écoute, la main levée pour que les autres se taisent.

— On entend pas glisser les cages dans les guides.

Plus personne ne rigole. Anselme écarte son bandage avec précaution pour mieux voir. Wattiez s'agrippe au grillage qui sépare la plate-forme du puits.

— Gare au bougnou, fait Bauchet.

— Tiens-moi la culotte…

Wattiez se penche autant qu'il peut, regarde en haut et en bas.

— C'est tout du noir.

— Faut faire savoir qu'on est là.

Il y a un tremblement d'effroi dans la voix de Nény.

— T'as pas tort. Bauchet, passe-moi ton outil.

De tout ce temps, Bauchet, précautionneux, ne s'est pas séparé de sa rivelaine. Wattiez s'en empare, frappe sur le tuyau d'air comprimé qui descend le long du puits. Cela fait des « Bong, bong » qui résonnent fort.

Wattiez attend un peu dans le silence et recommence. Une fois, deux fois. Trois fois. Le petit Martin s'exclame :

— Hé, ça répond !

— Tu es sûr ?

— Recommence, Wattiez !

Wattiez tape ses trois coups. Cette fois, ils entendent distinctement trois autres « Bong » !

— Ça vient d'en bas, assure Nény.

— C'est pas sûr, dit Bauchet.

Wattiez tape encore trois coups. Presque aussitôt, trois coups viennent en réponse.

— Nény a raison. Des gars du dessous. Ils sont comme nous. Ils attendent qu'on leur envoie la cage.

— Et pourquoi ils répondent pas depuis le jour ?

— Au moulinage, grince Bauchet, faudrait un miracle pour qu'ils entendent nos coups. On est bien trop loin.

— Va falloir qu'ils nous entendent, s'énerve Nény. Qu'ils nous envoient du sauvetage.

Wattiez rigole gentiment :

— T'en fais pas, camarade. Ils savent qu'on est là. On a nos lampes à rendre et nos taillettes sont toujours accrochées à la lampisterie. Ils risquent pas d'oublier.

— Quand même, faut attendre encore, ronchonne Tourbier.

Bauchet va s'asseoir dans un recoin un peu confortable.

— Ho ! Vous allez pas faire les difficiles. Maintenant qu'on est tranquilles au bon air ? Ils nous laissent juste le temps de casser la croûte.

— Juste, approuve Wattiez. Faut pas se faire du mouron. Il y a peut-être un problème avec les câbles ou le chevalement. C'est pas la première fois que ça arrive, d'attendre une cage quelques heures.

Hésitants, puis résignés, ils suivent l'exemple, s'installent pour manger ce que contiennent leurs sacs.

Mordant dans sa tartine, Wattiez vient s'agenouiller près d'Anselme, s'inquiète affectueusement de l'état de sa blessure.

— Ça te fait mal ?

— Beaucoup.

— Sûr que ça va pas te passer en cinq minutes.

— Ça brûle comme si j'étais encore collé contre la lampe.

— Courage, p'tiot. Dans pas longtemps tu seras au jour. Ta mère te mettra une bonne pommade là-dessus et tu pourras raconter l'aventure à ton père. Tu vas voir les gueulements que va pousser le Charles.

— C'est vrai. Elle en a, ma mère, des pommades contre les brûlures. Elle aime faire ça, les médicaments. Elle les cuisine mieux que le manger.

Wattiez rigole. Anselme l'accompagnerait bien d'un sourire si sa joue le permettait.

— Quand même, dit-il sérieusement. C'est un peu bizarre de voir personne ici.

Wattiez jette un regard vers le fond de la bowette avant de répondre :

— Bah... Le coup a dû fiche la pagaille.

## Fosse 3, étage – 280
## Bowette

À travers sa somnolence, Gabriel entend la voix de Rabisto :

— Vous êtes là ? Monsieur Leclerc, vous êtes là ?

— Par ici, Rabisto. Par ici !

Des crissements de pas se rapprochent, hésitants.

— Cette fois, j'ai eu du mal à vous retrouver. On finit par s'y perdre, dans ce foutu noir ! Je suivais une colonne d'air comprimé, mais c'était pas la bonne. Éclatée nette comme une baudruche.

— Il faut m'appeler par mon prénom, Rabisto. Ou je vais devoir vous donner du « monsieur Louis Eugène Joseph Renault ».

Petit grognement amusé de Rabisto dans le noir.

— Ça va pas être facile. Faudrait que je m'habi-tue. Et puis, quand on sera dehors, je me vois pas vous appeler par votre petit nom devant les camarades.

— Vous pensez qu'on va arriver à retrouver le jour ?

— Ben tiens ! J'ai une bonne nouvelle.

— Dites-moi…

— Bonne… Disons à demi bonne. Je suis allé jusqu'à l'accrochage. Ça m'a pris un bout de temps. Je m'étais dit : tu suis les rails de la bowette et elle te livre à l'accrochage aussi net qu'une berline. Sauf qu'il faut voir ça… Enfin, voir, c'est façon de dire. De

Dieu : il y a des endroits où les rails se sont soulevés jusqu'au toit de la bowette comme des queues de serpent ! Et l'étayage a beau être en poutrelles de fer, il s'est enfiloché là-dedans qu'il faut faire de la contorsion pour passer. Du coup, avec toute cette nuit, on met un temps fou à s'y retrouver. Ça vous perd le nord, on sait plus si on va devant ou derrière. Faut se mettre à quatre pattes comme un chiot et faire marcher sa cervelle pour s'y reconnaître. Enfin bref, j'ai fini par avoir les tôles de l'accrochage sous les mains. Celles-là, je pouvais pas m'y tromper. Mais prudence. C'est pas le moment d'aller faire un tour dans le bougnou, hein ! Ça m'a encore pris du temps pour trouver le cordon de la sonnette. Sauf que je me suis évertué pour rien. J'ai tiré dessus comme un veau en sentant que le cordon agitait rien à l'autre bout. Mon avis, c'est que l'explosion a bien bouché le puits au-dessus. Quoi faire ? Ben, j'ai pris un bout de quelque chose et j'ai tapé sur toutes les conduites qui montaient. Bing, bing, de tout mon cœur. Rien. Pas de retour. Je souffle un peu et, pour dire le vrai, je me sens pas encouragé. Mais voilà pas que j'entends des coups ! Je réponds. Et ça répond ! Quatre ou cinq fois. Les trois coups de la remonte !

— Ils vous ont entendu de là-haut ?

— Là-haut au jour ? Je voudrais bien vous dire oui, mais c'est pas la peine de se mentir.

— Vous voulez dire…

— On a trois cents mètres sur la tête, monsieur Leclerc. Les coups de retour contre le tuyau étaient trop nets. Ils revenaient trop vite pour avoir été tapés d'en haut. Je dirais plutôt qu'on a des camarades quelque part là-dessus. À l'accrochage de 231, je suppose.

— Au moins, tout le monde n'est pas mort.

— Oui, c'est déjà une pensée.

Rabisto se tait. Gabriel se sent étrangement paisible, sans impatience. Un instant, il a espéré une meilleure nouvelle. À sa propre surprise, ce que lui apprend Rabisto ne l'angoisse ni ne le déçoit grandement. Sa paralysie engourdit ses émotions autant que ses jambes.

— Vous avez mal ? s'inquiète Rabisto devant son silence.

— Pas vraiment. Si je bouge trop, la douleur me revient dans les reins, mais c'est supportable. Mais vous, vous n'êtes blessé nulle part ? J'ai peine à le croire.

— Que non. Rien que des égratignures. Peut-être que le bon Dieu existe et qu'il m'a à la bonne.

Ils rient doucement ensemble.

— Par contre, crénom que j'ai soif.

— Il reste à boire dans la gourde que vous m'avez laissée.

— Vous avez pas soif ?

— Plus maintenant. Prenez…

Gabriel devine l'hésitation de Rabisto. Puis leurs doigts se frôlent dans l'obscurité.

— Il en reste pas beaucoup.

— Finissez, Rabisto. Faites pas de manières.

— Va falloir que j'en trouve d'autres. Et à croûter aussi.

— Il va falloir que vous remontiez au jour, Rabisto.

Rabisto se racle la gorge.

— Si vous voulez mon avis, faut plus compter sur une descente des cages. Même s'ils mettent un cuffat dans le puits, ils passeront pas.

— Vous êtes sûr ?

— À l'accrochage, il y a pas un souffle d'air frais qui vient du dehors. Pas une lumière. Rien. Ça veut dire que c'est bouché dessus et bien.

— Je vois. Mais ils pourraient faire sauter ce bouchon.
— Ils le feront pas.
— Et pourquoi ?
— Parce qu'ils sauront pas comment.
— En lâchant des gros poids dessus.
— Jamais. Les ingénieurs auront trop peur d'abîmer ce qui reste du puits.
Gabriel a un petit ricanement.
— Oui, peut-être bien.
— Je dis pas ça contre vous, mais je les connais.
— Je sais.
— Il m'est venu une idée : je vais aller chercher ces gars là-haut dessus. Ils pourront m'aider à vous porter. Avec eux, on arrivera à sortir le plus vite d'ici.
— Vous pensez pouvoir atteindre les étages du dessus dans le noir ?
— Il y a pas de raison que non. Ça peut juste prendre plus de temps qu'avec une lampe.
— Rabisto ! Les hommes que vous allez trouver là-haut n'auront aucune envie de redescendre ici me chercher. Et encore moins de me transporter sur des kilomètres ! Ils voudront être au jour sans se retarder. Ils auront raison. Cela sera déjà bien assez difficile sans moi…
— Que non, monsieur. Ça ira pas comme ça. Ici dessous, on sait ce que c'est que de s'aider quand il le faut.
Gabriel devine que Rabisto se redresse, gémissant un peu.
— Écoutez-moi ! Ils vont certainement avoir besoin de quelqu'un qui connaisse bien le fond pour les guider au jour. Personne n'en sait plus que vous. Si vous pouvez sortir d'ici, allez-y. Sans hésiter. Ça ne sert à rien de revenir ici. Vous m'enverrez du secours depuis là-haut.

— Je vous l'ai déjà dit, monsieur l'ingénieur ! Vous avez la moitié du corps qui fonctionne pas et c'est pareil pour votre cervelle.

# Fosse 11
## Plate-forme du moulinage

Quand Maurice parvient à la fosse 10, sa courte veste et sa casquette sont trempées et ne le protègent plus de la bruine glacée qui a remplacé la pluie et la neige fondue. Il claque des dents mais ne s'en rend pas compte. Tout ce qu'il voit, c'est que les journalistes sont là.

Par petits groupes, en beaux manteaux, les moustaches soignées et le chapeau melon sous le parapluie, ils descendent des automobiles et des phaétons qui les déposent loin des grilles, à l'arrière de la foule des femmes qui attendent.

Il ne faut pas longtemps pour que les femmes se donnent le mot et qu'elles s'écartent pour les laisser passer. Maurice se précipite à leur suite avec quelques autres gamins curieux. Il devine que certains journalistes ne sont pas plus tranquilles que ça, lorgnant vers cette meute serrée qui leur libère le passage comme s'ils entraient dans la gueule d'un fauve.

La surprise vient quand ils arrivent contre les grilles. Elles demeurent closes. Deux des journalistes hèlent le lieutenant qui commande le peloton à cheval. Il s'approche, salue en levant sa badine jusqu'au képi, mais annonce qu'il n'a pas d'ordre pour ouvrir les grilles, même aux journalistes. Il y a des protestations, le ton monte. Des femmes commencent à crier :

— Laissez passer les journalistes, puisque nous, les épouses et les mères, vous nous repoussez comme du bétail ! Eux, au moins, ils nous diront la vérité.

L'officier n'ouvre pas les grilles. Il va demander des ordres. Les journalistes s'offusquent, le prennent de haut. Ils sont venus d'Arras, de Lille et même de Paris pour faire leur métier, qui est d'informer la France de cette catastrophe qu'on a sous les yeux à l'instant même, et on ne les laisse pas passer ?

— Lieutenant, le ministre arrive. Il est annoncé dans un train pour ce soir ! S'il nous trouve devant la grille, vous pouvez dire au revoir à vos épaulettes.

Le lieutenant n'est pas impressionné. Il a ses ordres. Il saute en selle, s'éloigne au trot vers les bâtiments du moulinage où l'on voit une grande agitation.

Des femmes demandent :

— Quel ministre vient donc, messieurs les journalistes ?

Ils ne paraissent pas trop savoir.

— Sans doute celui des Travaux publics. Si M. Sarrien en trouve un qui puisse remplir l'emploi… Vous ne savez donc pas qu'il n'y a plus de gouvernement de la France depuis deux jours ?…

Les femmes sont intimidées par la réponse et la hauteur de ton du journaliste. Mais l'une d'elles clame bien haut :

— Qu'est-ce qu'on s'en fiche, qu'il y ait un ministre ou pas ? C'est pas lui qui va nous remonter nos hommes !

Des grondements d'approbation. La colère revient.

Cependant, comme le lieutenant ne revient toujours pas, les femmes se calment. Leurs milliers de visages inquiets, ruinés par la fatigue et la détresse, indifférents à l'humidité qui les transit, forment un long mur livide et terrible sous le ciel si bas que l'on pourrait se croire au crépuscule.

Maurice a repéré un journaliste qui ne fait pas la bande avec les autres. Sans parapluie, en chapeau mou, revêtu d'une gabardine à carreaux jaune marquée par l'usure, il porte à l'épaule un grand sac.

Maurice se glisse à son côté. Sous la pression des hommes qui les entourent, il le bouscule. L'autre, les yeux rivés sur les bâtiments de la fosse, ne s'en aperçoit pas.

— Monsieur ? Vous êtes bien journaliste ?

— *L'Écho du Nord*, de Lille.

La réponse est machinale. Le journaliste ne baisse même pas les yeux vers lui.

Maurice en est ébranlé. Mais il suffit qu'il songe à Ghislain pour trouver le courage de tirer sur la gabardine jaune.

— Monsieur…

Cette fois, le journaliste se retourne, pas content. C'est un tout jeune homme. Malgré son air rogue, Maurice ne lui donne pas beaucoup plus de vingt ans.

— Qu'est-ce que tu veux ?

— Entrer sur le carreau avec vous, monsieur.

— Pour quoi faire ?

— Pour vous aider.

Un ricanement :

— M'aider à quoi ? À écrire mon article ? Il va te falloir encore quelques années d'école, gamin.

— Non, monsieur… C'est pas ce que je voulais dire.

Le journaliste est sur le point de se détourner. Quelque chose dans la voix de Maurice le retient.

— Qu'est-ce que tu voulais dire, alors ?

Maurice ne parvient pas à répondre.

— Ton père est là-dessous ? Tes frères ?

— Non. J'ai que des sœurs. Mon père est au sauvetage, à la fosse 3. C'est mon ami Ghislain que j'attends. Il a dévalé à la 4. C'était la première fois…

Le journaliste hoche la tête, puis demande :

— Dévaler ? Ça veut dire quoi ?

— Descendre dans le fond de la mine avec les cages. C'est un mot d'ici. Vous voyez, m'sieur, si je vais avec vous, je pourrais…

Il n'achève pas sa phrase. Le lieutenant est de retour, poussant son cheval au trot rapide. Son approche déclenche un grand brouhaha. Parvenu à la hauteur du peloton, il ordonne aux gendarmes de se mettre en double rang de chaque côté de la grille, le canon du chassepot pointé sur la foule. Aux surveillants, il gueule bien fort :

— Ouvrez, mais il y a seulement les journalistes qui franchissent la grille. Rien que les journalistes !

Une femme coasse :

— Pas la peine de brailler comme si on allait te mordre le cul ! On s'en doute, que tu vas pas nous laisser entrer. Ça serait trop d'humanité !

Le lieutenant ne relève pas. Les autres femmes se taisent. Elles n'en ont pas besoin. Leur visage suffit à dire ce qu'elles pensent. Chacun entend le grincement de la grille qu'on ouvre.

Maurice, tétanisé par la proximité des gendarmes, sursaute quand la main du journaliste lui agrippe le bras.

— Alors, tu viens ?

Avant que Maurice puisse répondre, il se défait de son gros sac et le lui passe autour du cou.

— Porte-moi ça et évite de regarder les képis comme s'ils allaient t'avaler tout cru.

## Fosse 4, étage – 331
## Bowette

Berthon gueule :

— Regarde, Braind'amour ! Regarde devant !

Grandamme ne fait que ça. Il a déjà vu.

Il s'immobilise. Un peu de découragement lui vient dans le ventre.

Une heure, deux heures qu'ils marchent, rampent et se contorsionnent dans ce labyrinthe de charbon et d'obscurité. On croirait un troupeau de Moïse tournant en rond dans la nuit du désert. Mais enfin, ils ont atteint la bowette de 331 en évitant les bouchons de puteux. Grandamme tout heureux de les avoir amenés à bon port. Sa troupe prête à danser en se précipitant vers l'accrochage et le salut.

Mais non ! C'était trop beau.

Un éboulement referme la bowette devant eux. Le toit de la voie a crevé. Toute la terre et le charbon de l'étage du dessus se sont affalés sur les rails. À cent mètres de l'accrochage. Peut-être même moins.

Qu'est-ce que le diable a donc contre eux ?

— Merde, oh, merde !

— Une souris y passerait pas, souffle Berthon.

Un gars demande :

— Tu crois que c'est épais, Braind'amour ?

— Dix mètres au moins.

Personne ne dit rien d'autre. On croirait qu'on les a assommés.

Grandamme devine la présence de Ghislain qui avance à son côté. Sans oser lui jeter un regard, il lève sa grosse main rabotée et la pose sur la nuque de son fils. La tendresse, la douceur tiède de cette chair de presque enfant le feraient pleurer s'il n'avait une si grosse mâchoire pour mordre dans son émotion et sa colère.

Une voix marmonne :

— Adieu l'accrochage ! Adieu le salut !

— Sûr que non ! gronde Grandamme. Commencez pas à vous décourager pour trois cailloux ou je vous fous mon poing dans la gueule ! Ça vous fera plus d'effet que le puteux, c'est moi qui vous le dis.

C'est jeté avec tant de férocité que tout le monde en reste coi.

— Il y a pas de quoi se lamenter comme des poules, reprend Grandamme sur le même ton, serrant toujours la nuque de Ghislain. On va rejoindre l'accrochage de l'étage 383.

— Par où, maintenant qu'on est coincés entre le puteux et cet éboulement ?

— Le beurtiat de Lefel. Il est à cinquante mètres derrière nous.

Il y a des soupirs. Un gars s'exclame :

— Hé, je le connais, il est à pic ! C'est cinquante mètres d'échelle, Braind'amour !

— Et alors ? Ta vie vaut pas cinquante mètres d'échelle ?

— Ce beurtiat est si étroit que même les galibots s'y coincent…

— Tu te raboteras le cul. Ta femme sera contente de te le panser quand tu seras dehors.

— Braind'amour, ça veut dire qu'on retourne vers le puteux…

— Il y a pas autre chose à faire. Sinon, ça sera attendre de crever ici. Et vous avez pas à craindre : je passe devant et vous me suivez.

Des marmonnements, puis le silence.

— Assez causé, grogne-t-il. C'est pas le moment de baisser les bras. Ouste !

Il lâche la nuque de Ghislain dans une caresse.

— Passe un peu derrière, mon garçon. Et t'en fais pas…

Les voilà à nouveau en colonne, sagement les uns derrière les autres et plutôt d'un bon pas.

Grandamme a les yeux rivés sur l'obscurité, où il veut voir apparaître le renfoncement du beurtiat. Soudain, la flamme de la lampe se met à rougir, à danser doucement. Presque aussitôt, Grandamme sent ses jambes s'alourdir. Mais c'est plus fort que lui : il veut avancer. Depuis toutes ces heures qu'il s'inquiète et tourne pour sauver son monde. Il faut passer, bon Dieu, il faut être plus fort que cette saloperie de gaz ! Sauver Ghislain par-dessus tout.

Il devine la bouche du beurtiat. Là. Juste là ! Dix mètres devant. Dix pas devant ! Ses tempes serrent. Allez, c'est rien ! Dessous, à l'accroche de 331, ils seront saufs. Il en est sûr. Il le faut. Merde ! En finir une bonne fois.

— Grandamme ! Bon Dieu, Braind'amour ! Le puteux !

Il se retourne enfin. Tangue dans une mollesse maléfique.

Crénom, le gaz le rend soûl…

— Ghislain ! Fous le camp…

C'est Berthon qu'il voit et pas son fils. Berthon qui danse sur des jambes molles, les yeux écarquillés. Qui tombe à genoux.

Grandamme se lance en avant, gueule avec ce qui lui paraît un filet de voix :

— Le puteux, foutez le camp !

Mais il n'a fait que deux pas. Ghislain est là, devant lui. Mon fils ! Ghislain lui tend la main :

— Papa !

— Fous le camp, garçon !

Ghislain qui plie sur ses genoux.

— Papa ! Papa ! Je me vais mourir !

Les yeux blancs de terreur dans son petit visage noir.

Grandamme veut se jeter vers lui pour le soutenir. Mais ses jambes sont de plomb. Ses bras n'existent plus. Ses tempes se referment sur ses yeux.

— Fous le camp… Mon garçon…

Peut-être sa voix ne passe-t-elle pas ses lèvres. Ghislain tourne bizarrement sur lui-même. S'écroule comme une vis que l'on enfoncerait dans la terre.

— Ghislain !

Grandamme est à genoux. Berthon tout contre lui, râlant et inerte. Grandamme glisse. Il ferme les paupières, rampe avec ce qui lui reste de force. Il agrippe les pieds de Ghislain. Ses doigts autour des mollets minces. Ghislain, mon garçon ! Des mollets de gamin, d'oiseau fragile. Mon fils que j'aime tant. Le gaz fait venir des lumières dansantes. Il ne sait plus bien s'il vit encore.

— Mon p'tiot !

Il veut toucher le visage de Ghislain. Il veut le serrer contre lui. Lui donner de l'air. Tu vas vivre. Tu n'es pas descendu juste pour mourir. C'est pas Dieu possible. Qui peut permettre une chose pareille ?

Mais quand il s'écroule, les doigts du porion Grandamme, dit Braind'amour, ne vont pas plus loin que les genoux de Ghislain, et le baiser de vie demeure à jamais sur ses lèvres.

## Fosse 3
## Bureau de l'ingénieur en chef

Le costume noir est sévère autant que le regard et la barbe blanche à la Victor Hugo. L'inspecteur général des mines Delafond, d'un ton conciliant de maître d'école, réclame le silence.

— Messieurs, un peu d'attention, je vous prie...

Ils sont entassés dans le bureau de l'ingénieur en chef Barcant, qui ne paraît plus si grand. Une quinzaine de chefs ou d'ingénieurs supérieurs. Il y a Barcant lui-même, qui a pris soin de changer de costume. Il n'osait plus respirer dans l'ancien après avoir passé deux heures au fond de la fosse 10 à errer entre les morts et les ruines. Il en demeure encore tout pâle et le regard absent.

Il y a aussi Stévenard. Fatigué, les yeux cernés, toujours débraillé. Une mine de général après la défaite, la bouche amère.

L'ingénieur en chef d'État venu d'Arras, M. Léon, et ses adjoints se tiennent raides, avec des airs d'autorité, puisqu'ils sont là pour ça.

Les autres sont arrivés depuis peu, possédant encore l'imagination de pouvoir être utiles : les directeurs des mines de Lens et d'Arras, leur ingénieur, un sous-préfet, un officier de gendarmerie...

Et puis sur le seuil, en bottines et vestes de fond

souillées par la sueur et la crasse du charbon, la peau tendue sur les pommettes par l'épuisement, les regards trop brillants, Ricq et le porion Pélabon. Eux, Stévenard leur a commandé d'être là : « Puisque vous croyez en savoir plus que moi sur ce qu'il convient de faire, Simon, venez donc exposer vos théories à monsieur l'inspecteur ! »

Donc ils sont là, tendus, exaspérés par ce temps qui se perd en vaines paroles.

Delafond relève ses mains blanches et soignées et les croise à la hauteur de sa poitrine.

— J'arrive de Paris à la demande de M. le ministre des Travaux publics. Il sera ici ce soir en personne, il me l'a assuré. Quoique le gouvernement soit en situation démissionnaire, comme vous le savez. Que la chose soit dite et clairement : mon rôle n'est pas de supplanter l'autorité de M. Léon. Comme vous le savez bien, selon le titre trois du décret de janvier 1813, c'est à lui, en sa qualité d'ingénieur en chef de l'État, que revient, en de si tragiques circonstances, de diriger le sauvetage des ouvriers…

Un petit silence. Delafond fait un signe de tête aimable en direction de Léon, qui l'en remercie d'un même mouvement. Delafond soupire, ajoute :

— Si, hélas, il reste des vies à sauver ! On vient de me faire un tableau bien sombre de cette catastrophe. Mais, donc, il va de soi, messieurs, que je suis ici pour appuyer vos suggestions de toute mon autorité et de mon expérience.

S'ensuit un bavardage où ces messieurs s'adressent les uns aux autres sans s'écouter, un chaos de mots inutiles qui menace de durer. Pélabon toque le coude de Ricq.

— On perd notre temps. Tu devrais leur dire sans attendre.

— Ça va être comme de toujours : ils nous écouteront pas.

— Toi, si.

— Pas plus qu'un autre.

— Qu'est-ce qu'on peut perdre ?

Ricq hésite, écoute ce qui se dit et en vient par accident à croiser le regard de Stévenard. Ce qu'il y lit lui fouette les reins.

— Monsieur l'inspecteur, j'ai quelque chose à proposer.

Silence et regards étonnés.

— Et vous êtes ? demande Delafond, aimable.

— Délégué mineur Simon de la fosse 3, monsieur. Des hommes vivants là-dessous, je peux vous dire qu'il y en a deux ou trois cents au moins. Depuis l'explosion, je cours les voies de fond autant que le puteux le permet. Je vous le dis : il y a des ouvriers qui vivent encore. Mais pour les tirer de là, il n'y a qu'un moyen : nous devons déboucher la fosse 3.

— Voilà beaucoup de certitudes, mon ami.

— C'est l'expérience qui me fait parler.

— Ces messieurs sont tous ingénieurs. Ils en possèdent aussi.

— Monsieur Stévenard qui est ici présent, qui est l'ingénieur principal de cette mine, n'était pas descendu dix fois dans les fosses avant ce matin. Je le dis sans méchanceté : nous avons la pratique du fond et vous ne l'avez pas. Si un ingénieur ne se fait pas conduire quand il est dans une bowette, il se perd.

Petits sourires, ricanements. Delafond fait une figure aimable.

— Ce n'est pas le moment de débattre de cette opinion, monsieur le délégué.

— Oui. Mais il faut nous écouter.

— Eh bien, nous vous écoutons.

— Nous avons fait un conseil avec les délégués mineurs des fosses 2 et 4. Nous sommes du même avis. Pour sauver le personnel, il faut coûte que coûte enfoncer l'éboulement qui obstrue le puits de descente de la fosse 3.

— N'est-ce pas l'ouvrage que M. Stévenard ordonne depuis ce matin et que M. Léon lui a demandé de poursuivre ?

— Oh non ! Ces messieurs ne font qu'envoyer les ouvriers du sauvetage à l'asphyxie. On les contraint à descendre avec le cuffat alors que le mauvais gaz est encore à cent mètres du jour…

— Simon !

— Non, monsieur ! Je dis ce qui est. C'est un ordre qui va nulle part sinon à tuer encore des ouvriers ! Le bouchon se tient à cent soixante-dix ou deux cents mètres du moulinage. Demandez à M. Stévenard. Nous sommes redescendus il y a moins d'une heure. À ce train-là, nous atteindrons le bouchon à la saint-glinglin. Et pour faire quoi ? Remonter les poutres du guidage qui ont chuté avec le cuffat ? Tant de sottises, c'est même pas à imaginer.

L'ombre d'un embarras apparaît sur quelques visages. Sur celui de Stévenard, c'est l'aigreur qui le dispute à la lassitude. Mais c'est Barcant qui semble sortir de son apathie.

— Le délégué a quelques idées fixes que M. Stévenard et moi-même entendons sans relâche. Ce n'est pas d'aujourd'hui. Mais envers quelqu'un qui nous témoigne si peu de respect, nous montrons une patience qui nous honore.

La rougeur monte jusqu'aux yeux de Ricq. Son regard court sur les visages qui le narguent. Plus que jamais, il fait songer à un petit taureau.

— Mon idée fixe, c'est de sauver les camarades qui

peuvent l'être. Si vous n'êtes pas ici pour ça, Pélabon et moi on peut s'en repartir sur-le-champ. Il y a plus à faire dehors que dans cette pièce.

À nouveau paternelle, la main blanche de Delafond se lève. Mais le ton est plus sec, cette fois :

— Allons, Simon ! La journée est rude pour vous… Pour nous tous, bien sûr… Nous devons d'abord conserver notre calme.

Ricq tire un papier de sa poche. D'un pas brutal, il s'avance et le dépose sur le bureau recouvert d'un verre. Sur le papier, on peut voir un dessin, grossier mais aisément compréhensible.

— Défoncer le bouchon est simple. On prend deux des contrepoids qui nous servent de ballant pour les treuils. Ils pèsent mille kilos chacun. Nous les relions avec de fortes chaînes. Mais pas ensemble : à un mètre cinquante ou deux mètres l'un de l'autre. Ensuite, il suffira de les suspendre à la verticale de la fosse par une grosse corde de chanvre tenue au moulinage. Quand tout sera bien immobile, on coupe la corde. Les poids tombent sur deux cents mètres. Vous imaginez le formidable marteau que cela fera en heurtant les débris ! Tout partira dans le fond jusqu'au bougnou. L'aérage reprendra. C'en sera fini du puteux.

Il y a quelques secondes de silence. Peut-être bien d'étonnement. Puis c'est la curée.

— Allons donc, cela ne marchera jamais !

— Bien sûr, il faudrait connaître l'épaisseur des débris, calculer…

— Les guides d'acier ne se laisseront jamais entraîner…

— Qui sait si ça ne pourrait pas être dangereux pour les survivants, si jamais il s'en trouve à attendre aux accrochages…

— Voyons, vous déraisonnez, monsieur le délégué !

Si les poids basculent pendant la chute, vous allez créer une nouvelle avalanche de débris.

— Peut-être avec des explosifs, et encore…

— Non, le danger que cela serait…

— Et que se passera-t-il dans le reste du puits au passage des débris ? Vous ne l'imaginez pas !

Enfin la voix de Barcant sonne, exaspérée :

— C'est de la folie pure, Simon. On vous laisse faire cela et vous nous rendez le puits irréparable !

— C'est donc tout ce qui vous importe ? s'écrie Ricq. Que votre puits ne soit pas égratigné ?

— Nous devons remettre en état, pas détruire…

— Le devoir, c'est de sauver les hommes, monsieur, pas le puits ! L'explosion a déjà eu lieu parce que vous n'avez pas voulu entendre ce que je vous disais. Vous continuez, comme un assassin que vous êtes.

— Allons, monsieur Simon, gronde Delafond. Je vous en prie, surveillez vos paroles !

Chacun reprend son souffle, stupéfait de l'embrasement. Delafond empoche le dessin de Ricq.

— C'est bon. Vous nous avez donné votre idée.

— Vous ne voulez pas ?

— Il est trop tôt pour décider.

— Trop tôt ?

— M. Léon donnera ses ordres quand nous le jugerons utile, Simon. Et les ordres, ce n'est pas vous qui les donnez, ni moi qui les reçoit.

— En ce cas, monsieur Delafond, je vous le dis : c'est des ordres pour remonter des morts que vous allez donner. Pas pour ramener les vivants au jour.

## Fosse 3, étage – 326
## Treuil d'Adélaïde

Charles s'est assoupi comme les autres. Songeant à Anselme. Songeant à Marthe. La pauvre bonne femme doit se faire un mouron du diable !

Car maintenant, la mauvaise nouvelle a dû se répandre dans le coron. Ça n'a pas été une mince explosion. Même si les ingénieurs n'aiment pas dire la vérité, ils n'ont pas pu le cacher.

Puis le silence de leur caverne de charbon, l'immobilité et les ronflements paisibles des compagnons d'infortune déjà endormis le conduisent à son tour au sommeil. Un sommeil épais, sans rêves ni cauchemars.

Jusqu'à ce que des cris le tirent du sommeil en sursaut :

— J'entends mon Écuyer ! J'entends mon bidet ! Il est vivant.

C'est le gars Couplet qui tonitrue et réveille tout le monde.

Noiret se redresse, l'humeur mauvaise.

— Tais-toi donc, Couplet, tu dérailles. Il y a pas de bidet par ici. Va savoir, il y a même plus un cheval sur ses sabots dans toute cette bête de mine !

— Que si ! J'ai entendu mon Écuyer. Il m'a appelé. J'ai reconnu sa voix !

— La voix d'un bidet… Qu'est-ce que tu nous

chantes là ? T'es devenu maboul ? grince Lefebvre en se frappant la tempe de l'index.

Delplanque et Dubois, les galibots qui n'ont pas un poil au menton, rigolent. Castel, qui sait être un comique derrière ses mines tristes, se moque en imitant un hennissement de cheval.

Couplet est déjà sur le seuil de leur caverne, prêt à courir dans la voie d'Adélaïde à la poursuite de son cheval. Charles est sur le point de le rappeler, mais Danglos intervient, la voix sage :

— Du calme, Couplet. On roupillait tous. Tu as peut-être fait un rêve.

— Pensez ce que vous voulez. Je sais bien que je l'ai entendu.

— Eh ben, d'accord… Sauf que maintenant, on l'entend plus.

Couplet se tait. Les galibots cessent de rire. Ils tendent tous l'oreille. Pas un bruit autre que celui de leurs cœurs.

— Tu vois, fait Danglos.

Herbert, le compagnon de taille de Danglos, se lève, s'approche de Couplet et lui prend l'épaule.

— On se moquait pas de toi, c'est juste qu'on dormait. Tu nous as fait un réveil en fanfare avec tes gueulements.

— Je sais ce que je dis. Mon Écuyer est vivant.

— Pourquoi pas ?

Couplet se rend compte qu'on le dévisage comme s'il était un peu dérangé. Il repousse la main d'Herbert.

— Je suis pas fou. Vous verrez.

Charles, qui regarde la hauteur des flammes dans les lampes depuis un instant, demande :

— Danglos, t'as toujours ta montre ? Tu sais l'heure ?

Danglos tire son oignon de sa poche.

— Ah merde ! J'ai oublié de la remonter avant de m'endormir !

Vanoudenhove, le jeune rouleur, demande :

— Qu'est-ce qu'elle marque ?

— Quasi cinq heures.

— De quel jour ?

— Couillon ! D'aujourd'hui. Du jour où ça a pété.

— Comment tu sais ? grince Noiret.

— Dis pas de niaiseries, fait Herbert avec un regard vers Charles. On a fait un somme, pas une nuit entière.

— Que tu dis, s'énerve Couplet qui n'a pas envie de pardonner les regards de tout à l'heure. Peut-être que Danglos sait plus du tout où il en est !

Danglos glousse en se frappant l'estomac.

— Que si, mon gars. J'ai un moyen de savoir l'heure encore plus sûr qu'une toquante. Si on était plus tard, j'aurais le creux !

Ils approuvent avec l'ombre d'un sourire. Mais Cuvelier, qui a été le plus silencieux des compagnons jusque-là, remarque :

— Alors ils en mettent, du temps, pour nous retirer de là.

Ça leur coupe le sourire. C'est bien la pensée qui hante la cervelle de chacun.

— On dirait même qu'ils nous ont oubliés, ajoute Cuvelier.

— Et que ça a pété plus fort que vous croyez, marmonne Couplet.

— Ou qu'ils nous croient déjà tous morts, ajoute le grand Castel.

— Ho ! Les galibots ! Vous commencez pas à chougner comme des mômes ou je m'en vais vous torcher.

Lefebvre, toujours de méchante humeur d'avoir été réveillé, a le ton sec. Mais il n'en impose pas. Dans un bel ensemble, Couplet, Vanoudenhove, Castel répliquent :

— On est pas des galibots. Il y a que Delplanque et Cuvelier à faire les galibots.

— Ben la moustache est pas encore épaisse !

— Mais nous, on se plaint pas, protestent Delplanque et Cuvelier.

Danglos intervient, la voix sage comme souvent :

— Ça va. Pas la peine de se chamailler. Cuvelier a raison. Il est temps de se bouger un peu.

— Pour aller vers où ? grogne Noiret. Si on monte vers 280, il y a le puteux. En bas du beurtiat, on sait ce qu'on trouve. J'ai pas envie de revoir. Et si on descend par la voie d'Adélaïde, Couplet a dit qu'il y avait un éboulement au bout.

— C'est ce qu'il m'a semblé, tempère Couplet.

— T'es plus sûr ?

— Tu dis ça parce que tu veux aller voir ton bidet ?

— Il y avait le gaz qui me courait dessus quand je suis venu. J'ai pas regardé en détail. Peut-être que l'éboulement bouche pas toute la voie. Peut-être bien que c'est pour ça que j'ai entendu mon Écuyer.

Les autres l'observent, se demandent quelle est la part d'obstination, de folie et de vérité.

Danglos se tourne vers Charles.

— Qu'est-ce tu en penses, Charles ? Tu dis rien… On a nos outils… On pourrait s'y tailler un passage.

Charles ne répond pas tout de suite. Il réfléchit, songe aux connexions de la voie d'Adélaïde avec la bowette de 326 et avec la veine Joséphine. La voie où Anselme faisait du roulage. Et puis il y a cet énervement depuis qu'ils ont été réveillés par Couplet. Par expérience, il sait que l'inquiétude et l'immobilité poussent à la dispute. Il hoche la tête.

— On peut aller voir. Ça coûte que d'essayer.

— Gare au puteux quand même, soupire Noiret en se levant.

Du temps, il ne leur en faut pas beaucoup pour atteindre le bas de la voie. Et il semble bien que les mauvais gaz s'y soient dissipés. Mais la déception n'est pas moins grande quand ils parviennent devant l'éboulement. Un amas de terre et de charbon a englouti la voie, brisant les rondins de l'étayage comme des allumettes.

— Il y en a pour cinquante ou soixante-dix mètres de long, juge Charles après un instant. Plus de terre que de charbon. Du lourd à remuer. Il faudrait des jours pour passer de l'autre côté.

Grognements et soupirs. Personne ne doute que Charles dise juste.

Couplet, malgré tout, grimpe sur la pente de terre, gueule encore le nom de son Écuyer. Sans rien entendre en retour, bien sûr. Il en a les yeux brillants de larmes.

Noiret a un geste d'accablement.

— Alors quoi ? Maintenant, c'est où, le chemin pour sortir ?

— On revient sur nos pas. On monte jusqu'à la bowette de 280, déclare Lefebvre.

— On y a déjà buté contre les gaz.

— Faut essayer de passer quand même. Tu sais bien que le puteux reste pas en place.

— Je suis d'accord. On va pas rester sans rien faire, ajoute Danglos. Il faut trouver un accrochage, sinon ils nous retrouveront jamais.

Charles ne proteste pas. Ni personne d'autre. Ce n'est pas la peine. Le besoin de bouger et de se battre contre la mine est plus fort que toute la raison. Ils sont déjà en marche.

## Fosse 10
## Moulinage

Maurice s'est assis sur le bloc de ciment qui soutient une des poutres de fer du moulinage. Il n'en peut plus de voir tout ce qu'il voit.

La nuit est venue et la pluie a cessé. Le froid en semble plus vif. L'agitation du carreau est prise sous les lumières électriques et n'en paraît que plus lugubre, si cela est possible. Des ouvriers vont et viennent, des journalistes, des ingénieurs, des médecins et des infirmières. Le temps s'écoule lentement sans que rien ne se passe. Toute cette agitation prend l'apparence d'un théâtre.

Et puis le grincement des cages résonne soudain sur la plate-forme. Tout le monde se précipite. Quelques hommes hagards apparaissent, tirés des berlines, portés, soutenus ou effondrés sur des civières. Ils font peur à voir. Ils gémissent de douleur autant que de joie d'être enfin hors de l'enfer. Les journalistes les entourent sans attendre, questionnent. Mais ceux qui peuvent répondre à leurs centaines de questions, ils n'en trouvent guère.

Celui qui a permis à Maurice de franchir la haie de gendarmes s'appelle Gobert, Léon Gobert.

— Ça fait trois mois que je suis à *L'Écho du Nord*, a-t-il expliqué. C'est la première fois que mes articles seront signés de mon nom. Le patron me l'a promis.

Maintenant, incliné sur une petite écritoire de bois qu'il a tirée de son sac, il écrit fébrilement à la lumière d'une grosse lampe qui pend au-dessus d'eux.

Ils sont devenus un peu copains. Gobert ne comprenant pas grand-chose au patois de la mine, il s'est trouvé plutôt satisfait que Maurice lui traduise les paroles des ouvriers en bon français. Demandant ce que veut dire ce mot-ci ou celui-là. Maurice fier de montrer son savoir. Un peu excité, au début, par l'agitation. Content de servir à quelque chose, oubliant que Ghislain est toujours dessous.

Jusqu'à ce qu'il y ait des choses terribles à voir. Que les premiers cadavres remplissent les berlines et que les blessés qui apparaissent ne vaillent pas mieux que des cadavres.

Alors, maintenant, il est vidé. Il presse ses paupières et serre ses poings dessus comme s'il pouvait en effacer les images qui les ont franchies.

— Tu dors ?

C'est la voix de Gobert. Maurice rouvre les yeux. Il doit avoir un drôle de regard car Gobert le considère avec embarras. Puis lui tend son cahier :

— Tu veux être mon premier lecteur ?

L'écriture de Gobert est belle, régulière, sans trop de ratures. Maurice hésite à prendre le cahier.

— Tu sais lire ?

— Bien sûr !

*Les voitures d'ambulance se succèdent sur le carreau des fosses, des matelas sont amenés, des salles sont transformées en infirmeries. Des automobiles, à toute vitesse, vont dévaliser les pharmacies du voisinage. Les voitures reviennent chargées de paquets de ouate, de bandes, de gouttières. On prépare d'immenses baquets de solution d'acide picrique, souveraine pour les blessures : une odeur d'acide phénique et d'iodoforme monte dans l'air. Hélas ! ce sont malheureusement les victimes à sauver qui manquent le plus...*

— Qu'est-ce que c'est, le... picrique ? Et l'idio... euh... forme ?

Gobert ne peut s'empêcher de rigoler.

— Idiot toi-même ! *Iodo*... De la teinture d'iode, tout simplement. Et picrique, c'est un acide qui se forme quand tu mélanges du phénol et de l'acide azotique. Mais je suppose que tu sais pas ce que c'est non plus...

— C'est des mots compliqués.

— Pas compliqués. Des mots justes, Maurice. Moi, j'écris avec des mots justes. C'est ça, le bon journalisme. Lis la suite, tu vas voir...

*La poignée de mineurs que nous avons vus remonter au jour ne sait rien de cette catastrophe qui a failli les tuer. Ils sont étourdis, anéantis. Enfin, voilà le premier blessé. Il a les vêtements brûlés. Le corps, presque nu, apparaît, tout rouge. On dirait qu'il est écorché, on le conduit, sans force, sans voix, à l'infirmerie. Du haut en bas de son corps, on l'enveloppe dans des bandes de gaze jaunies à l'acide picrique. Il n'en vient pas d'autres. On attend ; on se désespère. Mais vers le milieu de l'après-midi, portés par les valeureux sauveteurs, ce sont des cadavres qui arrivent au jour. Les malheureux sont presque nus. Le corps tout entier est noir, comme enduit de charbon. Les lèvres sont contractées, les yeux clos, les bras et les jambes sont ratatinés. L'un d'eux, un jeune homme, a tout le derrière de la tête emporté et cette tête, dont il ne reste que la face, ballotte lugubrement sur le bras de l'ouvrier qui tire le cadavre de la berline. Il en est d'autres qui viennent sans plus de tête du tout mais avec les mains enfoncées dans leur poitrine vide comme dans une bizarre prière… D'après ceux qui ont pu accéder à l'entrée des veines, le spectacle y est atroce. Tout est détruit, les chevaux eux-mêmes…*

Maurice interrompt sa lecture. Il rend le cahier à Gobert en secouant la tête.

— C'est pas bien ? s'inquiète Gobert.

Il faut quelques secondes à Maurice pour lâcher le sanglot qui lui bouche la gorge. Gobert, confus, lui tapote gentiment dans le dos.

— Merde, je suis con. T'as raison, j'aurais pas dû te faire lire.

Maurice se dégage, essuie ses joues avec sa casquette, marmonne en peinant à reprendre son souffle :

— C'est comme ça, c'est bien comme ça…

Gobert n'a pas le temps de lui répondre. Il y a des cris au-dessus d'eux, des exclamations de joie. Des gens courent sur la passerelle. Gobert enfourne précipitamment son cahier et son écritoire dans son sac.

— Reste ici, je vais voir. On se retrouve tout à l'heure.

— Non, je viens !

Ils courent. Un collègue de Gobert lance :

— Il y en a qui viennent de sortir. Des rescapés !

À l'approche de la plate-forme, des gendarmes tentent de mettre de l'ordre, de repousser les inutiles.

— Laissez passer les médecins et les civières. Allons, messieurs, soyez raisonnables.

On gueule, on pose des questions.

— Ils sont combien ?

— Messieurs, un peu de calme ! Un peu de décence…

— Ils sont bien vivants ?

— D'où viennent-ils ?

Un ouvrier se retourne et braille :

— Des gars de la fosse 4. La voie de fond de Marie. Un gros paquet. Une vingtaine…

Encore, les gendarmes et les infirmiers pressent tout le monde sur le côté.

— Laissez passer ! Laissez passer, je vous en prie, ils ont besoin d'air !

Écartant les manteaux et les vestes devant lui, Maurice devine un homme que l'on soutient, le visage méconnaissable, tout couvert de poussière et les yeux agrandis comme des soucoupes. C'est à ce moment-là qu'il entend :

— C'est le porion Braind'amour qui les a sauvés ! C'est Grandamme. Il les a conduits depuis le fond pour qu'ils trouvent leur chemin à travers le puteux. Mais lui, il y est resté. Et son fils Ghislain, pareil. Pauvre gamin ! C'était son premier jour à dévaler.

## Étage – 231
## Bowette

C'est Nény qui râle le premier.

Ils ont mangé, causé de tout et de rien, comme si les cages allaient finir par se présenter à l'étage. Mais les cages ne sont pas venues. Engourdis par l'attente, épuisés par les efforts de la matinée et l'inquiétude qu'aucun ne veut montrer, ils se sont assoupis. Seul Anselme, taraudé par la douleur de sa brûlure à la joue, n'a pas fermé les yeux.

Et puis soudain, voilà que l'Auvergnat Nény est debout, se rue jusqu'aux grilles de l'accrochage comme s'il voulait plonger dans le bougnou. Il se met à hurler :

— Ho ! Ho ! Là-haut ! On est là ! Venez donc nous chercher…

Des gueulements qui résonnent deux ou trois secondes dans le puits et s'éteignent. Pas de réponse.

Nény se retourne, l'air mauvais, fixe Wattiez comme s'il était à l'origine de ses malheurs.

— Qu'est-ce qu'on fout là ? Ils viendront jamais nous chercher.

— Et où tu voudrais qu'on soit ? Dans notre lit ?

— Faut redescendre d'où on vient.

— Au bas du treuil, à l'étage 326 ? Et pourquoi ?

— Parce que cette saloperie d'accrochage d'ici ne fonctionne plus. Ça se voit, non ?

— En bas, va savoir ce qu'on va trouver. Ici, on a du bon air. On peut attendre les secours sans craindre l'asphyxie.

— Tu crains trop, Wattiez ! Qui te dit qu'il y en a, des secours ?

Wattiez secoue la tête sans répliquer. Les autres essaient de se mettre les idées en place. À part Bauchet, ils n'ont pas assez d'expérience pour savoir qui, de Wattiez ou de Nény, pourrait avoir raison.

— Une fois à 326, qu'est-ce qu'on fera ? demande Boursier.

— On remontera tout le long de la grande bowette. Là en bas, il y a des puits de retour d'air, on pourra se signaler. Ici, personne ne viendra, je vous dis.

— Tu oublies que pour descendre faut repasser le boyau où les gaz nous ont déjà pris, grogne Bauchet. L'Anselme a failli y passer.

— Ça fait des heures. Le gaz a pu partir. Moi, je vous dis : ça sert à rien d'attendre la saint-glinglin…

Nény fouille sa poche, sort sa montre. La contemple en fronçant les sourcils et l'agite.

— Elle s'est arrêtée, dit-il. Je la remonte qu'une fois parce qu'elle me fait le jour.

— Ça veut dire quoi ? demande le galibot Martin.

— Quelle heure ? marmonne Anselme sous son pansement.

— Pas loin du jour d'après.

Ils ne sont pas certains de comprendre. Le jeune Martin, incrédule, se fait répéter :

— Tu veux dire qu'il y a un jour qu'on est là-dessous à tourner ?

— Disons vers les minuit. L'explosion, c'était ce matin, vers les six ou sept heures. Ce qui est sûr, c'est que l'heure de la remonte est passée depuis un bout de temps, mon petit gars.

Cela leur en fiche un coup à tous. Surtout aux plus jeunes qui n'avaient pas senti le temps filer si vite. Et cela leur donne à réfléchir. Nény en profite :

— Faut plus rien attendre ici, ils nous oublient déjà. Faut bouger, descendre à 326. En bas, on trouvera des sonnettes qui marchent.

Wattiez n'en croit pas un mot. Et de toutes les façons, il n'aime pas les manières de Nény. Il n'est même pas certain que l'heure annoncée par l'Auvergnat soit la bonne. Il se pourrait bien que sa montre ne se soit pas arrêtée, qu'il raconte des fariboles pour convaincre les galibots. Il veut faire l'important et, surtout, vaincre sa peur en s'agitant.

Si ce n'était la présence des jeunes qu'il ne veut pas effrayer avec une dispute, Wattiez lui fermerait le clapet. Le camarade Bauchet fait remarquer :

— Il y a une chose de sûre, c'est que nos lampes vont bientôt manquer d'huile.

C'est vrai. Les flammes ont baissé, Wattiez l'a remarqué. Le puteux n'y est pour rien : elles demeurent bien claires et régulières.

Nény triomphe :

— Vous voyez ! Il faut se bouger maintenant. Bientôt on pourra plus. De l'huile pour les lampes, on en trouvera aux écuries de la bowette, à 326. Je sais qu'il y en a.

Wattiez songe : « Tu sais rien du tout, couillon. » Mais il dit seulement, bougon :

— T'inquiète. Bauchet et moi, on peut aller dans le noir s'il le faut.

C'est dit pour le principe. Mais Wattiez devine dans le regard des autres que Nény a gagné. Il se lève, ramasse ses affaires, son sac, son veston, en soupirant.

— Bon, eh bien bougeons, puisque M. Nény le veut.

— Te plains pas, Wattiez. Tu verras que j'ai raison. Je m'y connais.

Wattiez adresse un coup d'œil exaspéré à Bauchet qui hausse les épaules, fataliste.

Les voilà qui se mettent en route. Nény est tellement sûr de lui qu'il en oublie son sac et sa mallette à briquet. Wattiez hésite à les lui prendre, puis pense, avec une certaine satisfaction, que l'autre s'en mordra assez vite les doigts.

Wattiez s'approche d'Anselme.

— Ça fait toujours mal ?

Anselme opine :

— De plus en plus.

— Ben, faut espérer que Nény a raison, mon petit gars.

Nény les bouscule pour foncer devant.

Anselme le regarde s'éloigner et remarque plaintivement :

— Je voudrais que mon père soit là. Lui, il connaît le fond.

— Ouais, grommelle Wattiez. Qu'on le suive plutôt que ce loustic.

Nény mène le train jusqu'à l'autre bout de la bowette où s'ouvre le boyau conduisant aux étages du bas. Ils sont presque au pas de course quand ils s'engagent dans la pente. Wattiez surveille sa lampe autant que ses jambes. Il voit les autres courir en avant, Anselme juste devant lui. Il entend Nény crier : « S'il y a du gaz faut galoper plus vite que lui ! » Il songe : « Essaie un peu, couillon ! »

Les voilà dans la partie raide du treuil. Plus question de galoper. Il faut poser les pieds dans les marches, se retenir aux aspérités de la roche, aux boisages quand il y en a.

Sauf que le puteux l'attrape en trois respirations.

D'un coup, Wattiez comprend qu'il n'a plus de force dans les doigts. Ses genoux plient et ses tempes se serrent. Merde, le mauvais gaz est déjà dans ses poumons. Sa vision se trouble. Il entend à peine un cri.

Devant lui, comme un chiffon emporté par un coup de vent, la silhouette d'Anselme bascule, disparaît dans l'obscurité de la pente. Sa lampe lui échappe. Il tombe lui aussi, les gaz dans la tête.

Merde ! Connard de Nény ! Tu nous as tués. C'est fini !

## Lens,
## Grand hôtel des Flandres

Héloïse Brouty-Desmond a passé une sale journée après avoir enduré une mauvaise nuit.

L'abandon brutal de Gabriel l'a laissée longtemps sans sommeil, partagée entre une curieuse sensation d'humiliation et de regret. À son réveil, très tard dans le milieu du jour, il lui en est revenu aussitôt une amertume agacée et tenace. Alors qu'elle aurait dû faire de sa fuite une plaisanterie, aller claironner quelques mots assassins auprès de ses petits marquis, elle a fait savoir qu'elle était indisposée et ne bougerait pas de sa chambre.

Elle a songé bien sûr à rejoindre Paris sans plus attendre. Mais elle ne l'a pas fait, sans bien savoir pourquoi.

Ou alors devant s'avouer qu'elle entretenait encore l'espoir que le petit ingénieur réapparaisse soudainement devant elle, contrit et penaud. Jouant avec cette idée. Imaginant la scène, passant en revue sa propre réaction. Le conduire au lit sans un mot ou lui annoncer qu'il est trop tard ? Et le planter là ? Quitter l'hôtel sous son nez. Non : attendre qu'il soit nu et satisfait de son sort. Lui apprendre la vie et ce que c'est que d'être jeté comme un vêtement après usage.

Mais les heures ont passé. Monsieur l'ingénieur

n'est pas reparu. Le ressassement de l'humiliation a commencé à tourner au rance. Héloïse s'est lassée de ce rôle autant que des autres. Elle s'est décidée à descendre, à affronter les salons de l'hôtel pour y prendre une collation en milieu d'après-midi.

Malgré son désir de n'être attentive à rien, il lui a bien fallu se rendre compte que l'humeur y était étrange. Les conversations bruissaient des mêmes mots : mine, feu et accident.

Dans un ricanement intérieur elle a songé : « Oui, le feu ! Je sais déjà ! » Et c'est ce qu'elle a déclaré lorsque ses petits marquis l'ont rejointe :

— De grâce, épargnez-moi les nouvelles du feu dans la mine ! Mon ingénieur me les a déjà servies.

Ils ont ri, trouvé ça d'un cynisme inimitable, terriblement Brouty-Desmond.

Ce n'est que plus tard, avec l'arrivée bruyante des journalistes dans le hall de l'hôtel et surtout l'annonce de la venue d'un ministre pour la nuit, qu'elle s'étonne enfin :

— Un ministre qui vient voir le feu dans la mine ?

Les petits marquis ouvrent de grands yeux goguenards.

— Un feu ? Mais nous ne sommes plus à l'époque du feu, ma chère. C'est l'heure du grand « boum » !

— Allons Héloïse ! Ne me dis pas que tu l'ignores encore ?

— Comment as-tu fait ? Il n'est question que de ça.

— On raconte que c'est tout le fond de la mine qui est parti en fumée.

— Vraiment, tu ne sais pas ? Mais c'est extraordinaire ! Tu dois bien être la seule personne sur cette terre. La moitié de la ville est là-bas…

Elle demande, d'une voix un peu glacée, s'il y a des blessés.

Cette fois les sourires s'estompent. Ils commencent à comprendre et elle aussi.

— Rien que des morts, à ce qu'on raconte. Pas de quartier.

Une peine, une douleur moite et visqueuse qu'elle n'a encore jamais éprouvée descend le long de son échine. Elle ne le montre pas mais de drôles de mots se forment dans son esprit : Gabriel mon amour. Ses mains tremblent, son ventre se gèle. Le ressentiment s'efface net. Bien au contraire, monte le désir brutal de le toucher. Caresser son visage, la peau si fine de sa poitrine. Voir à nouveau son regard suspicieux, orgueilleux, son sourire de jeune homme sérieux.

Elle songe avec un peu de dégoût d'elle-même : « Pendant que j'étais ici à imaginer toutes ces sottises ! »

Elle doit serrer les lèvres pour ne pas les laisser trembler sous une terreur nouvelle, jamais ressentie : et si elle l'avait aimé ? Si elle l'aimait ? Pour de bon et comme aucun autre ?

Mais la tentation d'un bon mot est trop forte pour l'un des jolis messieurs :

— Pour ce qui est de ton ingénieur, ma chère, en voilà un au moins que tu n'auras pas à carboniser. Il est à craindre qu'il soit parti en fumée tout seul.

À leur grande stupéfaction, elle le gifle. À toute volée. Une claque assez retentissante pour que l'on se retourne autour d'eux.

— Crétin, gronde-t-elle en se levant.

## Fosse 3, étage – 280
## Bowette

Parfois Gabriel tend l'oreille, croit entendre des bruits. Il pense : voilà Rabisto, il revient, il cherche à se diriger vers moi.

Mais non.

Il n'y a aucun bruit. Ni personne de vivant autour de lui. Il est seul conscient dans le royaume de la mort.

Attention à ne pas devenir fou, Gabriel Leclerc !

L'angoisse le prend par bouffées. L'angoisse non pas de mourir, mais de mourir trop lentement. La crainte de la faim, de la soif…

Il n'en faudrait pas beaucoup pour qu'il regrette d'avoir poussé Rabisto à fuir s'il en avait l'occasion.

Il songe aux moyens qu'il aura d'en finir de sa propre main. Avec les jambes paralysées, cela ne sera pas aisé.

Pendant un instant, il redevient l'ingénieur Leclerc, cherche et calcule des choses folles. Pour en conclure qu'il devra être patient. Cela se fera bien tout seul.

Quelle sotte fin de vie, quand même !

Alors la pensée d'Héloïse lui vient d'un coup. Héloïse qui l'appelle : « On s'en fiche, de ton feu. Les autres s'en occuperont. C'est moi, ton feu. Viens donc. »

Et lui, l'imbécile, qui a fui comme s'il avait le démon

aux fesses au lieu de l'écouter. Oui, vraiment, quelle idiotie : le démon était là, tapi dans la mine à l'attendre.

Il se souvient de la bouche brûlante d'Héloïse contre la sienne : « Tu me plais… »

À lui aussi, elle lui plaisait. Plus qu'il ne voulait le reconnaître. Même avec ses airs de Brouty-Desmond, avec sa cohorte de stupides admirateurs.

Il ferme les paupières. Met du noir sur du noir et voit le corps nu d'Héloïse qu'il n'a pas assez caressé, pas assez aimé. Maintenant il voudrait le respirer, s'en soûler, baiser après baiser. Là, sur ce pli de l'aisselle, en suivant la nuque, le jeu des muscles sur le dos plat et mobile. Ici, dans cette courbe de l'aine où il n'a pas osé poser ses lèvres. Ou encore ces fossettes au creux des reins dont sa paume ne se souvient pas. Se noyer dans la douceur tendre et lisse des cuisses, dans chacune des petites étoiles noires semées sous les seins.

S'il avait su… Quelle ironie !

Il rouvre ses paupières. La vision du corps d'Héloïse disparaît, aussitôt dissoute par l'obscurité parfaite qui l'entoure. Mais son sexe s'est durci.

Tiens donc. Ainsi, tout n'est pas paralysé là-dessous !

Héloïse s'intéresserait-elle encore à lui en le retrouvant ainsi ? Poserait-elle sa belle bouche contre la sienne pour chuchoter à nouveau qu'il lui plaît ?

Allons donc. La fille Brouty-Desmond avec un paralytique !

Sait-elle seulement qu'il est mort ?

Car si elle s'enquiert de lui, il n'en doute pas, c'est cela qu'on lui dira : l'ingénieur Leclerc ? Ah, mademoiselle ! Il est mort à la première heure de la catastrophe.

Gabriel ricane. Assez fort pour qu'il entende courir son rire dans le noir plein de morts qui l'entoure. Il en frissonne.

Mon Dieu, combien peut-il y avoir de morts dans ce tombeau ?

Mille ? Plus ? Il connaît à peu près le chiffre du dévalement du matin : mille six cents et quelques vies !

Qui sait ? S'il n'y avait pas eu Héloïse, il aurait peut-être su convaincre Stévenard et Barcant…

Ah ! il entend des bruits à nouveau. Des voix. Non : des pas ou des coups. Oui ! Il n'a pas la berlue. Peut-être vient-on le chercher. Rabisto avec des rescapés.

— Rabisto ?

Il crie :

— Ho ! Rabisto… Monsieur Renault, c'est vous ?

Mais non. Silence et obscurité.

Folie. S'il y avait des sauveteurs, ils auraient des lampes. Il les verrait venir de loin.

Gare à toi, Gabriel Leclerc ! Ce n'est pas le moment de perdre la boule.

## Fosse 3
## Carreau, bâtiment de la direction

Le pas lourd, Ricq et le porion Pélabon entrent dans le hall du bâtiment de la direction. Ils n'ont pas à monter jusqu'à l'étage des bureaux. L'ingénieur en chef Barcant et l'inspecteur Delafond sont là, descendant l'escalier en devisant.

Ils se taisent. Barcant esquisse un geste pour retenir l'inspecteur. Ils s'immobilisent, jaugent les deux ouvriers, leurs faces défaites par l'épuisement, leur teint cireux, les joues hâtivement essuyées, des traces de charbon encore agglutinées autour du cou et des narines.

Ricq s'avance. Ses galoches sonnent sur les carreaux noirs et blancs du sol.

— Dix-sept, annonce-t-il.

Delafond et Barcant l'observent, fronçant un peu le sourcil, une moue esquissée sous la barbe et la moustache. Leurs yeux disent qu'ils ne comprennent pas.

— On y est allés avec Pélabon. On est passés par la fosse 10. On a suivi la voie de fond de Julie jusqu'à la fosse 2 et, de là, jusqu'à la 3. Comme on a pu, entre les éboulements et les gaz. Mais on est revenus avec dix-sept gars vivants. Qui nous attendaient. En mauvais état à cause du gaz. Il a fallu les porter pendant des heures. Sur des kilomètres. Mais ils sont dehors et vivants.

La voix est sourde. Elle résonne comme si elle venait encore du fond de la mine. Barcant et Delafond ne trouvent rien à dire. Ricq lève la main et pointe de l'index la poitrine de Delafond :

— Vous vouliez pas me croire, mais, maintenant, il faut bien : il y a des vivants dessous. C'est pas beau à voir. On marche sur les morts. Mais il y a encore des camarades qui vivent et qui attendent notre aide pour sortir. Une centaine au moins, c'est sûr. Pélabon et moi, on peut plus. Il nous faut dormir quelques heures. Mais avant l'aube on revient et on retourne au fond.

— Monsieur Simon…

Delafond descend d'une marche. Mais c'est trop tard. Ricq et Pélabon lui tournent le dos. Ils sont déjà dehors.

Barcant se passe la main sur le visage, murmure :

— Dix-sept…

Delafond l'entend. Il se tourne vers lui, hoche la tête :

— Vous avez bien entendu : dix-sept… Autant avouer que la messe est dite. Simon et les siens ne veulent pas le reconnaître, c'est bien naturel. Ils vont peut-être encore en grappiller quelques-uns. Mais les autres, ils sont tous morts.

Barcant l'écoute à peine. Il y a eu dehors un bruit d'automobile et voilà qu'une femme franchit le seuil. Belle et jeune, drapée dans un manteau de velours, un chapeau cloche piqué d'une fleur de camélia retenant sa chevelure. Quand elle lève le visage, les brillants de ses oreilles jettent de petits éclats.

Barcant descend les dernières marches de l'escalier à sa rencontre. Il se doute déjà. Il est sans surprise quand, après s'être incliné et nommé, avoir demandé s'il pouvait renseigner, il entend :

— J'ai appris pour l'accident, monsieur. Quoiqu'un

peu tard. Je venais prendre des nouvelles d'un ami. Sans doute le connaissez-vous : M. Gabriel Leclerc. Il est ingénieur ici, n'est-ce pas ?

— Ah ! mademoiselle Brouty-Desmond.

Barcant en sourirait presque. Delafond est parvenu à leur hauteur. Il fait les présentations.

— Je connais votre père, mademoiselle, marmonne l'inspecteur.

Héloïse Brouty-Desmond lui accorde à peine un regard. À Barcant, elle demande encore :

— Savez-vous où il se trouve ? Tout est si chaotique que mon chauffeur a eu du mal à parvenir jusqu'ici. C'est terrible.

Barcant juge qu'elle n'imagine pas encore à quel point. Qu'elle n'a aucune idée. Et que, pour Leclerc, elle n'éprouve qu'une impatience ordinaire qui ne gâte en rien sa beauté.

— Je crains, mademoiselle… commence-t-il.

Mais la présence de Delafond lui est importune. Il saisit le poignet d'Héloïse Brouty-Desmond, respire son parfum en l'attirant quelques pas à l'écart. Là, il parle bas :

— Une très mauvaise nouvelle, je le crains. M. Leclerc était en bas à l'heure de l'accident.

— Vous voulez dire ?

Le beau visage devient glacé et dur.

— Il n'y a pas de doute. Il était sur le lieu même de l'explosion…

Il est fasciné par le tremblement des lèvres. Il éprouve le besoin de dire encore :

— Il est mort sur le coup. Sans souffrir, n'est-ce pas…

— Vous êtes certain ? Il ne pourrait pas…

— Hélas ! il ne faut rien espérer.

Elle est raide. Rigidifiée par une froideur effrayante.

Elle serre les pans de son manteau sur sa poitrine comme si elle allait les arracher. Barcant est étonné par tant d'émotion. Il dit :

— Vraiment, je suis désolé. Tout est terrible là-dessous. Qui aurait pu penser ?

Elle lui plante un drôle de regard dans les yeux.

— Lui… Lui, monsieur.

Elle est sur le point d'ajouter quelque chose mais se détourne, marche vivement vers la sortie du hall. Son manteau s'écarte, laisse apparaître la splendeur d'une robe du soir.

Barcant jette un regard vers Delafond, puis s'élance.

— Mademoiselle Brouty-Desmond !

Il la rattrape dans le froid de la nuit alors que le chauffeur lui ouvre la porte de l'automobile.

— Voulez-vous une escorte de gendarmes pour vous raccompagner hors du carreau ?

Elle lui montre un visage de craie, des yeux brillants et mauvais. Il ne serait pas étonné de lui voir apparaître des crocs entre les lèvres. Il se souvient d'un coup de toutes les bizarreries qui font sa réputation. Embarrassé, il désigne les grilles derrière lesquelles on devine une houle de femmes.

— Elles sont là depuis des heures. Les pauvres femmes. Elles ont du mal à comprendre qu'il n'y a plus rien à attendre. Et vous savez comment c'est… L'énervement. Il est tard, votre chauffeur ne connaît pas bien l'endroit. Il serait plus prudent…

Héloïse Brouty-Desmond regarde vers les grilles, sans une réponse pour l'ingénieur en chef. Puis disparaît dans la voiture.

# 6.

# DIMANCHE 11 MARS
# AU
# VENDREDI 30 MARS 1906

## Fosse 3
## Grille du carreau

La nuit est devenue glacée, mais les épouses, les mères, les filles, les sœurs, les amantes sont toujours là, massées devant les grilles. Elles attendent ce qu'elles n'osent plus espérer.

Elles ne crient plus, ne protestent plus. Elles ne se lamentent même pas. Elles conservent ce qu'il leur reste de forces pour attendre, attendre encore. Jusqu'au jour d'après. Jusqu'à l'aube. Jusqu'à ce que la douleur de la certitude les terrasse.

Elles ne sont pas femmes à croire l'impossible, la vie ne leur a pas enseigné les délires des miracles. Mais elles veulent quand même croire que leurs hommes, là-dessous, sont bien vivants. Forts comme ils sont ! Des hommes qui en valent mille chacun, capables de tout dès qu'ils dévalent dans le ventre de la terre. Capables de sortir du tombeau, certainement.

Alors, s'il faut du temps pour tirer leurs bien-aimés de l'enfer, elles auront le courage d'attendre. Le temps n'existe plus. Elles ont la patience des bêtes traquées.

Quelques-unes, pas plus de deux ou trois dizaines, se sont dressées dans l'après-midi en poussant des cris. Un nom avait circulé de bouche en bouche. Le nom de leur homme vivant.

Ensuite, les rumeurs annonçaient des morts que l'on remontait. Mais ceux-là n'avaient pas encore de nom.

Maintenant, sous les becs de gaz, elles se serrent les unes contre les autres comme des captives jetées sur un radeau. Elles se tiennent chaud avec leurs douleurs entremêlées. Les mains et les bras noués, les joues contre les épaules. Les enfants ou les filles plus jeunes sur les poitrines. Les mères collées comme des coquillages aux jeunes fils encore vivants. Les sœurs enlacées, les faces poisseuses de larmes, frissonnantes de froid.

Il n'y a plus guère d'autre bruit que les claquements de sabots des chevaux des gendarmes, toujours là et dormant debout.

Qui sait, peut-être que de là-haut, vues d'une selle, ces milliers de femmes ressemblent à la surface d'un océan trop tranquille et que le moindre souffle pourrait muer en tempête ?

Lorsque Maurice, chancelant de fatigue, arrive devant cette marée de femmes, il hésite. Songe à retourner. Songe à enfin rentrer chez lui. Il n'a plus rien à attendre. Il sait.

Mais il veut voir Éliette. C'est plus fort que lui. Il voudrait la voir et lui dire :

— Ghislain est mort. Et son père aussi.

Il voudrait qu'alors elle le prenne dans ses bras comme elle l'a fait. Qu'elle le serre contre sa poitrine chaude jusqu'à l'étouffer.

Il n'y a que ce geste d'Éliette qui pourrait adoucir sa douleur. Il ne sait pas pourquoi. Il ne pense ni à sa mère ni à ses sœurs. Il ne pense pas à son père. Il ne craint pas pour lui. Il veut seulement être dans les bras d'Éliette. Même s'il sait qu'elle aime d'un grand amour le Belge tout pâle qu'on appelle Lido.

Alors, il entre dans la marée des femmes et cherche le visage d'Éliette.

Cela dure longtemps. Il affronte tant de visages connus ou inconnus qu'il n'est plus sûr de la reconnaître. Certaines lui lancent :

— Qu'est-ce que tu fais là, p'tiot ? Va donc te coucher.

Il ne répond pas.

— Maurice Landier ! Je te reconnais. Tu t'es perdu ? Ne cherche pas ta mère. Ils ont ramené ton père à la maison. Il est entier. Va vite le voir.

Il n'écoute pas et n'obéit pas. Il ne pose pas de question. Il continue à regarder chacune en cherchant Éliette.

— Il est tout tourneboulé, ce gamin. Il faudrait le ramener chez lui.

Mais aucune ne se propose. Aucune ne veut quitter la marée de l'attente.

Soudain, c'est le visage de Marthe Pruvost qui se lève vers lui. Un grand visage fort, marqué de rides. Et cela lui vient, il demande :

— Et Anselme ? Il est dehors ?

Marthe secoue la tête.

— Ni lui ni son père. On sait pas encore.

C'est comme si les mots l'ouvraient en deux. Les larmes jaillissent. Maurice balbutie :

— Moi, je sais. Ghislain est mort. J'étais avec les journalistes. Ils l'ont dit.

Les femmes autour de lui sont soudain attentives.

— Qui est mort, dis-tu ?

— Répète le nom, petit.

— Ghislain Grandamme. Et son père, le porion. Celui qu'on appelle Braind'amour. Il a sauvé des hommes…

Il y a des exclamations, la nouvelle déjà file. Marthe, elle seule, a compris. Elle l'attrape, le serre contre elle.

— P'tiot ! P'tiot !... Mon pauvre gamin.

Il sanglote. Il se laisse aller, lâche toutes les larmes de son corps. Ne se rend pas compte que les joues de Marthe se mouillent. Il demande, obstiné :

— Je veux voir l'Éliette Gosselin. Elle m'attend.

— Elle est rentrée chez elle. Son homme est dehors et il a besoin d'elle. Toi aussi, petit, faut que tu rentres. Ta mère a eu assez à se faire les sangs comme ça.

## Fosse 3, étage – 260
## Voie Joséphine

Danglos va devant, relayant Charles qui peine un peu. De temps à autre, il se retourne. Les autres sont là, qui suivent comme ils peuvent. Cela fait un bout de temps qu'ils vont et viennent pour atteindre la bowette de 280 en échappant au puteux.

Ils ont franchi un beurtiat, puis une grande cheminée oblique. Un effort décourageant. Trente mètres d'escalade en s'aidant des mains et des genoux pour grimper. Aucun n'a protesté. S'il avait fallu, ils y auraient mis les dents.

Quand même, l'épuisement est venu. Les lampes de Cuvelier et du petit Delplanque se sont éteintes à la sortie de la cheminée. Celles qui demeurent allumées ont des flammes si basses qu'elles leur permettent tout juste de voir où ils posent le pas.

Une ou deux fois, les galibots ont demandé l'heure qu'il était.

— Ça en finit pas, ton chemin, Danglos !

Danglos a répondu :

— T'occupe ! Avance donc. C'est pas l'heure qui compte.

Maintenant, ils marchent plus lentement, la lassitude dans tout le corps et le doute dans la tête. Il y a longtemps que chacun se tait, gardant son souffle pour avancer. Seul Danglos continue à marmonner des encouragements.

— Allez ouste ! On va la trouver, cette bowette ! On va y être bientôt !

Mais les pieds sont pesants, les gorges sèches et râpeuses. Alors qu'ils sont à nouveau dans une pente, peut-être à quelques dizaines de mètres de la bowette, Noiret s'immobilise et dit :

— J'en peux plus ! J'ai le plomb dans les pieds.

Danglos proteste :

— Il y a des restes de mauvais air par ici. Faut surtout pas s'arrêter.

Charles approuve :

— Je reconnais où on est. Au-dessus de nous, c'est pas la bowette de 280. On va arriver droit à celle de 260. On est plus haut qu'on pensait…

— Ben voilà, approuve Danglos. À 260, l'accrochage doit être bon.

Sans s'en rendre compte, Charles et Danglos parlent avec une drôle de lenteur. Aux oreilles des autres, leurs voix deviennent pâteuses. Elles résonnent comme dans une salle vide.

Ils avancent encore de quelques pas, puis Cuvelier pousse de petits cris :

— Ho !… Ho !… Danglos…

Danglos se retourne.

— Qu'est-ce que tu as donc encore ?

Mais, dans la pénombre, il découvre les yeux hagards de Cuvelier, qui s'écroule comme une masse.

Danglos gueule d'une voix de vieillard :

— Demi-tour, demi-tour !

Trop tard. Herbert est déjà sur les genoux. Les galibots chancellent. Charles se plie en deux et les pousse dans la pente comme s'il poussait des berlines.

— En bas ! En bas…

Des lampes tombent. On y voit encore moins. Danglos râle, penché sur les camarades :

— Cuvelier ! Herbert !

Couplet le bouscule. Danglos cogne contre les parois et met le genou à terre. Il agrippe la main d'Herbert.

— Merde, Albert ! Viens donc !

Herbert est trop lourd à tirer. Vanoudenhove empoigne Danglos par la veste.

— C'est plus temps, Danglos.

Ils se traînent, font dix ou vingt pas chancelants vers les lumières qui dansent devant. Ils butent sur un homme accroupi en plein milieu de la voie. C'est Noiret.

— Je peux plus.

— Ben merde que si !

Danglos et Vanoudenhove lui attrapent les bras, l'obligent à se mettre debout, à glisser avec eux dans la pente. Ils entendent un gueulement devant eux :

— Te laisse pas aller, p'tiot ! Te laisse pas aller…

Charles secoue le petit Delplanque qui s'est assis sur le sol. Le gamin souffle :

— Je peux plus, Pruvost.

Charles proteste, mais Delplanque se couche sur le côté.

— Debout, galibot… Tu vas mourir.

Les marmonnements de Charles sont inaudibles. Il veut prendre le gamin dans ses bras. Il retombe sur son cul, tout envahi par le désir de se coucher sur le corps du petit.

Danglos abandonne Noiret aux mains de Vanoudenhove et de Lefebvre. Il revient en arrière, dénoue les mains de Charles du corps de Delplanque. Ce n'est pas bien difficile : Charles devient tout mou à son tour.

L'air est trop mauvais pour qu'ils puissent parler.

Danglos passe le bras de Charles autour de sa nuque, le soulève un peu, le pousse.

Devant, la dernière lampe encore allumée roule sur le sol et s'éteint. Ils dansent dans la pente. Ils se cognent les uns les autres. Des vivants presque morts.

## Fosse 3, étage – 320
## Treuil de Joséphine

Quand Wattiez rouvre les yeux, il a la joue dans la poussière de charbon. Il en a même sur les lèvres et dans la bouche.

Il se redresse, crache, s'assied dans le noir. La pensée qu'il a eue juste avant de tomber lui revient :

— Merde, c'est fini. On s'est tués.

Mais il est endolori de partout. Dedans comme dehors. L'effet du puteux. Peut-être, aussi, qu'il est devenu aveugle.

Il se frotte les paupières et un peu de conscience lui revient. Il n'est pas aveugle mais dans le noir. Il se souvient de l'accrochage à la bowette de l'étage 231. Et de Nény.

Ah, ce connard de Nény !

Il crie dans le noir :

— Ho, je suis Wattiez ! Vous êtes là ?

— Moi, je suis là.

Un gémissement, une voix de môme.

— Qui tu es ?

— Anselme Pruvost.

— Ah !… Bien.

— J'ai mal.

— Tu t'es cassé quelque chose ?

— Non. C'est ma brûlure qui fait mal. Ça arrête pas. Ça m'a réveillé du gaz…

— Ben c'est au moins ça.

Wattiez se met sur les genoux, agite les mains dans le noir.

— Et les autres ? Bauchet ! Bauchet, t'es là ?

Pas de réponse.

— Bauchet !

— Moi, je suis là. Boursier, Léon.

Une voix un peu lointaine. Wattiez, tendu, demande :

— Qui d'autre ?

— Je sais pas…

— Tâtez autour de vous, les galibots. Voir s'il y en a qui sont pas réveillés du gaz.

C'est ce qu'il fait lui-même, à genoux, comme un chien, en appelant doucement :

— Bauchet ! Bauchet, mon camarade ! Où tu t'es mis ?

Il n'y a pas de réponse. Mais Boursier et Anselme lancent en même temps :

— Ici ! Il y a quelqu'un de couché.

— Vivant ?

Un temps, puis la voix de Boursier :

— Le cœur tape.

Wattiez rampe jusqu'à eux. Il palpe le corps inconscient.

— C'est pas Bauchet.

— Comment tu sais ? demande Anselme.

— Il a pas assez de muscles.

— C'est Nény ?

— Non. Martin.

— Donnez-lui de l'air, poussez sur sa poitrine, qu'il se réveille…

Wattiez se remet à tourner, se cogne aux parois. Il

reconnaît les rails sous ses mains, le sens de la voie, appelle à nouveau :

— Bauchet !... Crénom de Dieu, il faudrait de la lumière.

Mais à l'instant son genou bute contre un corps mou. Ses doigts saisissent un visage, trouvent une moustache, un nez.

— Bauchet !

Il cherche le battement du cœur, mais il sait déjà. La chair du camarade est trop froide. Trop inerte. Il l'agrippe, le soulève contre sa poitrine. Un poids mort dans ses bras. Un poids d'homme mort.

Wattiez se met à hurler :

— Nény ! Salopard d'Auvergnat, où es-tu ? Tu m'as tué Bauchet ! Si t'es pas déjà mort, je te tords le cou.

## Méricourt-Corons

Éliette ne parvient pas à détacher son regard de Lido. Malgré le pansement qui lui serre le front, il dort, le visage paisible sur l'oreiller.

Depuis quelques heures, le jour pousse une lumière grise dans la chambre. De temps à autre, Éliette quitte la chaise, va jusqu'à la fenêtre.

Les rues du coron sont désertes. Les femmes sont toujours à attendre devant les grilles des fosses. D'être ici, dans une maison et une chambre, avec son homme vivant dans son lit, lui tire des larmes de bonheur autant que de honte.

Elle tremble encore au souvenir de la veille. L'ambulance devant la maison, Lido sur une civière qu'on transporte à l'intérieur. La mère qui gémit :

— Ils m'ont tué mon fils, ils m'ont tué mon fils !

Elle criant aussi, le croyant brisé en mille morceaux.

Mais non. Les infirmiers expliquent qu'il a seulement pris trop de gaz.

— Faudra lui donner du lait et du rhum. Ils sont tous dans cet état, ceux qui travaillaient à déboucher le puits de la fosse 3. Il y en a qui vomissent tripes et boyaux. Le vôtre s'en tire bien, vous plaignez pas. Si on pense en plus à ceux du dessous !

Les infirmiers ont raison. Elle devrait même être folle de bonheur.

— Éliette…

Lido se réveille, l'observe. Le sourire déjà sur les lèvres.

— Ben quoi, je suis un fantôme ?

Elle grimace à travers les larmes, n'ose pas l'embrasser de peur de lui faire mal, balbutie bêtement :

— Faut pas dire des choses comme ça…

Il redevient sérieux d'un coup.

— Tu as raison.

Il palpe le pansement de son front.

— C'est rien. Une bricole. J'ai donné contre une poutrelle quand ils remontaient le cuffat.

Il rejette les draps, se met debout avec un peu de mollesse. Elle se précipite contre lui, l'enlaçant.

— Te lève pas.

— Faut bien que je retourne.

— Non ! Non, Lido !

— Que si. J'ai promis. Il faut déboucher cette foutue fosse.

Elle s'accroche à lui. Il cherche à dénouer ses bras. On pourrait croire qu'ils se battent.

— Éliette, j'ai promis aux gars. Je peux pas rester dans le lit. Ricq dit qu'il y en a dessous : des dizaines de vivants. Hier soir, il en a remonté. Faut faire vite, Éliette. Je vais pas rester à me prélasser.

— Non, tu vas y mourir. Je le sais.

— Dis pas ça. Ça porte malheur.

— Lido, si tu m'aimes…

Lido la repousse. La colère le rend encore plus pâle qu'il ne l'est. Il a des yeux qu'elle ne lui connaît pas.

— Tu veux que je puisse plus me regarder dans le miroir ?

Elle tend la main, mais il la repousse si fort qu'elle

s'assoit sur le lit. Elle a honte autant que peur, se couvre le visage des mains.

La mère de Lido apparaît sur le seuil, se plante devant son fils.

— Qu'est-ce que tu fais ?

— Je retourne. J'ai promis et j'y serai, gronde Lido en enfilant son tricot.

La mère pleure déjà. Éliette se remet debout et crie :

— À moi aussi tu as promis. Tu as promis qu'on allait se marier…

Lido s'immobilise une seconde. Il s'adoucit, vient la reprendre dans ses bras.

— Oui. Et j'y serai aussi. Je tiendrai ma promesse.

## Fosse 3, étage – 280
## Bowette

Cette fois, Gabriel en est bien certain, une voix a lancé un appel.

— Rabisto ! Je suis là… C'est vous ?

Mais le silence seul lui répond.

Et puis non, on tousse dans le noir, pas si loin que ça.

— Monsieur Renault.

— Vous pouvez continuer à m'appeler Rabisto.

La voix n'est pas tout à fait la même. Éraillée, essoufflée aussi, avec le son mat de la douleur que l'on contient.

— Vous êtes blessé ? Qu'est-ce qui vous est arrivé ?

Mais Rabisto ne répond pas. L'ingénieur estime qu'il est à une dizaine de mètres et ne peut s'empêcher de répéter :

— Vous vous êtes blessé ?

— Rien de grave, souffle Rabisto, soudain tout près.

Mais le gémissement qui vibre dans l'obscurité alors qu'il s'assied le dément. Gabriel lance les mains dans sa direction pour le toucher, sans parvenir à l'atteindre.

— Qu'est-ce qui s'est passé ?

— Je vous rapporte personne pour vous aider, grogne Rabisto sans répondre. Et c'est pas que des bonnes nouvelles.

— Je suis désolé, j'espérais que vous aviez trouvé le moyen de sortir.

Encore, Rabisto ne répond pas. Il y a un petit temps de silence où Gabriel écoute sa respiration fatiguée et doucement sifflante. Puis Rabisto dit :

— Tendez votre main par là. J'ai au moins trouvé une gourde avec un reste de café. Mais faut y aller mollo, parce qu'on en aura pas beaucoup plus que ce qui reste.

Quand leurs mains se touchent, les doigts de Gabriel palpent un liquide poisseux.

— Vous saignez !

— Je me suis fait avoir par le puteux. J'étais à la mi-pente du beurtiat qui mène à l'accrochage de 260. Ça m'a coupé les jambes avant que je puisse dire ouf. Je me suis réveillé dans un tas de berlines écrabouillées par l'explosion. Une saloperie de bout de ferraille m'est un peu rentrée dans une épaule.

Gabriel se doute que la blessure n'est pas si légère que Rabisto veut le faire croire mais ne dit rien.

— C'est pas ça la mauvaise nouvelle, grogne Rabisto. C'est qu'on est coincés de partout, à ce qu'il semble. Le gaz rôde dans les voies. Et quand c'est pas lui, il y a des éboulements. On est comme dans une boîte avec des morts pour nous bercer.

Rabisto se tait à nouveau. Sa respiration se calme.

— Et sans rien à bouffer.

— Je n'ai pas faim.

— Ben ça vous viendra. Moi, c'est déjà fait. Et cré vingt dieux que je boirais une chopine. Je me ferme les yeux et je la vois sur le comptoir du 5 Coups… Je me demande ce que raconte le Moineau à cette heure. Ça doit faire son affaire, à lui et à Broutchoux. Ils pouvaient pas rêver d'une plus belle occasion. Je vois ça comme si j'y étais. Ça va gueuler que le Vieux

Syndicat a pas fait son travail avec vous autres, les ingénieurs, et ceci et cela. Qu'il faut faire confiance à ces fouteux de merde du Jeune Syndicat. Ricq doit en entendre…

Rabisto s'interrompt, le souffle court. Gabriel devine qu'il a besoin de parler et le laisse dire. Il est lui-même plus heureux qu'il ne saurait l'avouer d'entendre la voix de Rabisto et de le savoir près de lui.

— Vous vous demandez de quoi je parle, hein ? Le 5 Coups, c'est là où je bois ma chopine du jour. Ça s'appelle le 5 coups parce que 3 c'est la remonte, 4 c'est les coups au ciel avec les bourgeoises et 5, c'est pour le paradis ! Le Moineau, c'est le patron. Un politique, aigre et tout, mais bon dans le fond. Et puis nos histoires de syndicats, le Vieux, le Jeune… Bah ! C'est couillon.

Il s'interrompt encore, tousse fort.

— Le mauvais gaz, ça vous rabote la gorge ! Ouais, je pense à tout ça parce que je me demandais comment ça se passait là-haut. Vous avez une idée ?

— Ça doit être le chaos. L'explosion a dépassé tout ce que l'on avait prévu. C'est pas non plus une bonne nouvelle. À mon avis, personne n'est prêt pour une catastrophe pareille.

— Ouais. C'est aussi ce que je me disais.

— Sans compter que…

Gabriel s'interrompt avec un peu de gêne. Rabisto émet un petit ricanement.

— Sans compter que Stévenard et M. Barcant sont des sacrées bourriques et que ça va pas aider les choses !

— Oui.

Ils se taisent. Puis Gabriel devine que Rabisto se fait une place pour s'allonger.

— Je vais dormir un peu, monsieur l'ingénieur. Et j'irai voir vers le nord si je peux nous trouver à croûter, parce que je crois qu'il va nous falloir être un peu patients.

Gabriel sourit dans le noir.

— Peut-être que ça vous laissera le temps de m'appeler par mon prénom.

— Faut pas trop y compter, glousse Rabisto avec un petit ton de plaisir.

## Méricourt-Corons
## Le 5 Coups

L'estaminet est plein. Il est glacial aussi. De toute la journée, nul n'a pensé à recharger le poêle. De plus, la porte est restée ouverte à cause des allées et venues. Le patron n'a pas servi une chopine ou un verre d'alcool. Le café s'est transformé en une sorte de bureau des renseignements où s'échangent, au gré des va-et-vient, toutes les nouvelles, rumeurs fausses ou vraies, qui hantent les fosses depuis deux jours que la Compagnie se refuse à dire la moindre vérité sur la catastrophe.

Maintenant, la nuit est de retour. L'épuisement émousse les nerfs. Pourtant, dès que l'on apprend que Ricq arrive au 5 Coups avec des choses à dire, ceux qui ne demeurent pas avec les femmes, à attendre toujours et encore devant les grilles de la fosse, accourent.

Ricq est bien là. Pas seul. À côté de lui se tiennent les trois qui l'ont accompagné, la veille, dans le sauvetage des dix-sept hommes de la fosse 4 : Pélabon, Manouvrier et Bouvier.

La fatigue, le manque de sommeil leur font un teint cireux que le rougeoiement des lampes rend encore plus maladif. Leurs yeux sont rouges et, sous les moustaches, leurs lèvres sont devenues si minces que l'on dirait des cicatrices.

On les regarde avec respect. On leur demanderait

bien de raconter le sauvetage par le menu. Mais Ricq annonce d'une voix qui ne porte pas bien loin et réclame de l'attention :

— Ils ont décidé que tout le monde est mort dessous. Ce matin, je suis redescendu avec Pélabon et Manouvrier qui sont là, à côté de moi. C'est toujours aussi mauvais et horrible. On n'a pu ramener personne. J'ai dit aux ingénieurs : « Je reviens bredouille, mais je suis sûr qu'il y a du monde encore debout. Il faut pas arrêter de fouiller les voies. Il y en a beaucoup où on ne peut pas encore entrer à cause du puteux ou des éboulements. »

Les têtes se baissent. Ricq se mouille les lèvres d'une langue pâteuse et trop blanche. Il reprend, sur le même ton monocorde :

— Ce sont des meurtriers, je vous le dis. Ils ont décidé ça depuis hier soir. Ce matin, avant de descendre, je vois les deux ministres de l'ancien gouvernement qui sont venus de Paris. Celui des gendarmes et celui des mines. Ils font l'*intérim*, comme ils disent. Ils ont demandé à l'ingénieur de l'État s'il y avait des ouvriers vivants dans le fond. J'étais là, et j'ai voulu répondre. On m'a pas laissé faire. Cet assassin de Delafond a dit : « Non, monsieur le ministre. Plus personne. » Comme ça, sans chiquer !

Cette pensée est tellement terrifiante qu'il n'y a pas même un mot de protestation. Un seul et terrible silence.

Les joues de Ricq rougissent. Il lève le poing de rage.

— Faut pas croire ces conneries. Je sais que c'est pas vrai. Mais ils veulent plus m'entendre quand je le dis.

Son poing se déplie. À travers les murs et la nuit du coron, l'index de Ricq pointe la fosse.

— Pendant que je vous parle, Delafond a réuni son monde pour décider. Les ingénieurs, les directeurs, les gens de l'État ! Tout ce beau linge et rien que lui. Il y a une demi-heure, je me suis présenté à la direction de la fosse avec Hurbain, qui est délégué mineur, comme moi. On nous a fermé la porte au nez. Delafond m'a regardé bien droit dans les yeux : « Monsieur Simon, cette réunion ne concerne pas les délégué mineurs. Nous n'avons pas besoin de vous. » Je lui réponds : « Je sais ce que vous allez décider, et c'est mauvais. » Il me lance : « Les ordres, ce n'est pas moi qui les reçois, je les donne. » Et voilà.

Cette fois, ça gronde. Le patron du 5 Coups, demande :

— Et pourquoi on les laisse faire ?

— Parce qu'il y a maintenant le double de gendarmes sur les fosses, tiens donc.

— Le préfet les a envoyés ce matin.

— Le ministre a donné des ordres. Il est venu pour ça. Pas pour sauver les gars dessous…

Ricq lève les mains pour rétablir un peu de silence.

— Ils ont qu'une hâte, c'est de refermer la fosse 3. Je vous parie que demain elle sera close. C'est leur obsession. C'est pour ça qu'ils ne veulent pas que je me mêle de leur décision. Ils ont trop peur que je leur fasse honte. Que je leur dise : « Vous avez des vivants dessous et vous ne débouchez pas le puits. Vous êtes des assassins !… »

— Le bouchage de la fosse, ils sont en train de le faire maintenant, dit une voix. J'en viens juste.

Les têtes se retournent. Ils découvrent Lido le Belge et son pansement tout sale qui lui fait une tête bizarre et déformée.

— Depuis hier, on travaillait à sortir des débris du puits avec les camarades. Il y a une heure, on y était encore à plonger dans le mauvais gaz avec le cuffat. L'ingénieur de l'État qui dirige à la place de Stévenard est venu nous dire : « Cessez tout. » On a protesté et il a répondu : « Prenez un peu de repos, parce que cette nuit il faudra refermer le moulinage avec des plaques de tôle et de la terre. » Moi, je gueule qu'ils nous ont fait risquer notre vie sans nous donner les moyens d'être efficaces. Et maintenant, ils ne veulent même plus aller jusqu'au bout. Il me répond : « Monsieur l'inspecteur Delafond en a décidé ainsi. Pas de discussion ! » On en croyait pas nos oreilles. J'ai balancé ma barrette dans le puits et je lui ai dit qu'il ferait son sale boulot sans moi. Les camarades m'ont suivi…

Le Moineau grince :

— T'inquiète, ils trouveront bien des mains pour fermer. Il y en a toujours qui font ce qu'on leur ordonne.

Silence.

Une fois de plus, chacun tente de prendre la mesure des mots. Plus personne à sauver, cela veut vraiment dire : mille hommes de morts. Comment avaler ça ?

Ricq se frotte le visage de ses paumes déchirées.

— Merde, je boirais bien une chopine. J'ai la gorge comme de la toile émeri, le Moineau. Tu peux pas rouvrir ton comptoir ?

Un instant, cela les distrait, suspend les vérités effrayantes.

Mais la bière est amère. Le Moineau pose la question qui hante les têtes :

— Et maintenant ?

Pélabon, de sa voix calme, répond :

— Maintenant, il va falloir annoncer aux femmes qui sont devant les grilles qu'elles peuvent retourner dans leur lit toutes seules. Pas la peine qu'elles crèvent de froid une seconde nuit. Ça fera pas rentrer leurs hommes.

Manouvrier ajoute :

— Et maintenant, il va falloir remonter les cadavres.

Vous pouvez pas imaginer à quoi ça ressemble, dessous.

Le Moineau laisse passer un silence et dit :

— On peut quand même pas rester là sur notre cul sans rien faire.

Ricq le regarde intensément. Il se redresse en entier, jauge les visages autour de lui. Il n'y a presque que des inconnus. Les autres sont morts.

— Il y a plus qu'une chose qu'ils comprendront. La grève.

Un souffle de murmures.

— Partout où ça continue de travailler, insiste Ricq. Je vois pas autre chose.

Et au Moineau il demande :

— Ton Broutchoux, du Jeune Syndicat, il est toujours dans les parages ?

— Je croyais que tu voulais pas en entendre parler ? Que c'est un fouteux de merde ?

— On n'est plus avant. Je sais par cœur les manières du Vieux Syndicat. Si ce n'est pas nous qui y allons d'abord, ils n'iront pas. Ils aiment trop discuter avec les patrons. Et un fouteux de merde, aujourd'hui, c'est juste ce qu'il nous faut.

## Fosse 3, étage – 280
## Voie Adélaïde

— Qui c'est qui est là ? demande Danglos dans le noir.

Ils donnent leurs noms : Vanoudenhove, Noiret, Lefebvre, Couplet, Castel, Dubois… Charles est le dernier à donner le sien. Il en manque trois.

Ils ont fait une centaine de mètres dans l'obscurité avant de pouvoir s'écrouler en respirant un air plus sain.

Castel demande :

— On est où ?

— Quelque part pas loin de l'Adélaïde, dit Danglos en espérant que Charles pourra être plus précis.

Mais Charles dit :

— On aurait pas dû le laisser.

Ils se taisent, la tête douloureuse et confuse. Ils sont tout entiers dans l'effort de respirer. Puis Vanoudenhove demande :

— De qui tu parles, Pruvost ?

— Du petit Delplanque. Mon galibot. J'aurais pas dû le laisser. Il était pas lourd à porter.

— Tu pouvais pas, proteste Danglos avec lassitude. Tu étais déjà pris par le gaz. Tu pouvais pas. C'est comme moi avec Herbert. Je l'ai laissé là où il est.

— Ça va porter malheur, insiste Charles. Un p'tiot qui était pas plus vieux que mon Anselme.

Il y a un silence. L'obscurité absolue devient effrayante. Danglos dit :

— Ce qu'il nous faut, c'est rallumer les lampes.

— Si on en a.

— J'ai la mienne, fait la voix de Couplet. Mais pas d'allumettes.

— Moi pareil.

C'est Lefebvre. Noiret, qui tousse et crache pour ôter l'empoisonnement de sa gorge, laisse filer un gros soupir :

— Nous voilà bien.

Charles dit :

— Le petit en avait dans sa poche, des allumettes.

— Delplanque ? Tu es sûr ?

— C'est vrai, confirme Dubois. Je lui ai vu en gratter une.

Ils entendent Charles bouger, se mettre debout dans le noir.

— Je vais les chercher.

— Tu vas pas retourner dans le puteux ! s'effraie Noiret.

— Je vais pas traîner. Le gaz bouge, tu sais bien.

Danglos a compris. Charles veut s'assurer que le petit Delplanque est bien mort. Il se lève à son tour.

— Je t'accompagne.

Ils avancent doucement dans le noir, le béguin sur la bouche pour se protéger du puteux et la main libre suivant les parois. Mais cette saloperie de gaz est pire qu'un fauve. Maintenant qu'il a tué, il s'est retiré dans la nuit de la mine pour frapper ailleurs, on ne sait où.

Tous les trois pas, Charles tâte le milieu de la voie. Soudain, il bute contre quelque chose, s'accroupit, trouve un pantalon.

— C'est lui. C'est le petit, je l'ai.

Il palpe le visage, cherche les coups du cœur dans la poitrine frêle. Rien.

Danglos fouille les poches du pantalon.

— Crénom, il s'est pissé dessus. Les allumettes sont toutes mouillées.

Charles ne répond pas. Danglos agite les mains dans l'obscurité, trouve l'épaule de Charles.

— Faut pas rester là. Il est mort et tu y peux rien. On va voir les autres. Des fois…

À nouveau, ils cherchent dans le noir. Cela leur prend du temps. Les corps sont plus hauts dans la voie qu'ils ne l'imaginaient.

Danglos reconnaît Cuvelier en premier, puis aussitôt s'exclame :

— Sainte Mère ! Herbert souffle encore ! Il est pas mort…

Déjà il veut le masser, lui donner de l'air.

— Pas ici, dit Charles. Prends-le sous les bras. Faut le descendre dans notre caverne, au bas de l'Adélaïde. L'air y est meilleur que partout.

## Fosse 3, étage – 320
## Treuil de Joséphine

De temps à autre, transi de peur, Boursier ou Anselme a demandé :

— Wattiez, qu'est-ce qu'on fait ? On va pas rester ici à mourir ?

Mais Wattiez n'a pas répondu. Le silence de la mine s'est fait terrible. Martin, le plus jeune du groupe, s'est mis à pleurer. Wattiez n'a pas dit un mot quand même.

Il n'a pas donné signe de vie pendant un temps infini. En chuchotant de terreur, les trois galibots se sont demandé s'il ne les avait pas abandonnés. Tellement effrayés par l'obscurité qu'ils n'ont pas osé ramper alentour pour s'en assurer. Trop peur de se perdre.

C'est seulement lorsque Wattiez a bougé en grommelant qu'ils se sont rassurés.

Puis soudain, le môme Martin sort de sa trouille et s'exclame :

— Oh ! j'ai oublié. J'ai des allumettes ! On pourrait allumer une lampe.

Alors on entend Wattiez qui jure. Martin se fait insulter bien net. Wattiez demande où il y a une lampe, rampe jusqu'à eux, engueule encore Martin, le traite de tous les noms.

— J'ai retrouvé ma lampe, glapit Boursier, je l'ai !

Wattiez attrape la lampe que Boursier tient levée

dans le noir. Il bataille un instant avec les allumettes et le mécanisme. Puis ils y voient.

La lumière ne les réconforte pas longtemps. Les cadavres de Bauchet, Castel et Tourbier sont autour d'eux, pareils à des loques tombées de la pente du treuil.

Wattiez se précipite pour attraper la tête de Bauchet, la soulever jusqu'à sa poitrine.

— Mon camarade !

Il le berce comme un enfant. Lui ferme les yeux et lui caresse le front.

— Mon pauvre vieux !

Martin se recroqueville, se fiche la tête entre les genoux et se remet à gémir :

— Ils me font peur.

Boursier a moins peur des cadavres que du visage d'Anselme. Le pansement de fortune a disparu. La plaie est à vif. Dans le peu de lumière, Anselme a le profil d'un monstre de cauchemar. Il le devine dans la stupeur de Boursier. Il se cache derrière ses mains.

— Me regarde pas comme ça !

Boursier se détourne, le blanc des yeux trop grand.

— Wattiez, qu'est-ce qu'on va devenir ?

Wattiez ne répond pas. Il s'est écarté du cadavre de Bauchet. Il rampe vers sa sacoche. Il la fouille, y trouve un peu de tabac et un paquet de papier à rouler. Il se fait une cigarette. Ses doigts tremblent si fort que cela prend du temps. Il l'allume au verre de la lampe. En tire une longue bouffée et se laisse aller sur le dos.

Anselme frappe du poing sur ses cuisses et crie :

— Wattiez ! Pourquoi tu réponds pas quand on te parle ?

Wattiez tire une ou deux fois sur sa cigarette en silence. Puis il tourne la tête vers les galibots. Il les considère avec des yeux épouvantables de tristesse.

— Parce que je pense à ma petite femme et à mon

gamin. Des choses qui vous regardent pas. Vous êtes trop jeunes pour savoir.

Son ton est presque paisible. Les galibots se lancent des coups d'œil. Le calme résigné de Wattiez les terrifie plus encore que ses grognements.

Wattiez ferme les paupières, tire doucement sur sa cigarette. Rouvre les yeux et dit encore :

— Mon p'tiot va avoir six mois en mai. Il va pas connaître son père, et moi, je vais jamais le voir comme un homme.

— Et pourquoi tu dis ça ? demande Boursier, la rage dans la voix.

La question enflamme Wattiez.

— Pourquoi ? Tiens donc… Parce qu'on est ici et qu'on sait pas comment en sortir. Parce que ce connard de Nény m'a tué Bauchet, qui était le seul avec de la jugeote, et que vous êtes que des mômes. Parce que je sais même pas où on est, dans cette sale bête de mine. Qu'on a presque rien à boire et quasi moins à manger. Parce que c'est dit qu'il faut plus compter sur ceux du dehors. Tiens donc, ça te suffit comme raisons ? On est pas morts. Mais il suffit juste d'attendre un peu.

Il a gueulé. Son désespoir les pétrifie. Martin se met debout, sa poitrine toute maigre tressautante de sanglots.

— T'as pas le droit de dire ça, Wattiez… T'as pas le droit !

## Fosse 3
## Carreau

Maurice sursaute quand il entend son nom. Il se retourne, cherche qui peut l'appeler dans cette foule qui fait la queue pour entrer sur le carreau.

— Ho ! c'est moi. Tu ne me reconnais pas ?

Gobert, le journaliste de *L'Écho du Nord*. Toujours avec son grand sac mais avec une sale mine. Blême, pas rasé, la gabardine à carreaux noircie. Ses chaussures sont recouvertes de boue et son pantalon garde des traces de terre charbonneuse aux genoux. Il devine le regard de Maurice, hausse les épaules.

— Je suis descendu cette nuit. Je voulais voir.

Il n'en dit pas plus.

— Je me doutais que je te verrais avec elles.

Son regard se lève sur les centaines de femmes qui se pressent entre les flaques, les voitures et les charrettes.

Sous le ciel si noir que l'on pourrait croire que la suie de l'explosion s'y est collée une fois pour toutes, elles n'avancent que d'un pas toutes les trois ou quatre minutes.

Les unes soutiennent les autres. Les jeunes fils entourent les mères. Des vieilles s'agrippent comme elles le peuvent aux bras de leurs voisines. Certaines pleurent, tombent. On les relève sans un mot. La plupart le visage clos et terriblement fatigué. Des faces de déterrées, en vérité.

Beaucoup ont mis leurs vêtements de deuil. Une belle robe noire, un chapeau, un châle gris. Cela donne à leur procession une apparence encore plus épouvantable.

Gobert demande à Maurice :

— Tu viens voir si tu le trouves ?

Il a pas besoin de dire qui. Maurice opine.

— Oui.

— C'est pas beau à voir, je te préviens. Il vaut mieux être sûr qu'ils l'ont remonté. Sinon…

Maurice n'a pas à répondre. Gobert a parlé bas mais les femmes tout autour, qui l'observent depuis un moment, ont compris qu'il était journaliste. En quelques secondes, les questions pleuvent.

Gobert répond avec calme. Oui, il y a des corps là-bas dehors, sous le moulinage. Des cercueils sur des tréteaux. Il y en a d'autres dans les bâtiments. Des morgues de fortune pour les cadavres les plus difficiles à reconnaître. Il faut se renseigner auprès des infirmières.

— Mais vous savez…

Gobert voudrait dire : c'est terrible à voir, n'y allez pas. Ce ne sont plus des corps d'hommes. Seulement des débris, des choses monstrueuses. N'emportez pas ce souvenir avec vous.

Mais les visages qu'il a en face de lui le font taire.

Une femme demande encore :

— C'est vrai que ceux que personne reconnaît, ils les jetteront dans des fosses communes dès demain ?

— C'est ce qu'a demandé la Compagnie.

— Et qu'on a qu'une heure aujourd'hui pour reconnaître nos hommes parmi tous les morts, c'est vrai aussi ?

Gobert dit que oui.

— Mais on fait déjà la queue depuis des heures ! À ce train, on ne les aura jamais trouvés avant la nuit.

Les autres approuvent, la grogne revient, passe par-dessus la douleur. Des doigts et des poings désignent les gendarmes à cheval, le fusil à l'épaule, qui patrouillent sans cesse autour de l'immense cohorte des veuves.

— Pourquoi ils nous gardent comme si on était des bêtes ?

— Qu'est-ce qu'ils craignent tant ? On a déjà tout perdu.

— Ils vont quand même pas nous tirer dessus !

Gobert fouille son gros sac. Il en sort un papier jaune qu'il montre aux femmes :

— Un ordre du préfet est arrivé à l'aube ce matin.

Il y est écrit en lettres majuscules :

« UN DÉLAI MAXIMUM D'UNE HEURE
SERA ACCORDÉ AUX FAMILLES
POUR LA RECONNAISSANCE
DES VICTIMES… »

— Le même papier est affiché sur le bâtiment de la direction, explique Gobert. Les gendarmes ont le droit de repousser tout le monde hors du carreau si ça ne va pas assez vite.

Les femmes sont trop épuisées pour que leur colère dure. Elle se mue déjà en larmes et en gémissements.

Gobert prend le bras de Maurice et l'entraîne à l'écart en pestant :

— Ils vont rendre ces pauvres femmes folles avec leurs ordres de crétins. Je voudrais bien le voir ici, le préfet, retrouver ceux de sa famille dans cette horreur. Ça, tu peux être sûr que je vais l'écrire dans mon article.

Maurice ne dit rien. Gobert a peut-être raison. Il ne devrait pas chercher à en voir plus. Ce qu'il a sous les yeux est déjà bien assez. Là-bas, devant les bâtiments de la lampisterie, les cercueils sont alignés par rangs de dix ou vingt. Des femmes se couchent en pleurant sur les caisses. On les laisse à leur douleur quelques secondes avant de les repousser pour mettre les couvercles. Les cris vrillent l'air froid autant que les vis qui grincent dans le bois.

Plus loin, sous la passerelle du moulinage, des ouvriers, le visage recouvert de tissus, poussent des berlines. Ils en sortent des masses noires qu'ils posent sur des civières, des caisses ou, quand les corps sont entiers, dans ces cercueils qu'on apporte sans discontinuer.

Gobert prend gentiment Maurice par l'épaule, lui fait détourner les yeux.

— Je t'ai prévenu que c'est pas à regarder.

— Faut bien que je le fasse, marmonne Maurice.

Gobert hausse les épaules.

— C'est vrai ce qu'on dit, qu'il va y avoir la grève ?

— Je sais pas. Il y a pas grand monde qui vient parler à la maison. Mon père est toujours au lit. Il se remet pas du gaz qu'il a respiré samedi en descendant dans le puits. Il a des yeux comme un poisson mort. Il parle pas beaucoup, alors personne vient le voir. Et mon oncle Bibelot est mort hier en voulant sortir des cadavres à la fosse 4…

Gobert se tait un instant, embarrassé.

— Quand même, si tu entends quelque chose, au sujet de la grève, viens me voir. Tu me trouveras toujours par ici.

Il essaie de sourire, mais Maurice ne fait plus attention à lui.

À une vingtaine de pas, Éliette Gosselin sort du bâtiment où on lave les cadavres. Elle tient un seau à la main et a revêtu la blouse blanche que les bonnes sœurs ont donnée à toutes celles qui ont accepté cette tâche effroyable.

Maurice hésite. Mais, comme Gobert lui demande ce qu'il regarde, il lance un bref au revoir et file vers Éliette.

Il la rejoint alors qu'elle s'approche des gros bidons d'une ambulance. Elle remplit son seau d'un liquide qui empeste et pique les yeux.

Il n'ose pas l'appeler. À l'instant où elle se retourne, elle le trouve au beau milieu de son chemin. Elle fronce les sourcils, ne montre aucun plaisir de le revoir. Au contraire, sa voix est sèche :

— Qu'est-ce que tu fais là ?

Il rougit, se mord les lèvres. Mais la question lui vient dans un souffle :

— Vous êtes pas là à cause de Lido ?

Elle se détend. Un peu de lumière danse dans ses yeux.

— Non, il est vivant.

Maurice hoche la tête.

— Mon père m'a dit qu'ils étaient sortis du moulinage ensemble… Qu'il était juste un peu blessé.

Il ne sait plus quoi dire.

Mais va savoir pourquoi, les larmes lui serrent brusquement la gorge et passent ses paupières.

Éliette pose son seau de liquide puant. Elle lui prend les épaules, l'attire contre elle.

Maurice s'accroche à son cou comme s'il allait tomber depuis le haut d'une fosse. Pendant deux, trois secondes, les lèvres d'Éliette se pressent sur sa joue et ses tempes.

Elle l'écarte.

— Ne reste pas là, Maurice. Rentre chez toi. Ne regarde pas tout ça.

— Ghislain est mort. Je suis venu pour…

Elle le fait taire en posant les doigts sur ses lèvres. Elle secoue la tête et répète :

— Non, ne reste pas ici. C'est pas bien.

## Fosse 3, étage – 280
## Bowette

— Rien, gronde Rabisto. Rien de rien. Pas un briquet et même pas les mallettes. C'est à pas croire. Rien à croûter ! Tout est brûlé pire que de la cendre. On touche et ça part en poussière entre les doigts.

Gabriel l'entend geindre pour s'asseoir. Il s'y est habitué. Et que Rabisto n'ait rien trouvé à manger, il s'y attendait. Il demande :

— Le mauvais gaz est toujours là ?

— Toujours. Dès qu'on s'approche des beurtiats qui montent ou qui descendent, ça fait le bouchon.

— Ça veut dire qu'ils n'ont pas pu remettre en route l'aérage.

— Ça veut dire qu'ils sont pas foutus de déboucher la fosse ! grogne Rabisto avec colère. C'est pourtant pas sorcier. Il suffit de tomber un poids dessus les débris, non ? Ça ferait le trou, les gaz foutraient le camp et nous avec.

— Ils doivent penser qu'on est morts.

— Eh ben, qu'ils continuent à le penser et ils auront raison !

Gabriel se tait. Depuis son réveil un engourdissement nouveau le gagne. La faim ne le tenaille pas comme Rabisto. Il semble aussi que la peur l'épargne. Par instants, il songe que son calme est celui d'un homme qui a déjà renoncé. La soif est difficile à endurer, cependant.

— Vous avez de la famille qui vous attend dehors, Rabisto ?

— Non. Il y a longtemps que non. J'ai jamais eu beaucoup de goût pour ça. Les femmes, si. C'est beau, les femmes. Mais pas quand on les fait passer du lit à la cuisine. Je préfère faire mon ménage moi-même… Et je suis pas trop regardant.

Ils ont le même petit rire.

— Mais vous, on doit vous attendre dehors. Un beau jeune gars comme vous. Et ingénieur avec ça !

Gabriel ne répond pas tout de suite.

— Non, je ne crois pas. Ou on ne m'attendra pas bien longtemps.

Il a annoncé cela de telle manière que le silence revient. Puis Rabisto dit :

— Je suis pas pour la famille, mais ça m'aurait plu d'avoir un fils ingénieur. Même si nous, les bougres du fond, on pense toujours que les ingénieurs sont des corniauds. Vous savez bien. Les chipotages habituels. Mais un fils comme vous, si, ça m'aurait plu.

— Mon père n'a pas aimé, lui. Il est capitaine dans les dragons, au Maroc. Il voulait que je fasse la carrière militaire. On ne s'est jamais beaucoup compris.

Rabisto n'émet qu'un grognement.

— Depuis que je suis gosse, j'ai toujours voulu faire ce métier : ingénieur des mines. Être dessous la surface de la terre, connaître les labyrinthes comme dans les histoires grecques. J'en rêvais la nuit.

— Ben, vous êtes servi.

Ils sourient tous les deux comme s'ils se voyaient à travers l'obscurité.

Puis, d'une voix différente, Rabisto demande :

— Tendez votre main.

Gabriel sent qu'il dépose un objet froid sur sa paume. Il reconnaît vite le manche d'un couteau.

— J'ai pas trouvé de quoi manger mais j'ai trouvé ça. Je l'ai bien aiguisé. On devrait pouvoir couper une plume avec, sans qu'elle s'en aperçoive.

— Rabisto…

— On va pas se dire des menteries, monsieur l'ingénieur. Ça nous mènera nulle part. Voilà comment je vois les choses : on a quasi plus à boire et on peut même pas bouffer l'écorce des rondins ou la toile des mallettes des camarades. C'est plus que du charbon. Ceux du dessus ont pas envie de nous trouver vite… Ou ils peuvent pas, peut-être bien. Le résultat est le même. Et puis je suis une vieille bourrique. Je me serais forcé si je pouvais vous porter quelque part. Mais on est comme des souris dans le panier.

Il se tait, laisse le temps à Gabriel de protester. Comme rien ne vient, il ajoute, avec une certaine légèreté :

— Si je tombe dans le bougnou, il y a pas grand-chose de la vie que je vais manquer… Sauf votre conversation et de pouvoir vous appeler par votre petit nom devant les camarades.

Il rigole.

Gabriel se tait parce que c'est ce qu'il pense depuis des heures. À moins que les heures ne soient devenues des jours.

— Mais on est pas pressés, dit encore Rabisto. On peut se reposer encore un peu ou se causer si ça vous dit.

## Fosse 3
## Treuil de Joséphine

C'est Boursier qui les tire de l'engourdissement.

— Wattiez ! Il y a quelqu'un au-dessous de nous !

— Comment tu sais ?

— Je suis descendu vers le bas du treuil. Je voulais y crotter, j'ai mal au ventre. Mais j'ai entendu une voix. Il y a quelqu'un en bas. Je suis sûr…

— Nény !

— Je sais pas. C'est quelqu'un qui se plaint…

— Sûr que c'est ce connard !

Wattiez rallume la lampe, éteinte par économie. Il se précipite dans la direction indiquée par Boursier. Ils suivent la pente, qui s'accélère d'un coup. Au bas du treuil, la voie est juste assez large pour les rails de la cage, qui apparaît dans la pénombre.

— Wattiez ? C'est toi…

La voix de Nény.

Boursier demande :

— Nény, tu es où ? On te voit pas.

— Ici, sous la cage.

Boursier veut se précipiter. Wattiez le retient, passe devant. Ils entendent un clapotis. Dans la lueur de la lampe, des doigts apparaissent. Une main serrée autour d'un rail, entre les roues de la cage.

Wattiez s'accroupit, pose la lampe sur le sol. La cuve

au pied du treuil est une fosse maçonnée en brique d'au moins deux ou trois mètres de profondeur. L'eau y a ruisselé, la remplissant aux trois quarts. La cage qui supporte les chaises et permet aux ouvriers de descendre les cent mètres de dénivelé du treuil est engagée dessus. En tombant, Nény y a été guidé comme une bille par les rails. Il a glissé sous la cage et a achevé sa course dans la fosse, où il barbote encore.

Wattiez a un mauvais rire.

— Tu as pu boire ton soûl, l'Auvergnat ?

— Tire-moi de là, Wattiez. Je vais mourir ici !

— Ben, c'est possible.

— Je peux pas sortir tout seul. Ma jambe est cassée. Et mon épaule, je crois bien qu'elle est démise.

Peut-être qu'il pleure. Ou c'est seulement qu'il s'est beaucoup mis la tête sous l'eau.

— Pourquoi je vais te tirer d'ici ? Tu m'as tué Bauchet, salopard !

— Wattiez ! Je suis dans ce trou depuis des heures. Je peux plus.

— Bauchet et Castel et Tourbier ! Ils sont déjà morts, eux.

— Wattiez, je t'en prie…

— Par ta faute, connard d'assassin.

— Je vais me noyer, Wattiez.

— Bon débarras.

— Tu peux pas le laisser là ! s'effraye Boursier.

— Que si. Je peux même lui enfoncer la tête dans l'eau !

Cette fois, Nény pleure pour de bon. Il supplie comme un gosse.

— Je pensais qu'on trouverait l'accrochage, Wattiez…

— Tu pensais qu'à ouvrir ta grande gueule pour faire le malin. De ce fond de mine, tu sais rien du tout.

— Du gaz, il y en a partout. Tu peux pas dire que c'est ma faute.

— C'est pas la mienne non plus si tu barbotes dans ta merde. Tu y es, tu y restes.

— Wattiez !

Mais Wattiez se lève, repousse durement Boursier. Il empoigne la lampe, déjà prêt à remonter la pente du treuil. Boursier lui agrippe le bras.

— Je peux pas le sortir tout seul, aide-moi.

— Sûr que non.

— Tu peux pas le tuer, Wattiez !

— Ben tiens.

Mais il sait bien que non.

Et Boursier le voit dans son regard. Wattiez soupire :

— Merde de merde.

Nény gémit.

— Je savais que tu me laisserais pas.

— Ta gueule ! Je veux plus t'entendre, Nény.

Puis :

— Faut d'abord retirer la cage, sinon on y arrivera pas.

Il leur faut un moment pour débloquer la cage et la pousser en amont de la fosse. Leurs forces s'épuisent vite et ils doivent s'y reprendre à deux ou trois fois.

Sortir Nény de l'eau n'est pas non plus une mince affaire. Il se plaint et geint dès que Wattiez et Boursier l'empoignent. Comme il semble avoir l'épaule démise, ils ne peuvent le tirer que par un bras.

Enfin, ils parviennent à le soulever assez haut pour le faire basculer sur le rebord de la fosse. Nény braille un grand coup lorsque Wattiez le traîne au sec sans ménagement.

Dans le mouvement, on dirait que son épaule se remet toute seule en place.

— Ben tu vois ! ricane Wattiez. Je fais le médecin, en plus.

Nény tremble comme une feuille, claque des dents en rampant sur le sol, transformant en boue la poussière sous ses frusques détrempées.

— T'es sûr qu'elle est cassée, ta jambe ? demande Wattiez, suspicieux, en le regardant s'adosser à la paroi. Vaudrait mieux pas. Une jambe cassée, ça t'aidera pas pour sortir.

Nény ne répond pas. Wattiez l'asticoterait bien encore. Mais Boursier dit :

— J'appelle Martin et Anselme. On est aussi bien à s'installer ici que là-haut près des morts.

Wattiez regarde autour de lui.

— Hé, mais je le reconnais, ce bas de treuil. La voie d'ici donne droit dans la bowette de 326.

— C'était bien là où je voulais aller, ose Nény.

Wattiez le foudroie du regard.

— T'as raison, Boursier, appelle les galibots. Mais éteins la lampe d'abord. On en aura besoin. On se repose. Et quand on aura repris un peu, on ira voir comment c'est dans la bowette.

## Fosse 3, étage – 326
## Caverne d'Adélaïde

Charles a trouvé le moyen de faire sécher les allumettes du petit Delplanque en les piquant dans ses cheveux. Mais il ne restait guère d'huile dans les lampes. Ils n'ont eu que quelques heures de lumière.

Assez, hélas ! pour assister à l'agonie d'Herbert. Ils ont fait ce qu'ils pouvaient, lui évitant de s'étouffer avec la bave moussue des intoxiqués et tentant de le faire respirer assez fort pour qu'il expulse le poison du gaz de ses poumons. En vain. L'agonie d'Herbert a été longue et laide. Terrifiante, en vérité.

Le peu de lumière leur a aussi permis de se voir les uns les autres. Des yeux d'oiseaux de nuit, la barbe qui mange le visage et les rend tous pareils. Sauf Dubois et Vanoudenhove, qui ont à peine un duvet tout sale sur la figure.

Rien de beau ni de réconfortant non plus.

Puis les lampes se sont éteintes comme si la terre se refermait sur eux.

Mais maintenant, ils se moquent de voir ou de ne pas voir. Ils n'ont plus qu'une idée en tête : boire et manger. Même pas sortir d'ici, voir le jour. Boire ! Manger !

Ils n'ont plus une gourde, plus un briquet. Rien de rien.

Danglos lui-même est pris par la fièvre à cause de la

faim. Ils ne peuvent pas fermer l'œil : leurs bouches brûlent de soif et les réveillent à peine ont-ils fermé les paupières. Tous ont la cervelle en feu à force de voir la mort venir dans cette sécheresse. De plus en plus faibles, songeant à des choses démentes.

Ils entendent quelqu'un qui se lève, s'écarte de quelques pas.

— Qui c'est qui bouge ? Où vas-tu ?

Pas de réponse.

— Qu'est-ce tu fais ?

Toujours pas de réponse. Mais le bruit d'un liquide qui gicle.

— Ho, gronde Danglos, tu peux pas pisser plus loin ?

— Je pisse pas : je bois.

C'est la voix de Noiret, et les mots qu'il prononce les sidèrent.

— Tu bois ta pisse ? demande Dubois.

— Quoi d'autre ? J'ai pas vu de chopine dans le coin avant que la lampe s'éteigne.

Il y a du contentement dans la voix de Noiret.

Couplet a un petit ricanement nerveux.

— C'est pas vrai. Je te crois pas.

— Si, mon gars. C'est le principe de la boisson éternelle. Ça rentre par le haut et ça sort par le bas. Et ça fait du bien.

Noiret revient et se rassoit parmi eux. Il a un soupir d'aise, comme pour se moquer.

— Tu vomis pas ? demande Lefebvre.

— Fais pareil. C'est pas si dur.

Il leur faut du temps pour se décider. La honte pousse les plus jeunes dans des gloussements rauques.

Charles ne dit rien. Il s'écarte en silence. Personne ne se rend compte qu'il urine dans sa barrette et déglutit le liquide tiède en tremblant de dégoût mais avec, pourtant, un terrible soulagement.

Danglos explose :

— Non ! Ça, je peux pas. Je suis pas un chien. Je bois pas ma pisse.

— Moi non plus, déclare Couplet. C'est pas humain.

— Vous êtes peut-être pas des chiens, réplique sèchement Noiret, mais vous allez pas être non plus des humains longtemps si vous buvez pas.

— Peut-être que tu as aussi une recette pour manger.

— T'as raison, Danglos. Je l'ai.

Ça leur coupe la chique de nouveau.

— Qu'est-ce qu'on fait, à la guerre, quand on est perdu entre les lignes de feu pendant des jours ?

Lefebvre serait sur le point de sourire dans le noir.

— Dis-le donc.

— On mange des racines.

Danglos ricane encore, mauvais :

— Ben voilà. Il voit des racines ici.

— Je vois rien, Danglos, c'est le noir autour de nous. Et il y a pas de racines dans le charbon. Mais il y a de l'écorce sur le boisage.

— De l'écorce ? Ça se mange ?

— Autant que la pisse se boit, Castel.

## Cimetière de Méricourt-Corons

Il fait un froid de gueux.

Il neige depuis l'aube et avec tant d'acharnement que le sol est déjà recouvert de plusieurs centimètres. Dans la fosse commune – une tranchée d'une cinquantaine de mètres –, la neige s'amasse en monticules qui crissent lorsque l'on y descend les cercueils.

Placé à une extrémité de la fosse avec les autres journalistes, Gobert a voulu sortir son écritoire pour noter tout ce qu'il voyait et entendait au fur et à mesure. Mais les bousculades de la foule et la neige l'en empêchent. Il lui faut écrire dans sa tête, tentant de graver chaque mot dans sa cervelle pour pouvoir les mettre plus tard sur le papier.

*En dépit du temps glacial, quinze mille personnes au moins ont accouru aujourd'hui sur les fosses de la Concession de Courrières. Une foule énorme. On ne trouve plus de voiture, les trains sont bondés, les routes noires de monde, on ne craint pas d'user des vélos dans la neige, déjà transformée en boue.*

*Les tenues de travail se mêlent aux habits du dimanche, les barrettes des mineurs aux chapeaux. Certains ouvriers portent leurs rivelaines sur les épaules, et même leurs lampes au revers des casques. Mais tous les visages sont identiques, aussi pâles que la neige et défigurés par une douleur qui, on s'en doute, va durer longtemps. La cause de ce grand rassemblement : on enterre les premiers morts de la catastrophe du 10 mars.*

*Les malheureux ouvriers reconnus par les familles pendant la trop brève heure qu'on leur a allouée hier – une bonté du préfet ! – trouveront place dans les cimetières d'Avion, Billy-Montigny, Fouquières, Hénin, Lens, Sallaumines. Ici où je me trouve, à Méricourt-Corons, c'est dans la fosse commune qu'on ensevelit, ce sont des anonymes à qui l'on dit adieu.*

*Les ouvriers survivants ont porté jusqu'ici les cercueils dans un cortège qui paraissait ne jamais en finir. Il y eut une dispute à son départ de la fosse 3. Des jeunes gens de « bonne famille » d'Arras et de Saint-Omer, certains aux noms aristocratiques, ont voulu montrer leur compassion en charriant eux-mêmes les restes sans nom. Des voix de mineurs se sont élevées. Un vieil ouvrier a résumé la colère de chacun et le ressentiment de tous envers la direction de la Compagnie que l'on accuse toujours du drame : « C'est pas aux fils des actionnaires de porter le sale ouvrage de leurs pères ! »*

Mais, justement, Gobert ne peut poursuivre le bon ordonnancement de son article.

La foule autour de lui se met à gronder alors que s'avance l'inspecteur Delafond. À peine ouvre-t-il la bouche pour prononcer son discours qu'on entend des braillements de rage : « Tais-toi donc, faux jeton !

Menteur ! Assassin ! Va causer au fond de la fosse, voir s'ils t'écoutent… »

Les soldats et les gendarmes, qui, jusque-là, formaient des lignes impeccables, deviennent nerveux. Les fusils glissent des épaulettes et se baissent plus bas qu'il ne le faudrait.

Un délégué mineur s'avance sur un monticule qui surplombe la vingtaine de cercueils. D'une voix puissante, il gueule en désignant les ingénieurs :

— Ce sont les criminels que l'on protège et les parias du capital que l'on tue !

Des rivelaines se soulèvent, les parapluies qui surmontent la foule se mettent à vaciller. Le curé, aidé par son bedeau, sort précipitamment de la fosse, l'encensoir encore fumant.

On guide Delafond à l'écart, mais l'ingénieur en chef Barcant a la mauvaise idée de lever les mains et de vouloir faire des signes d'apaisement. Il se fait huer. La haine est maintenant dans les voix :

— Barcant, ta place est pas ici, elle est au fond !

— Jetez-le avec les cadavres !

— C'est un vampire, il s'est fait son garde-manger !

Un capitaine donne un ordre. Les soldats entourent les ingénieurs. Une houle de fureur et de douleur saisit la foule en son entier. Elle se disloque dans un grand frémissement de cris et de rage. Des femmes sautent dans la fosse avec tant de soudaineté qu'on croirait qu'elles y tombent. Hurlant que c'est leurs hommes qui sont dedans, elles agrippent les cercueils, les embrassent ou cherchent à les renverser.

Emporté par la houle humaine, Gobert sent qu'on lui glisse un papier dans la main. Il lui faut un moment avant de pouvoir le lire. Le grand signe rouge du Jeune Syndicat CGT décore le haut de la feuille. Dessous, en grosses majuscules, il est écrit :

« DEVONS-NOUS TOUJOURS
COURBER L'ÉCHINE ?
VENGEONS NOS FRÈRES ASSASSINÉS !
DEMAIN, IL NE FAUT PLUS
QU'UN SEUL MORCEAU DE CHARBON
SORTE DE LA TERRE POUR ENGRAISSER
LES VAUTOURS DU CAPITAL. »

## Fosse 3, étage – 280
## Bowette

Il s'est réveillé et il a su que Rabisto était parti. Il a appelé une ou deux fois, pour s'en assurer. Puis il a laissé le silence revenir.

C'était il y a plusieurs heures. Peut-être une dizaine. Il ne se soucie plus de ces précisions.

La soif est devenue terrible. Il n'a plus assez de salive pour s'humidifier les lèvres.

Sinon, son grand calme ne l'a pas abandonné.

En un demi-sommeil, il a rêvé encore une ou deux fois d'Héloïse. En vérité du corps d'Héloïse plus que de Mlle Brouty-Desmond. Mais il n'a plus assez de forces pour imaginer des baisers et en goûter la sensation.

De temps à autre, il passe le pouce sur le fil du couteau.

Rabisto n'a pas menti. Il est si coupant qu'il pourrait trancher une plume sans qu'elle s'en aperçoive.

Chaque fois que son doigt glisse sur cette lame acérée, il lui semble toucher la tendresse de Rabisto. Aussi fine, dure et solide.

Il lui suffira d'appuyer sur ses poignets avec. Et de résister à la tentation de boire son sang, ce qui ne ferait que retarder les choses.

## Fosse 3, étage – 326
## Bowette

Dans la mauvaise lumière que diffuse la lampe, ce que découvrent Wattiez et les galibots en entrant dans la bowette leur coupe le souffle.

Il semble qu'un ouragan soit passé par là. Des cadavres jonchent le sol à perte de vue. Des dizaines, peut-être plus. Beaucoup ont été brûlés horriblement. Quelques-uns ont des postures grotesques et leurs corps ressemblent à de vieilles branches d'arbre, tordues et calcinées. Étrangement, d'autres paraissent sans blessure. Comme si ces hommes avaient couru derrière l'explosion avant d'être pris par le mauvais gaz.

Le toit de la bowette s'est ouvert tout du long, éventré comme sous un coup de poing. Les poutres d'acier ont été pliées aussi aisément que du fer-blanc. Par places, les boisages sont réduits en miettes. Des trains de berlines écrabouillés disparaissent à demi sous la terre.

L'odeur est épouvantable, même pour eux qui se sont accoutumés au pire depuis des jours. Cela vous prend à la gorge et vous sort les tripes.

Alors que Wattiez avance encore, contournant avec prudence un éboulement, des silhouettes de monstres émergent soudain de l'ombre. C'est une paire de chevaux, gonflés et racornis, sans pattes ou sans tête.

Le jeune Martin pousse un cri de terreur. Il court se cacher dans la voie qui conduit au treuil. Boursier le rappelle. Martin crie :

— Non ! Non, je veux pas voir ça.

Boursier n'en mène pas large non plus. Il regarde avec inquiétude Wattiez progresser encore vers le nord de la bowette, sautillant par-dessus les cadavres.

— Wattiez, où tu vas ? C'est pas la peine. On voit bien que c'est bouché.

C'est vrai. Mais Wattiez veut au moins s'assurer que le passage jusqu'à l'accrochage est impossible. Ce qu'il sait avec certitude après avoir franchi quelques dizaines de mètres. Là, la voie est totalement obturée.

Revenant sur ses pas, il se penche sur les cadavres les moins abîmés, ramasse des mallettes à briquet, ose même fouiller quelques poches.

— Qu'est-ce que tu fais ? s'effraie Boursier.

— J'assure notre pitance. On verra s'il reste de quoi manger dedans. Fais comme moi. Cherche les mallettes que le feu n'a pas brûlées. Et aussi des gourdes.

— Je peux pas. C'est pas bien, de fouiller des morts…

Wattiez se redresse, prêt à râler. Mais les yeux effarés de Boursier l'en dissuadent.

— Trouve au moins des lampes qui contiennent encore de l'huile.

Finalement, c'est une assez belle récolte. Ils sont si chargés que Wattiez appelle à nouveau Martin.

— Viens nous aider à porter.

Martin répond depuis l'ombre :

— Non. J'entre pas dans la bowette.

Wattiez hausse les épaules, va déposer son barda de mallettes à la limite de la voie du treuil et repart aussitôt dans la bowette.

— Où tu vas ? s'inquiète Boursier.

Sans répondre, Wattiez se dirige vers un cadavre, hésite, en choisit un autre. L'homme est mort presque nu, en caleçon et bottines. Ses doigts aux ongles bizarrement jaunis se serrent sur sa veste et son pantalon. Wattiez se baisse en grimaçant. Avec précaution il tire sur les vêtements. Chaque secousse fait trembler le cadavre.

Dans son dos, Boursier, épouvanté, souffle :

— Wattiez, t'es devenu fou ?

D'un coup plus violent et plus sec, Wattiez arrache enfin les frusques. Il se redresse avec un sourire qui fait froid dans le dos.

— Ce connard de Nény est tout trempé. Faut bien qu'il ait quelque chose de sec à se mettre avant d'attraper une pneumonie.

## Méricourt-Corons
## Le 5 Coups

Les volets du 5 Coups sont fermés, mais, à l'intérieur, toutes les lampes brillent. Il est tard, presque minuit.

Le comptoir est jonché de chopines vides. Les tables sont encombrées de journaux et de gros paquets ficelés que le Moineau a apportés de la resserre de son estaminet.

Ils sont une dizaine qui s'activent en silence, ouvrant les paquets, tirant des tracts qu'ils déplient soigneusement et réunissent par liasses de vingt.

— Faudra pas en gâcher, prévient le Moineau. On en a pas de trop.

Il a à peine fini sa phrase qu'un frottement se fait entendre contre le volet de la porte. Chacun s'immobilise. Un silence. Puis deux coups rapides sont frappés contre le volet. Un nouveau silence. Et encore trois coups plus espacés.

Le Moineau déverrouille la porte et l'entrouvre. Dans son dos, Éliette s'est déjà avancée. Lorsque Lido se glisse à l'intérieur, elle pousse un petit cri de joie, se retient une ou deux secondes avant de se jeter dans ses bras sans autre pudeur. Refermant la porte, le Moineau grommelle un : « Ho, on est pas là pour les mamours. »

Les autres sourient.

— T'as tort, Moineau, réplique Lido par-dessus

l'épaule d'Éliette. Il y a toujours du temps pour les mamours.

Mais le patron de l'estaminet ne se déride pas.

— Alors ?

Lido s'écarte d'Éliette, ôte sa casquette et la lance sur un tas de tracts.

— C'est décidé pour demain, à sept heures du soir. À la Maison du peuple, à Lens. Basly et le Vieux Syndicat font leur réunion dans l'après-midi. Comme ça, on pourra répliquer à leurs discours.

Le regard de Lido glisse sur les tables.

— Il reste plus qu'à mettre l'heure sur les tracts. Des camarades font pareil partout : à Lens, Sallaumines, Billy… Faut qu'on réunisse du monde, qu'on nous prenne pas pour des guignols.

Quelqu'un remarque :

— Il y en a au moins pour la nuit.

— Ça prendra le temps qu'il faut, grogne le Moineau en passant derrière le comptoir pour tirer une chopine qu'il tend à Lido. On est là pour, non ?

Lido boit une gorgée et échange un clin d'œil avec Éliette.

— Je peux aussi vous annoncer que ça va fumer…

— Qu'est-ce que tu veux dire ?

— Ricq et Broutchoux ont mis au point les revendications qu'ils proposeront à la réunion.

Il boit encore une lampée.

— Fais pas languir.

— Ça sera simple à se rappeler. On appelle ça les « quatre 8 » : huit heures de travail par jour, huit francs par jour, huit heures de loisirs par semaine et huit heures de sommeil par nuit.

Ils en restent bouche bée avant que naissent des sourires.

— Ben, il y va pas avec le dos de la cuillère, le Broutchoux !

— Pas mal et facile à mettre dans les têtes, non ?

— Ah, bon sang ! Ce serait comme une vie de rêve !

— Justement ! Ils voudront jamais l'accepter.

— Et la grève, tu oublies pour quoi c'est fait ? s'exclame le Moineau. Quand ils vont commencer à compter leurs sous, à la Compagnie, et que le charbon sortira toujours pas pour les engraisser, ils comprendront peut-être qu'ils ont besoin de nous.

— Sauf qu'il va falloir durer jusque-là !

— Oh ! Vous allez pas commencer à être défaitistes ? Ces quatre 8, c'est pas du rêve. C'est de la justice et traiter les ouvriers comme des humains. Point c'est tout.

La voix du Moineau s'est faite cinglante, les regards se baissent. Éliette lance un coup d'œil à Lido, s'écarte pour prendre quelques tracts, un crayon, et commence à inscrire l'heure sur les feuillets.

— Au fait, j'allais oublier ! s'exclame Lido. Ricq va demander que les délégués mineurs puissent faire cesser le travail quand ils jugent que le danger menace.

Les sourires reviennent. Le Moineau claque des mains à la manière d'un instituteur.

— Au travail, on est pas là pour rigoler.

Alors que chacun s'installe devant une table, le crayon ou la plume en main, il vient déposer un nouveau paquet devant Éliette.

— Et il faut qu'on ait les femmes avec nous, hein ? Faut pouvoir compter sur vous pour de bon, cette fois.

Éliette a un sourire acide.

— Cette fois ? Il y en a jamais eu d'autres, que je sache. Et c'est bien la première fois qu'on se soucie de nous demander… Faut vraiment que tous les hommes soient morts dessous pour que vous en arriviez là.

## Fosse 3, étage – 326
## Bowette

— Ça sera pas un festin, mais il y a de quoi manger un peu et s'éclairer, constate Wattiez.

Ils ont rejoint Nény et Anselme. Le contenu des mallettes prises sur les cadavres de la bowette est étalé dans la lumière d'une lampe.

Boursier, méthodique, remplit trois lampes avec l'aide d'Anselme. Wattiez vérifie une fois de plus les gourdes de fer-blanc. Il y en a peu qui contiennent encore de la boisson. Certaines ont éclaté. La chaleur de l'explosion a cuit le café ou la gnôle qu'elles contenaient.

Wattiez les rejette avec un soupir.

— Toi, tu t'en fous, grince-t-il à l'adresse de Nény. Tu as déjà bu ton soûl dans le bac du treuil.

Nény se garde de répliquer.

Wattiez se lève, va remplir deux gourdes en bon état avec l'eau croupie de la fosse du treuil. Il y goûte. Grimace, recrache.

— C'est pas le meilleur. Mais ce sera mieux que de mourir de soif.

La nourriture vaut la boisson. Les morceaux de pain sont moisis. Le lard, quand il y en a, sent fort le ranci, et les pommes de terre sont vert-de-gris. Il y a trois œufs durs. Ce sont eux qui, étrangement, ont le moins souffert. Anselme, Martin et Boursier les dévorent du regard. Nény tend la main vers l'un d'eux. Wattiez lui agrippe le poignet.

— C'est pour les galibots. Il y en a un pour chacun.

Boursier, Martin et Anselme ne se le font pas dire deux fois et cassent déjà les coquilles.

Du coin de l'œil, Wattiez guette la réaction de Nény. Mais l'Auvergnat ne moufte pas. Il regarde les garçons dévorer. Soudain, sur un ton désinvolte, il leur demande :

— Vous savez d'où ça vient que nous autres, de la mine, nos casse-croûte on appelle ça des briquets ?

La bouche pleine, Boursier et Martin secouent la tête.

— C'est à cause du député Briquet. C'est lui qui a obtenu des patrons qu'on ait droit à un moment de repos pour manger.

— Des conneries ! grogne Wattiez. Raoul Briquet, il était pas député. Il était avocat du Vieux Syndicat.

Nény se renfrogne, tire sur sa nouvelle veste, trop grande pour lui.

Anselme, la bouche à moitié pleine, dit :

— Mon père, il m'a raconté que c'était parce que le paquet des tartines ressemble à une brique.

Wattiez opine en rigolant.

— Ça se dit aussi. Surtout chez ceux qui aiment pas les syndicats, comme Pruvost.

Il y a un silence, le temps que les galibots achèvent de manger leurs œufs.

— Maintenant on éteint la lampe et on dort, reprend Wattiez. Quand on se réveille, on remonte à l'accrochage de la bowette de 231. Là où on aurait dû rester.

Nény secoue la tête.

— Pas moi.

— Et pourquoi ?

— Je peux pas. Ma jambe me fait trop mal.

— Elle est pas cassée, j'en suis sûr.

— Cassée ou pas, je veux pas bouger. Les secours d'en haut vont bientôt arriver. Je les attends ici. Suffit d'être patient.

— Fait marcher ta cervelle, s'énerve Wattiez. Je t'ai dit que la bowette est écroulée. On peut pas atteindre l'accrochage. Comment tu crois qu'ils vont venir te chercher ?

— Ils se débrouilleront…

— Ça fait des jours qu'on est ici dessous. On sait même pas combien. S'ils devaient venir, ils seraient là.

— Je bouge pas d'ici. Ils vont faire un sauvetage. Ils vont pas abandonner la mine. C'est juste une question de temps.

— Que tu crèves aussi, c'est une question de temps.

Nény lui lance un regard mauvais.

— Je crève quand je veux.

Wattiez soupire en secouant la tête. Il observe les galibots.

— Et vous autres ?

— Je vais avec toi, fait Anselme. Je reste pas ici à attendre.

Boursier approuve.

— Moi pareil. Je te suis, Wattiez.

Martin jette un coup d'œil vers Nény. Il secoue la tête.

— Je veux plus voir de morts.

— Ça veut dire quoi ?

— Je reste avec Nény. Je vais attendre qu'ils viennent nous chercher.

— Tu déraisonnes, Martin. Ils viendront pas.

— C'est pas vrai. Nény dit juste. Ils vont bien venir. C'est pas possible autrement.

— Tu rêves, mon pauvre gamin.

## Méricourt-Corons

Cela s'est fait comme si un mauvais rêve passait dans le jour.

Maurice se réveille en sursaut dans son lit. Ses sœurs dorment encore sans se soucier de rien.

Pieds nus, il va à la fenêtre et lève les yeux vers le moulinage, le cœur battant, les lèvres sèches. Il guette la fumée noire dans le ciel.

Mais non. L'aube vient avec douceur. Un ciel pâle presque bleu, silencieux. Un grand silence. Dehors, il n'y a pas âme qui vive. Pas un homme en tenue de travail, la barrette sur la tête, la gourde et la mallette du briquet au côté. Pas un garçon qui s'en va dévaler. Même la grande cheminée de la fosse demeure sans fumée.

Bien sûr, c'est la grève. La grève pour le charbon qu'on ne remonte plus nulle part dans le pays. Mais pas pour les morts que l'on n'en finit pas de remonter de l'enfer.

Une semaine précisément que ça a pété.

Samedi pour samedi. Heure pour heure. Six heures trente-cinq.

Des heures et des jours qui ne veulent pas revenir en arrière, des soirs où l'on s'endort en priant toutes les puissances du monde de pouvoir se réveiller dans le passé comme si on remontait les horloges.

Une semaine, et tout est encore là. S'il ferme les yeux, Maurice revoit sans effort la formidable fumée qui a annoncé le pire.

Un bruit derrière lui le fait tressaillir. C'est la porte qui s'entrouvre. Son père est sur le seuil, le regarde et hoche la tête. Il lui fait un signe de la main.

— Viens boire du lait avec moi, p'tiot.

Ils descendent sans un mot dans la maison silencieuse. C'est le père lui-même qui verse le lait et le fait chauffer sur le poêle. C'est une première fois.

Quand ils sont assis devant la table, le père dit :

— Je me doutais bien que tu allais te réveiller aujourd'hui.

Le journal de Gobert est étalé entre les deux bols fumants à damiers rouges et jaunes. Les gros titres annoncent les fosses nouvellement en grève et le nouveau nombre de grévistes : plus de vingt mille. Il y est aussi question des bagarres et des réunions entre les syndicats. Un titre annonce que M. Basly, le responsable du Vieux Syndicat, négocie avec le gouvernement et les compagnies dans un respect mutuel. Un autre souligne que les anarchistes du Jeune Syndicat gagnent de plus en plus la confiance des ouvriers. L'article dessous est signé du nom de Gobert.

Maurice passe son doigt sur les lignes noircies d'encre et dit :

— Celui qui a écrit cet article, je le connais. On est presque amis. Je l'ai aidé quand il était ici, à la fosse.

Son père sourit, approuve d'un hochement de tête. Il essuie le lait sous sa moustache. Il a encore le teint un peu cireux des effets du puteux, mais ses yeux sont redevenus brillants.

Maurice demande :

— Tu crois que la grève va réussir ?

Son père le contemple un instant avant de secouer la tête.

— Pas assez pour que je te laisse dévaler un jour, mon petit gars.

Ils se regardent droit dans les yeux en silence et, à tous les deux, il leur faut bien du courage pour que les larmes ne leur troublent pas la vue.

La main du père va chercher celle de Maurice.

— Fais ton possible à l'école et tu seras journaliste toi aussi. Crois-moi : vaut mieux raconter des histoires sur les gars de la mine que d'être au fond avec eux à piquer le charbon.

## Fosse 3, étage – 326
## Caverne d'Adélaïde

Les jours, les heures… Il y a longtemps qu'ils ne savent plus à quoi ça ressemble.

La soif et la faim les rendent à demi fous. Certains ne parviennent plus à boire leur pisse. Mourant de soif, Couplet est allé se vautrer dans le caniveau au bas de la voie d'Adélaïde pour y laper la bouillasse qui y suinte.

Il en est revenu le ventre déchiré et la tête folle, braillant de nouveau que son cheval l'Écuyer est vivant. L'appelant à tue-tête dans le noir.

Les autres l'ont laissé faire, sans plus de force pour protester.

Rencogné contre des billes de bois dont il grignote l'écorce comme un lapin, Charles marmonne à longueur de temps. Il confond Anselme et le petit Delplanque. Il les croit morts tous les deux. Il appelle Marthe, lui réclame de la soupe et qu'elle vienne le laver. Pourquoi tu viens pas, ma Marthe ? Tu m'aimes plus. C'est ça ? Tu m'en veux parce que j'ai dévalé dans le feu avec le p'tiot. Pourtant, tu vois : mon asthme, je l'ai plus. Marthe, pourquoi tu me donnes pas à boire ?

Les autres ne supportent plus ses marmonnements, râlent pour le faire taire. Sans effet.

Ils délirent eux-mêmes tout autant. Dubois veut sa mère. « M'on mère, m'on mère ! » Mais elle ne vient pas et il en pleure. Ce qui lui fait du bien car il peut boire ses larmes, même si elles sont trop salées et lui donnent encore plus soif.

Danglos n'a toujours pas bu sa pisse. Il gueule qu'il a été un grand boxeur dans sa jeunesse. Qui a déjà vu un boxeur qui boit sa pisse ? Jamais ! Au grand jamais !

Il suit Couplet et va boire avec lui la bouillasse du caniveau. Il en revient le ventre en feu et hors de sa raison. Il se met en tête de les bouffer tous. Il danse dans l'obscurité, pousse des gueulements d'ivrogne et soudain rigole :

— Castel, où tu es ? Castel, mon galibot, je vais te bouffer !

— Pourquoi moi ? s'étonne Castel dans le noir.

— Tu es le plus frais. Les autres sont déjà rancis comme du vieux lard.

— Ce que tu peux dire comme conneries, Danglos !

Castel se retourne sur ses frusques pour retrouver la torpeur qui permet d'oublier la soif et la faim. Mais une masse s'abat sur lui dans le noir. Il se débat, crie :

— Danglos me mange ! Il me bouffe pour de bon ! Sauvez-moi.

Les autres entendent la lutte mais sont trop faibles pour réagir.

Sauf Noiret. C'est celui qui tient le mieux sa tête. Le régime d'urine et d'écorce lui réussit.

Il se lève dans le noir, cherche à ceinturer Danglos. Ce n'est pas facile. Ils roulent sur le sol de la caverne, se cognent contre les rondins du boisage. Et puis cessent de se battre, à bout de forces, enlacés et peinant à retrouver leur respiration. Sans un mot.

Mais la folie furieuse de Danglos est plus forte que sa faiblesse. Il se redresse, s'assied sur le ventre de Noiret et lui attrape le bras. Il le mord avec tant de violence qu'il lui ouvre la peau et lui boit le sang. Noiret hurle comme un veau. Il ne doit son salut qu'à Lefebvre, qui les trouve dans l'obscurité. Il agrippe aussi fort qu'il le peut la tignasse de chien sale de Danglos, braille :

— Cesse donc ou je t'assomme !

Il a sa rivelaine en main, tape sur la tête de Danglos avec le manche. Peut-être qu'il l'assomme pour de bon. Danglos tourne de l'œil.

— Merde, je l'ai tué, souffle Lefebvre.

Noiret dit que non, que Danglos vit.

— Et peut-être que tu l'as pas assommé. C'est ce qu'il a bu dans le caniveau.

Couplet, qui est au même régime, n'a pas l'air en meilleur état.

— Noiret, on va tous y passer.

— Pourquoi ils viennent pas nous chercher ? Ils savent donc pas qu'on est là ?

La voix de Lefebvre tremble de désespoir. Noiret lui prend la main.

— Tu m'as sauvé la vie. Danglos me saignait pire qu'un cochon.

Ça le ferait sourire. Mais ils n'ont pas le cœur à l'ironie. Dans l'obscurité, les marmonnements de Charles ont repris, lancinants.

— Faut retrouver des forces, chuchote Noiret. Qu'on redevienne assez forts pour trouver le chemin du jour.

Lefebvre ne répond pas. Il leur faudrait un miracle.

## Méricourt-Corons

Éliette n'a pas pu fermer l'œil. Mais elle n'ose pas rallumer la lampe, ni même un bout de chandelle, de peur d'attirer l'attention des parents de Lido.

En chemise de nuit, elle se tient devant la fenêtre, guettant la rue, jusqu'à en avoir le dos cuisant. Mais rien.

Elle s'en veut d'avoir peur à ce point, mais c'est ainsi, sans qu'elle puisse lutter contre. Dès que Lido est hors de sa vue, la panique la saisit. Elle ne peut fermer les paupières sans revoir tous les cadavres qu'elle a lavés sur le carreau de la fosse. Des images qui ne s'effacent que lorsque Lido est là, contre elle.

Elle se le reproche. Elle sait bien que c'est l'effet de trop d'horreurs pour qu'on puisse le supporter. Mais parfois, même la présence de Lido ne l'apaise pas. Cela lui semble beaucoup trop anormal qu'elle puisse encore le serrer dans ses bras, elle, alors que des milliers de femmes, là autour, dans les corons et les villages, sont en train de pleurer dans des lits vides.

C'est comme un cadeau impossible de la vie, une erreur ou peut-être même une injustice. Alors elle croit savoir que cela ne peut durer, que bientôt elle va perdre son homme, ainsi que toutes les autres.

Elle se trouve avec l'angoisse qui lui coupe la respiration. Puis, l'instant d'après, songe : « Oh ! mon

Dieu, pourvu que je ne lui porte pas malchance avec ces idées de folle ! »

— Et alors, on ne dort pas ?

Ce n'est qu'un chuchotement à peine audible, mais elle sursaute, pousse un petit cri d'effroi. Lido est là dans l'ombre, entré dans la chambre comme un chat. Elle est dans ses bras. Elle respire son odeur à pleins poumons, voudrait incruster ses ongles dans ses muscles costauds. C'est le miracle qui continue.

Lido fait semblant d'avoir mal en lui baisant le cou.

— Oh ! doucement. C'est pas l'heure de me dépecer !

— Par où es-tu entré ? Je t'ai pas vu dans la rue.

— La cuisine. Il y a des patrouilles de gendarmes. Vaut mieux être discret. On a cloué des affiches contre la Compagnie sur tous les poteaux qui mènent à la fosse. Autant qu'ils les arrachent pas avant le jour. Que chacun en profite.

Il rit doucement. Il dit :

— Le Moineau était furieux que tu sois pas avec nous.

— J'avais promis d'aider une fille du criblage à accoucher.

Elle a un petit sourire fugace.

— Un bébé tout petit et tout laid. Mais mignon tout plein.

Elle maintient son regard sur celui de Lido qui ne dit rien et ajoute, plus brutalement :

— Ce qu'il pense de moi, le Moineau, je m'en fiche. Je l'aime pas. Il veut trop faire le chef. Et de nous, les femmes, il s'en contrefiche.

Lido sait déjà tout ça. Il s'en moque. Elle songe qu'il est comme un enfant. L'excitation de la grève estompe sa douleur, et sa colère le rend de nouveau joyeux car il ne sait pas détester la vie.

— Sais-tu quoi ? Clemenceau est à Lens. Il a demandé si on le laisserait parler devant le congrès du Jeune Syndicat. Broutchoux a répondu : « Le Jeune Syndicat est un mouvement de citoyens qui respecte la liberté. Vous êtes le ministre de la République par la volonté du peuple. Cette assemblée représente le peuple de la mine en grève. Il n'y a pas de meilleur endroit pour vous écouter. » Que ce gros dur de Clemenceau vienne chez nous, ça veut dire que le gouvernement nous prend au sérieux. Ils vont écouter nos revendications. Basly et ses bouffe-galettes du Vieux Syndicat doivent en baver de rage.

Lido rit encore. Éliette se tait, va s'asseoir sur le lit dans le noir.

Elle l'entend qui ôte ses vêtements. Puis il est de nouveau là, chair chaude contre son corps qu'elle sait trop glacé.

— Tu t'es gelée, à m'attendre comme ça à la fenêtre. Faut pas.

— Je pouvais pas dormir.

— Tu me voyais encore mort ?

Il n'y a pas de reproche dans sa voix. Pourtant, elle n'ose pas dire oui.

Il se tourne dans le lit, l'enserre dans ses bras.

— Faut pas croire qu'à cause de la grève et tout ça, on va pas se marier.

— On aura pas l'argent ni la maison qui était prévue.

— Et pourquoi ?

Il fait courir ses lèvres sur sa poitrine, sur la pointe de ses seins, en murmurant :

— Bonjour, madame Herlinderwal ! À l'été comme promis.

Elle ne répond pas, ni aux mots ni à ses caresses. Sa poitrine se soulève comme sous l'effet d'un sanglot. Lido cherche ses paupières du bout des doigts, y trouve les larmes.

— Tu penses trop aux morts. Viens. Je vais te montrer que je suis vivant.

## Fosse 3, étage – 326
## Caverne d'Adélaïde

Quand Danglos reprend ses esprits, il découvre qu'il s'est chié dessus en se battant avec Noiret. Il apprend aussi qu'il l'a mordu jusqu'au sang et il en est plein de honte.

Du haut de ses dix-sept ans de sagesse, Vanoudenhove remarque :

— Au moins, j'apprends quelque chose. C'est pas la peine de manger pour faire de la crotte.

Pourquoi cela déclenche-t-il des fous rires ? Ils ne savent pas.

Il n'empêche, voilà que soudain ils rigolent dans le noir. Cela leur fait un grand bien. Le bon sens revient dans les esprits, même si la soif et la faim tourmentent toujours autant.

Dans l'apaisement qui suit, Danglos dit :

— Castel, faut pas m'en vouloir pour ce que je t'ai fait. J'étais pas moi. Jamais j'aurais voulu te bouffer, sinon.

— Je me doutais bien que tu étais cinglé. Je suis le plus maigre de nous tous. T'aurais eu que des os à croûter.

Ce qui les fait rire encore. Le jeune Dubois dit :

— Tu te prenais pour un boxeur.

— C'est pas de la folie. C'est la vérité pure.

— Ben raconte, alors.

Danglos se fait prier. Mais il finit par raconter ses histoires de boxeur au temps de son service militaire. Dubois et Vanoudenhove s'endorment en l'écoutant. Le silence revient dans le noir. Il y en a plus d'un qui songe que c'est ainsi qu'ils devraient mourir, en fermant leurs yeux sur une prison qu'ils ne voient déjà plus et en oubliant la vie dans le silence.

Mais c'est tout autre chose qui leur arrive. Une heure, deux heures ou peut-être un jour plus tard, nul ne sait, Noiret et Couplet se dressent d'un coup ensemble.

Engourdi, Lefebvre chuchote :

— Qu'est-ce qu'il t'arrive ?

— Chut, fait tout bas Noiret. Laisse-moi écouter.

Mais Couplet hurle déjà :

— Mon Écuyer ! Le voilà qui vient. J'entends mon Écuyer !

Les autres se réveillent en sursaut, le croient à nouveau pris de folie.

— Calme-toi, Couplet. Il y a longtemps qu'il est mort, ton bidet.

— Non, dit Noiret. Il délire pas, moi aussi j'ai entendu.

Vanoudenhove ricane :

— Eh ben, ça y est. Un fou de plus.

Comme pour lui répondre, un hennissement retentit dans la voie. Couplet s'égosille.

— L'Écuyer ! L'Écuyer, viens là. C'est moi, Couplet, ton *mn'eu* !

Cette fois, ils sont tous debout. Le bruit des sabots est bien net. Charles chuchote, tout étonné :

— C'est vrai. Je l'entends. Doux Jésus !

— Moi aussi, marmonne Danglos.

Ils se pressent dans la voie, les mains en avant, et il semble que le cheval se jette dans leurs bras. Ils rient, se bousculent pour plonger leur joue dans sa crinière, lui font fête. La bête aussi se montre heureuse, cherchant la caresse, soufflant des naseaux, leur léchant la figure. Couplet pleure de joie, se suspend à l'encolure de son bidet bien-aimé.

— Mon Écuyer, mon *qu'vau*… Je savais bien que t'étais vivant. Ils voulaient pas me croire… Mais je savais bien que j'étais pas fou.

Danglos opine dans le noir :

— Ben c'est vrai, j'en reviens pas qu'il tienne encore debout.

C'est quand le calme revient, tandis que Couplet continue à dire des mots doux à sa bête, que Noiret s'exclame :

— S'il tient debout, le bidet, c'est qu'il boit ! Un cheval, ça boit autant qu'un homme. Plus, même. Je vous le dis : il sait où boire.

## Fosse 3
## Accrochage 231

Wattiez estime qu'ils ont mis deux jours, trois au plus, pour parvenir à l'étage 231 en évitant les bouchons de mauvais gaz et en contournant les éboulements.

En vérité, sans l'avouer aux galibots, il espérait entendre le bruit des cages en approchant de l'accrochage. Ou que les câbles des sonnettes seraient réparés.

Mais non. Ni l'un ni l'autre.

Ils retrouvent l'accrochage de 231 comme ils l'ont laissé avant que Nény ne les entraîne dans les voies de fond. Le briquet et la gourde que ce connard y a abandonnés sont toujours là. Cela atténue la déception d'Anselme et de Boursier, car les estomacs crient de nouveau famine.

— Wattiez, qu'est-ce qu'on fait, maintenant qu'on est là ?

— On se repose. On dort. On marche depuis des jours, on a faim. J'en peux plus.

— C'est pas une réponse. On est venus ici et c'est comme en bas où est resté Nény.

— Je connais un beurtiat vers la bowette de 280.

— Tu dis qu'il y a le mauvais air dedans.

— Aujourd'hui. Il peut s'en aller demain.

— Et après ?

— On prendra une voie qui nous conduit à la fosse 4, sous Sallaumines.

C'est presque un mensonge. Wattiez sait qu'elle existe, cette voie, mais où, il ne sait pas. Il ne l'a jamais empruntée. Il faut bien trouver des mots et desrêves qui retiennent l'espoir des galibots.

Pendant qu'ils partagent le briquet rassis oublié par Nény, il les endort de promesses, raconte que plus le temps passe, mieux c'est. Le mauvais gaz se dissipe. Les secours du dehors doivent s'organiser. Il faut tenir, et la liberté est pour bientôt.

Boursier et Anselme sont assez épuisés et désespérés pour croire tous les contes que Wattiez pourrait inventer et s'endormir dessus.

Mais au réveil, Anselme pleure.

— Qu'est-ce que t'as ?

— J'ai vu mon père et ma mère en dormant. Mon père était malade. Il ressemblait à un mort.

— Ben quoi ? C'est rien qu'un mauvais rêve. J'en ai chaque fois que je dors.

— Et ma joue me fait mal tout le temps.

À ça, il n'y a rien à répondre. Wattiez et Boursier savent bien qu'outre la faim et la soif Anselme endure cette douleur qui n'en finit pas et lui donne plus encore une apparence d'oiseau perdu.

Anselme demande encore :

— Wattiez, si j'ai rêvé que mon père était mort, c'est peut-être parce qu'il est en train de mourir dans la mine. Pas loin de nous…

— Mais non, p'tiot. Faut pas croire des âneries pareilles ! C'est des crédulités de curé, ces pensées-là. On est pas au catéchisme. Ce que je crois, moi, c'est qu'il est dehors, ton père. C'est un malin, Pruvost. Il connaît les voies de cette bête de mine comme sa poche. Sûr qu'il s'est pas laissé piéger comme nous. Et même que j'aimerais bien l'avoir ici en ce moment.

— S'il est dehors, il doit pousser les ingénieurs pour qu'ils nous oublient pas.

— Sûr.

Wattiez approuve d'un signe de tête. Tous les trois jettent un regard vers le trou de la fosse.

— Quand même, ce qu'ils foutent, à pas descendre vers nous, grogne Boursier, on se le demande.

Wattiez est bien d'accord. Que rien ne vienne du jour, c'est une énigme qui ne réconforte pas. Aucun appel, aucun signe, rien. Pas même le bruit signalant qu'on travaille à déboucher le puits ou à se frayer un passage vers les bowettes. Et depuis tout ce temps qu'a eu lieu l'explosion ! Mais ils en ont déjà parlé tant de fois que Wattiez préfère clore aussitôt le chapitre :

— Hé, j'ai oublié qu'il y avait un cordon de sonnette de secours dans cette fosse.

— Où ?

— De l'autre côté de l'accrochage. On ne l'atteint que depuis la cage, normalement… Mais faut voir.

— Gare au bougnou.

Les voilà autour de la fosse qui cherchent un cordon qu'ils ne trouvent pas et que Wattiez a peut-être bien rêvé.

— Wattiez !

— Oh ?

— Regarde. De l'eau.

— Crénom !

C'est vrai. Tout simplement une bâche repliée qui fait réservoir et recueille des gouttes.

Boursier met le nez dedans et glousse de plaisir. Une eau pure comme on ne pouvait même plus croire qu'il en existait.

Anselme sourit pour la première fois depuis on ne sait plus quand.

— Ça fait du bien sur ma brûlure.

— Qu'est-ce que je vous disais, les galibots ? exulte Wattiez. Faut tenir. On est pas encore morts.

## Méricourt-Corons

Cela fait des jours qu'il y pense et n'ose pas.

Mais aujourd'hui, peut-être parce que la lumière possède un peu de la légèreté du prochain printemps, Maurice se décide. Il va jusqu'à la maison des Grandamme. Presque toutes les portes du coron sont surmontées des croix blanches qui disent que les hommes y sont décédés. Mais sur la porte de la maison des Grandamme, il n'y en a pas.

Maurice pousse le portail et entre dans le jardin qu'il connaît bien. Machinalement, il lève le visage vers la fenêtre du haut, où il a jeté des cailloux des centaines de fois pour appeler Ghislain. La vitre n'est qu'un reflet du ciel. Bien sûr.

La porte de la maison est ouverte, il n'a pas besoin de frapper. La plus jeune sœur de Ghislain joue sur le seuil avec une poupée de son à la robe toute neuve. C'est une fillette de quatre ans à peine. Elle regarde Maurice avec de grands yeux surpris. Puis elle lui adresse un sourire et dit :

— Je te connais, t'étais avec mon frère. Il est pas là.

Maurice en est tout stupéfait, plein de gêne. Il n'ose plus avancer d'un pas.

La mère de Ghislain apparaît derrière la petite fille.

Elle aussi est vêtue d'une robe neuve. Mais ses

cheveux sont en bataille, des cernes cireux descendent bas sur ses joues fripées.

Elle scrute Maurice, fronçant un peu le sourcil. Il regrette déjà d'être venu.

Il ouvre la bouche pour dire bonjour. La mère de Ghislain gronde :

— Je ne veux pas te voir, va-t'en.

Le ton est si violent que Maurice fait un pas en arrière, comme s'il avait été giflé. La petite fille aussi s'écarte de sa mère. Elle prend sa poupée et s'éloigne dans l'ombre de la pièce.

La mère de Ghislain serre les poings et hurle :

— Ils ne sont pas morts. Je ne les ai pas vus ! C'est qu'ils ne sont pas morts.

On doit l'entendre dans toute la rue. Maurice recule, mais la peur l'empêche de fuir pour de bon.

La mère de Ghislain entre dans une plus grande colère encore qui lui tord le corps. On dirait qu'elle va déchirer sa robe neuve.

— Fous le camp ! Ne viens pas me dire des mensonges. Ils ne sont pas morts, je le sais !

Il y a du bruit derrière elle. Une jeune femme vient la prendre par les épaules, sans un regard pour Maurice. Elle doit se battre pour maîtriser la mère de Ghislain.

Maurice l'entend encore qui crie :

— Salaud ! Menteur ! Il y a pas de cadavres… Je les ai pas vus…

Il s'enfuit, sort du jardin mais ne va pas loin sur le trottoir. Il s'accroupit, serre la tête entre ses genoux avec l'envie d'être aussi mort que tous les autres.

## Fosse 3, étage – 326
## Caverne d'Adélaïde

C'est le miracle.

Il a fallu de la patience. Attendre encore. Peut-être une journée. Mais l'Écuyer a fini par avoir soif. Alors il les a conduits jusqu'à une brèche dans le bas de la voie. Une simple entaille, bien sûr impossible à deviner dans l'obscurité. Là, l'eau ruisselle doucement entre des plaques de schiste avant de disparaître dans la terre meuble.

— Une source ! hurle Noiret. Une source pour de vrai.

Oui, de l'eau. De la vraie.

Au goût de charbon, peut-être, mais au goût merveilleux.

Ils gloussent de joie, trépignent, lapent les gouttelettes sur la roche en se pâmant de bonheur. Ils s'en gargarisent, s'en mouillent la figure.

Lefebvre, le premier, a l'idée qu'ils peuvent même faire une toilette.

— C'est une source. Elle va pas manquer..

Les voilà nus, qui s'éclaboussent dans le noir, se battent les côtes tandis que l'Écuyer, un peu surpris, s'ébroue en retrait, la bride dans la main de Couplet, qui ne veut plus le quitter.

Une excitation, une fraîcheur qui, pendant un

moment, leur font oublier le reste. La prison de la mine autant que la faim.

C'est plus tard seulement, en revenant vers leur caverne, que Noiret tire Lefebvre, Charles et Danglos à part.

— J'ai une pensée.

Il chuchote. Les autres se moquent :

— Boire de l'eau te lave la cervelle de ta pisse.

— Je rigole pas : le cheval, faut le bouffer.

Ils s'immobilisent, n'osent plus faire un pas. Un peu plus avant, ils entendent les sabots de l'Écuyer, Couplet qui plaisante avec les galibots.

— Tu veux le tuer ?

— C'est un cheval. C'est de la viande.

Cela les laisse dans le silence. Noiret insiste :

— C'est ça ou crever.

— Couplet voudra jamais, murmure Lefebvre.

— Et pourquoi ? De toute façon, il va jamais sortir d'ici, son bidet.

— Oui, fait Danglos, Noiret a raison.

— Sauf que ça se tue pas comme ça, un cheval, remarque Charles. Surtout dans le noir.

— On a nos outils, dit Danglos. Un coup de rivelaine, et hop !

— Couplet va pas vouloir, insiste Lefebvre. Il est capable de fuir dans la mine avec son bidet.

— Faut pas lui dire. On prend le cheval et on l'emmène en haut de la voie.

— Non, proteste Charles. Couplet doit savoir. Sinon, on est des salauds.

Mais quand ils osent avouer leur intention, Couplet ne pousse pas de cris. Il dit seulement :

— Si vous le tuez, vous êtes pas humains. L'Écuyer vient de vous sauver la vie. Il vous a trouvé l'eau et vous voulez le manger.

— Dis-toi que c'est comme s'il allait nous sauver la vie une deuxième fois, ose Noiret.

— Si vous le tuez, vous êtes plus humains, répète Couplet.

Après, il s'écarte dans l'obscurité et ils ne l'entendent plus.

## Méricourt-Corons
## Le 5 Coups

— Ils ont arrêté Broutchoux ce matin.

Les mots tombent de la bouche de Ricq comme des pierres. On ne l'a jamais vu dans cet état. C'en est fini du petit taureau toujours prêt à combattre. Il est livide, défait, sans plus une once de force dans le regard.

Il boit d'un trait le verre de gnôle que lui tend le Moineau.

D'une voix blanche, Lido dit :

— Je comprends pas. Clemenceau lui-même a promis qu'il nous enverrait pas les gendarmes.

— Clemenceau a dit ce qu'il voulait qu'on croie, grogne le Moineau. On s'est fait mener par le bout du nez.

Ricq secoue la tête.

— C'est Basly qui a monté le coup. Il veut nous exterminer.

— C'est pas possible.

— Oh que si ! On prend bien trop de poids. Il y a eu des votes où les ouvriers réclament que la Compagnie discute avec le Jeune Syndicat. Et seulement à partir de nos quatre 8. Ils ne veulent plus rien entendre des conneries du Vieux Syndicat. Basly a peur de ne plus être le seul à négocier. Il veut pas perdre ses privilèges. Qu'il nous trahisse, tu parles si ça arrange les autres.

— Nous trahir ? Tu pousses un peu…

Ricq sort un papier froissé de sa poche et le pose sur le comptoir.

— Une fille de la poste nous a fait parvenir ça. La copie d'un télégramme du préfet à Clemenceau.

Le Moineau et Ricq lisent en même temps :

*Devant l'extension de la grève et à la demande même des représentants des syndicats mineurs, MM. Basly et Lamendin vous prient instamment de demander à Monsieur le ministre de la Guerre une force supplétive… De l'avis de M. Basly, la situation, pour ne pas devenir extrêmement grave, réclame une très prompte solution.*

— Ben merde !

— Le fumier de salopard !

— Comme tu dis.

— Comment on peut croire une chose pareille ?

— Du fumier, il y en a partout. Chez nous comme chez les bourgeois. À force, on devrait le savoir.

— Clemenceau, il va les envoyer, les soldats ?

— Ils sont en route : cinq mille.

Le silence les gèle. Lido plonge son visage dans ses paumes.

— Ils vont quand même pas nous tuer.

Ricq tend un nouveau verre au Moineau qui le boit cul sec.

— Ce qu'ils veulent, c'est casser la grève. Faire redescendre du monde. Des « jaunes * », ils en trouveront. Les ingénieurs et bien des porions ne demandent que ça. Faire comme s'il était rien arrivé.

— C'est à nous de l'empêcher.

— Comment ?

— Ben tiens : en cassant la gueule au premier qui ose dévaler. En lui faisant honte !

— Lido a raison, approuve le Moineau. On forme des équipes, et celui qui fait le jaune, on lui met la tête dans le purin.

Ricq observe Lido. La sincérité du jeune Belge, son énergie lui font du bien quelques secondes. Avec moins de lassitude dans les veines, il en sourirait. Mais il tend seulement son verre, boit l'alcool comme de l'eau.

— Bordel. Après tout ça, devoir se battre contre des ouvriers parce qu'on est trahis par un syndicat d'ouvriers. Il va rigoler, Clemenceau. Merde ! Il y a des jours où je trouve que j'aurais mieux fait d'être en bas quand ça a pété !

# Fosse 3, étage – 326
Caverne d'Adélaïde

Charles avait dit vrai : tuer un cheval, c'est beaucoup plus compliqué qu'ils ne l'avaient imaginé.

Noiret et Danglos ont leur rivelaine sur l'épaule. Dans la voie, ils appellent l'Écuyer. Confiant, peut-être dans l'espoir d'un picotin, le cheval s'approche, leur fait des signes d'amitié.

Danglos lui prend la bride, Noiret lui flatte l'encolure. Ils l'entraînent vers le haut de la voie. Pas question de faire le massacre trop près de la caverne.

Noiret est tendu, un peu impatient. Après vingt pas, il dit déjà :

— Ça ira bien ici.

Danglos lâche la bride. Le cheval s'étonne. Il le cherche dans le noir, lui donne un coup de tête dans l'épaule comme s'il lui demandait : « Ho ! Danglos, qu'est-ce que tu me veux ? »

Danglos empoigne sa rivelaine à deux mains. Une boule se noue dans sa gorge. Ses doigts ne sont pas si sûrs qu'il le voudrait sur le manche du pic. Il songe qu'heureusement on est dans le noir et que le cheval ne verra pas le coup venir.

— Noiret, mets-toi derrière moi que je te blesse pas.

Il fait un pas en arrière pour l'élan, estime où se

trouve la tête du bidet et vlan ! il balance son pic de toutes ses forces.

Le fer siffle dans le vide et se plante dans le sol. Danglos y a mis tant de force qu'il manque de basculer en avant.

— Qu'est-ce qu'il y a ? s'inquiète Noiret.

— Il a bougé, ce couillon.

L'Écuyer a un petit grognement. Il semble s'écarter.

— Recommence ! insiste Noiret. Dépêche ou il va comprendre.

Facile à dire. Où est ce crétin de cheval dans l'obscurité ? Son cul ou sa tête, comment savoir ? Danglos l'appelle avec douceur :

— L'Écuyer ! Ho, où t'es ?

Un choc de sabots ici, un frottement là. Danglos croit deviner la bête juste devant, la tête sur la gauche. La rivelaine s'envole pour tuer. Rebondit sur le mur. Elle y produit des étincelles avant que la pointe ne s'enfonce dans un boisage avec un bruit sourd.

— Crénom de merde !

— Il s'en va.

Cette fois, l'Écuyer a compris. Un grognement de babines, des frappements de sabots.

— Où tu vas, foutu canasson ? Te sauve pas !

Danglos est hors de lui. Il suit les bruits de l'Écuyer en balançant des coups de pic au hasard devant lui.

— Noiret ! Le laisse pas se calter…

Noiret, d'une voix de fermière à la recherche de ses poussins, gémit :

— L'Écuyer ! L'Écuyer… Viens donc, bidet… L'Écuyer, on est là…

La bête finit par répondre. À sa manière. Elle souffle d'un gros souffle de colère. Ses sabots frappent le sol. Danglos a juste le temps de comprendre qu'elle les charge.

— Fais gaffe, Noiret !

Et vlan ! encore un coup droit devant. Dans le vide, mais moins que les autres fois. La chaleur du cheval le frôle. Danglos balance encore la rivelaine. Cette fois, il fait presque mouche. Le pic dérape sur le gros corps costaud.

— Nom de Dieu !

L'Écuyer hennit, se cogne contre du boisage.

Noiret gueule un coup. Le cheval s'effraye, piaffe. Danglos lance de nouveau le pic. Un choc mou. Le fer pénètre dans la chair. La plainte du cheval est terrible. Danglos tient encore le manche quand l'Écuyer l'entraîne dans le bas de la voie en soufflant l'enfer. Noiret braille à nouveau. La blessure du cheval doit s'ouvrir d'un coup. Danglos n'est plus tiré par rien. Il tombe à plat ventre dans le noir, les mains nouées sur sa rivelaine.

Le bruit des sabots et les hennissements s'éloignent. Danglos se laisse tomber sur le cul.

— Noiret ?

— Ça va. J'ai bien cru qu'il allait me passer dessus.

Danglos se redresse, la tête en feu, le cœur dans la bouche. La voix de Couplet bourdonne dans ses oreilles : « Si vous le tuez, vous êtes pas humains. »

— Saloperie de bête ! Tu vas voir.

Il se lance en courant dans la pente.

— N'y va pas, Danglos ! crie Noiret.

Mais c'est trop tard.

Il fonce comme un fauve, gueule à s'en arracher la gorge. Mais le cheval a dû se rappeler que, dans cette direction, l'éboulement bouche sa fuite. Il revient, galopant et hennissant de douleur et de rage. Danglos le comprend à temps. Il se plaque contre la paroi. Il brandit son pic, ses dernières forces dans le bras.

— Viens donc, salopard.

Le bruit des sabots le guide.

Dix mètres. Six. Et vlan !

Le choc est si fort que ses bras lui en font mal. Il entend le craquement des os. Le cheval tangue, s'écrase contre Danglos en hurlant son mal, repart dans un galop de folie.

— Noiret ! Attention, il te va dessus ! Il a mon pic dans la tête.

Mais l'Écuyer ne va pas si loin. Il gémit et s'écroule contre des rondins, une ou deux berlines que Noiret vient de mettre en travers de la voie.

L'Écuyer souffle fort. Un grand et terrible bruit de soufflet, de peine et de douleur.

— Faut l'achever, marmonne Noiret.

Danglos ne répond pas. Il est assis par terre, épuisé et tremblant d'une grande tristesse.

L'Écuyer prend son temps pour mourir. Il leur faut attendre. Les autres s'approchent prudemment dans le noir. Aucun ne dit un mot et personne ne demande où est Couplet.

Soudain, il n'y a que du silence.

Noiret est alors aussitôt sur le ventre tiède du cheval, le couteau à la main.

Et c'est la curée. Pareils à des chiens ivres de leur chasse.

Les galibots dansent, gloussent de bonheur, se soûlent de sang et de chair. Ils sont impossibles à rassasier. Il leur faut manger, manger. Planter les dents, arracher la chair encore chaude de vie.

Une démence nouvelle les emporte. Plus rien ne les retient, pas même l'épouvante de Couplet.

— Viens donc. C'est un régal, ton Écuyer.

Couplet ne se fait pas entendre.

Danglos rit, puis pleure de colère. Il crie :

— Peut-être bien que c'était pas humain, Couplet !

Bouffer de l'écorce et boire sa pisse, c'est pas humain non plus ! Être là-dessous, c'est encore moins humain, crénom de Dieu !

Alors ils ignorent Couplet. Ils mangent et mangent à s'en faire péter la panse. Ils se vautrent dans le soulagement de mastiquer.

C'est bien plus tard, repu et nauséeux, que Charles déclare :

— Voilà. Maintenant, on a plus qu'à prendre nos outils et à se faire un passage dans l'éboulement pour partir d'ici.

## Méricourt-Corons

Héloïse demande au chauffeur d'arrêter la voiture un peu avant l'entrée du coron. Comme il s'apprête à sortir pour lui ouvrir la portière, elle lui ordonne de ne pas bouger.

— Ne vous montrez pas. Je n'ai pas besoin de vous.

Elle a pris soin de mettre une robe ordinaire et une veste trois-quarts encore plus ordinaire. Noire, couleur de deuil. Pas de bijou, un chapeau de confection. Qu'au dernier instant elle ôte et jette sur le siège de l'automobile.

Il fait beau. Un grand ciel bleu, vide de nuages autant que de fumée. L'air possède une douceur qui annonce le proche printemps. Des oiseaux piaillent. Dans un jardin, les quelques fleurs blanches d'un cerisier trop précoce se sont ouvertes.

La rue principale du coron est bizarrement silencieuse. Les croix blanches sur les portes attirent le regard. Il n'y a pas de cris, pas d'enfants qui jouent. Quelques femmes sont dehors à étendre du linge ou à déterrer des légumes. Elles se redressent, le poing sur la hanche, regardent cette inconnue qui avance d'un pas hésitant.

Cela fait deux semaines aujourd'hui que l'explosion a détruit la vie des femmes d'ici. Et plus de dix jours qu'Héloïse a ce désir : venir devant elles et leur dire : « Je suis comme vous. L'homme que j'aimais est mort ici dessous, dans la mine. »

Dix jours pendant lesquels elle n'a cessé de scruter dans les journaux les noms des morts.

Elle a aussi apporté de l'argent. Beaucoup : des billets plein son sac. Elle aurait pu les adresser à l'une des nombreuses collectes organisées pour venir en aide aux veuves. Mais elle veut leur donner elle-même. « Je suis comme vous, le cœur en morceau, mais l'argent ne me manque pas. Prenez, prenez ! »

Pourtant, il lui suffit d'un instant pour comprendre que ce qu'elle avait imaginé simple et naturel ne le sera pas. Que sa présence est tout simplement absurde. Les regards qu'elle croise ne lui permettent pas même de saluer. Ses vêtements sont encore trop riches, trop neufs. Ses bottines et son sac à main d'un cuir trop luisant, sa coiffure infiniment trop soignée. Plus que jamais, elle est Héloïse Brouty-Desmond. Ici, cela se voit de loin.

Elle devine les regards dans son dos, qui la suivent. Elle voudrait trouver une femme, au moins une, qu'elle pourrait aborder. Avec qui elle pourrait échanger quelques mots. Oublier les rôles de bourgeoise et d'ouvrière. Se reconnaître, au moins, dans la même tristesse. Mais plus elle avance le long des jardins, plus les visages qui apparaissent se durcissent.

L'orgueil l'empêche de rebrousser chemin. Elle ne va quand même pas repartir, les yeux baissés et son sac toujours gonflé de billets !

Elle s'obstine. Avance encore, tourne au hasard dans une traverse où la poussière noire recouvre vite ses bottines. Elle retient un soupir de soulagement en la découvrant : une jeune femme accroupie dans un jardin, inclinée sur une courte haie de rosiers. Et, surtout, qui lui tourne le dos, ne l'entend pas approcher. Qui ne la repousse pas déjà du regard.

— Mademoiselle ?

Éliette sursaute, se retourne, la toise avec surprise. Esquisse un signe de tête en guise de bonjour.

Héloïse est un peu étonnée par sa beauté mais aussi par la fatigue qui creuse les yeux et durcit les joues.

— J'aurais peut-être dû dire Madame ?

Elle voudrait sourire mais ne sait soudain si cela sera mal pris.

— Je vous dérange ?

Maintenant debout, Éliette se tait, attend. Elle jauge la chevelure, le manteau, le cuir du sac. Héloïse fait un effort pour ne pas détourner ses yeux.

— Je voulais…

Elle se tait, esquisse un geste. Et finalement se détourne pour regarder le bout de la ruelle, les linges qui pendent çà et là sans presque plus de couleur sous le ciel bien clair, les maisons basses, noires, d'une infinie tristesse malgré leur petit bout de jardin.

Ce qu'elle voulait, elle ne le sait plus très bien. Elle devine les regards des femmes depuis les autres maisons, les autres jardins. Peut-être est-ce cela qui lui donne le courage ?

Cherchant à nouveau le regard d'Éliette, elle dit :

— Peut-être que vous comprendrez. J'aimais un homme, un ingénieur, qui est mort dans l'explosion. On n'a toujours pas retrouvé son corps mais je voulais…

Non, elle ne peut pas aller plus loin. Ce qu'elle voulait n'a pas de sens. Mais Éliette fait un très léger signe de tête. Comme si elle l'encourageait.

— Peut-être que votre époux aussi ? demande Héloïse.

— Non. Mon homme à moi est vivant. Il fait la grève.

La voix sèche la surprend. Elle dit bêtement :

— Ah ! Je comprends.

Ce qu'elle comprend vraiment, c'est qu'il est temps d'abréger cet échange absurde qui devient plus embarrassant à chaque mot.

Elle ouvre son sac pour se débarrasser de l'argent lorsqu'elle voit la jeune femme s'incliner sur les rosiers, donner deux ou trois coups de ciseaux et s'approcher, en lui montrant les branches coupées.

— Regardez, dit Éliette comme si rien ne pouvait être plus important. Les boutons vont bientôt s'ouvrir, mais ils sont tout noirs.

C'est vrai. Les tiges sont d'un noir de suie et, sous les folioles qui s'entrouvrent, les pétales sont aussi obscurs. Du pouce, Éliette déchire un bouton, ouvre la jeune corolle toute serrée, noire aussi et jusqu'au cœur.

— On croirait qu'elles sont calcinées, comme du charbon, vous ne trouvez pas ? Pourtant elles sont toutes fraîches. Je crois bien qu'elles vont s'ouvrir ainsi.

Héloïse ne sait quoi dire. Éliette cherche son regard et ajoute sans ironie :

— On dirait que c'est la suie de l'explosion, la suie de tous les hommes qui ont brûlé dessous qui les rend comme ça.

Héloïse n'a pas envie de répondre, approuver ou protester. Elle a soudain horreur d'être ici. Elle veut seulement s'enfuir, s'éloigner du regard de cette femme et du coron le plus vite possible. Elle veut plonger la main dans son sac. Mais par-dessus la barrière, Éliette lui attrape le poignet. Avant qu'Héloïse puisse protester, elle presse les tiges des jeunes roses contre sa paume :

— Gardez-les en souvenir de celui que vous aimiez.

Son regard dit le reste : garde ton argent et va-t-en vite.

## Fosse 3, étage – 326
## Bowette

Soudain, tout leur paraît possible. Ils ont le ventre plein, la soif ne les tenaille plus. Après le premier repas de folie, l'Écuyer a été découpé en sages portions.

Le plaisir de la viande s'estompe, et de plus en plus vite, car elle commence à sentir fort. Mais elle leur donne ce qu'il faut de courage et de force.

Tour à tour ils vont piquer dans l'éboulement de la bowette. Ils s'accoutument à l'impossible, ignorent les cadavres qui puent et les ont tant effrayés lorsqu'ils les ont découverts.

Heure après heure, jour après jour, ils s'ouvrent un passage dans la terre et les cailloux. Le temps qu'il faut pour franchir les soixante-dix mètres que Charles avait estimés avec précision.

Ils se relaient sans rechigner, creusant le long d'une paroi pour se guider, parfois même devant étayer pour que la terre ne leur retombe pas dessus. Les jeunes et les vieux chacun leur tour. Les uns dormant tandis que les autres travaillent. Pas un moment d'arrêt.

Même Couplet s'y met et avale sa portion de viande sans un mot.

Quand leur tunnel débouche enfin de l'autre côté, Charles est devant. Il fait toujours aussi noir.

Charles s'accroupit, palpe le sol, les murs.

— Il y a plein de morts.

Ils n'ont pas besoin de se baisser pour le vérifier.

Noiret dit :

— Peut-être qu'il y a des lampes avec de l'huile...

Les galibots sont repris par la peur. Seul Vanoudenhove a le courage de chercher les lampes, au risque de mettre la main sur un cadavre. Tandis que Charles explore plus avant dans le noir, Danglos, Noiret et Lefebvre fouillent les morts sans vergogne. Lefebvre crie :

— J'ai une lampe quasi pleine !

— Allume donc.

— Il me faut des allumettes.

— Ho, les galibots, vous en avez ?

Non. Personne n'en a. C'est aussi stupide que ça. Danglos a perdu celles qui lui restaient dans sa tuerie du cheval.

— Faut chercher, ordonne Charles. Faut en trouver.

Ils passent un moment de fureur à chercher jusque dans les frusques des cadavres, qu'ils devinent épouvantables. Mais ce ne sont pas des allumettes qu'ils trouvent.

Alors qu'ils crient et s'appellent sans cesse, une voix qu'ils ne reconnaissent pas demande :

— Qui êtes-vous ?

C'est d'un coup le silence. Le temps d'un éclair, l'espoir fou de rencontrer des sauveteurs les enflamme. Danglos lance :

— Danglos, Pruvost, Noiret, Lefebvre, Couplet et des galibots ! Et toi ?

— Moi, c'est Nény.

— Ben merde, souffle Charles.

Ils en sont plus atterrés que réconfortés.

— T'es coincé ici dessous, toi aussi ?

— Depuis des jours. J'en ai compté plus de quinze.

Couplet gémit :

— On est morts ! On reverra jamais le jour !

Personne ne lui répond. Noiret demande :

— Tu es seul ?

— Avec un galibot, Martin. On s'est fait un camp au bas du treuil de Joséphine.

— Tu as des allumettes ?

— Non. Et vous ? J'ai des lampes et de l'huile. Mais les allumettes, Martin, ce crétin de galibot, me les a perdues.

— Je reverrai jamais ma mère, s'effondre Couplet.

## Fosse 3, étage – 326
## Treuil de Joséphine

Ce qu'ils découvrent au campement de Nény ne leur plaît pas.

Nény et Martin dévorent à pleines dents la viande de l'Écuyer, même si elle pue un peu désormais. Mais la faim rassasiée n'apaise pas les larmes de Martin. Il tremble comme une feuille.

Lefebvre et Vanoudenhove cherchent à le consoler.

— Nény a pas arrêté de me taper dessus, geint le galibot. Moi, je veux pas aller aux cadavres dans la bowette. Mais il me force. Faut tout le temps que j'aille pour prendre les mallettes. Lui, il y va jamais. Et j'ai peur dans le noir…

— C'est des âneries de mioche ! proteste Nény, la voix légère dans l'obscurité. Martin a peur de tout, même de pisser.

— C'est vrai que tu me tapes ! Même si je mange la toile des mallettes parce qu'il y a rien d'autre, tu me tapes. Et j'ai pas peur de pisser tout seul, c'est toi qui veux m'accompagner à chaque fois. Comme si je savais pas tenir mon zizi tout seul ! La peur, je l'ai quand je touche les morts, c'est tout.

— C'est de l'exagération. C'est juste que ça fait longtemps qu'on est là ensemble.

Le ton désinvolte de Nény ne convient pas. Ils sont

soudain mal à l'aise. Noiret tend la main pour trouver la nuque de Martin et lui offrir une caresse. Mais le galibot se recule avec une plainte et une vivacité de petit animal qui achèvent de les embarrasser.

— Wattiez avait raison, gémit encore Martin. J'aurais dû partir avec Anselme et Boursier.

— Anselme qui ? demande brutalement Charles.

— Pruvost.

— Mon Anselme ?

Charles est debout.

— Mon Anselme était avec vous ? Vivant ?

— Ben oui, fait Nény. Il nous a assez répété que tu saurais nous sortir d'ici.

— Tu pouvais pas me le dire plus tôt, couillon ?

— Oh ! Tu viens d'arriver, Pruvost.

Mais Charles n'a plus le temps de discuter.

— Où il est, maintenant ?

— Comment veux-tu que je sache ? Ils sont partis il y a des jours et des jours.

Charles se penche, attrape Nény par le veston.

— Arrête tes conneries, Nény, ou je te fais bouffer ta langue : partis où ?

— T'énerve pas. Wattiez voulait absolument remonter à l'accrochage de 231. Par la voie de Sainte-Barbe. Mais ça sert à rien. Les cages dévalent pas plus là-haut qu'ici…

Pendant que Nény parle, les autres entendent Charles qui réunit son barda. Danglos demande :

— Charles ? Qu'est-ce que tu fais ?

— Tiens donc. Je vais chercher mon fils.

— Tout de suite ?

— Qu'est-ce que tu veux que j'attende ?

— Nous autres, pardi.

— Ben j'attends pas.

## Billy-Montigny

Éliette tire sur la veste de Lido.

— Je t'en prie, n'y va pas.

Il ne l'entend pas. Il ôte sa casquette et la brandit en l'air en hurlant avec les autres :

— Les « jaunes » dans le bougnou !

Ils sont une cinquantaine à hurler devant la maison d'un pauvre gars qui a dévalé le matin à la fosse 2.

Chaque jour, depuis l'arrestation de Broutchoux, il en va ainsi. À l'aube, la baïonnette au canon, les gendarmes prennent sous leur garde les ouvriers qui brisent la grève et acceptent de dévaler. La Compagnie paie les heures à prix double.

À la fin du poste, dans l'après-midi, les jaunes rejoignent leurs maisons dans les corons de nouveau entre les chevaux des gendarmes, tout comme des prisonniers ou des malfaisants. Mais quand les flics ont tourné les sabots, il ne faut pas longtemps pour que des groupes de grévistes du Jeune Syndicat rappliquent devant les maisons des « jaunes ».

C'est à qui braillera le plus fort et traitera le briseur de grève des noms les plus orduriers. Ils lui font honte devant son épouse et ses gosses, sans rien épargner, afin que le lendemain lui et ses semblables refusent de rejoindre les fosses.

Les premiers jours, les rires se mêlaient à la rage et aux insultes. Éliette rigolait comme les autres de voir un « jaune » aspergé de pisse d'âne ou d'œufs pourris. Elle prêtait la main quand les femmes déversaient leurs poubelles sur son jardin de devant. Elle gueulait lorsqu'il était un peu bousculé, mis tout nu quelquefois, tandis que les mômes braillaient :

— Maintenant on voit ton âme, elle ressemble à ton cul !

Ou :

— Il a le cœur jaune mais le trou de balle tout marron !

Mais les jours ont passé. Le jeu s'est trop répété. Les « jaunes » sont devenus trop nombreux et moins honteux. L'énervement a gagné tout le monde. Les insultes ont lassé même ceux qui les lançaient. La haine, la férocité, la rage de l'impuissance ont étouffé les rires.

À la place des mots, ce sont des briques et des cailloux qui ont valsé. D'abord contre les murs. Puis contre les fenêtres. Malgré les visages terrifiés des femmes et des enfants serrés dans l'ombre des pièces.

Et maintenant, c'est sur les « jaunes » eux-mêmes que pleuvent les cailloux. Deux fois déjà, la veille, le tumulte n'a cessé que devant des hommes assommés.

— S'il te plaît, Lido !

Éliette a hurlé pour se faire entendre. Cette fois, il tourne la tête vers elle. Ses yeux sont trop brillants, ses lèvres blanches de cris et de fureur. Elle lui agrippe les pans du veston.

— On peut pas faire ça. On va se tuer les uns les autres !

Il est sur le point de la repousser, mais elle le retient :

— Lido !

Il bat des paupières, regarde autour de lui et paraît découvrir la haine qui déforme les visages. Sa main se pose sur celle d'Éliette. Il a un petit signe de tête et remet sa casquette.

Au même instant, les braillements s'estompent. Le « jaune », qui semblait s'être réfugié dans sa maison, en ressort avec un fusil. Il le pointe devant lui au hasard des ventres de la foule.

— Foutez le camp ou je tire dans le tas.

Il y a quelques secondes d'hésitation avant que de nouveaux cris fusent. Lido repousse ceux qui sont devant lui. Il s'avance sur la première ligne, en levant les mains.

— Tu tireras sur qui ? Sur nous ?

L'homme se tait, les lèvres tremblantes, mais pointe son fusil sur Lido, qui demande encore :

— Il n'y a pas eu assez de morts pour ton goût ? Faut que tu donnes un coup de main à la Compagnie pour nous exterminer tous ?

La remarque déclenche de nouvelles insultes. Lido lève la main, regarde l'homme droit dans les yeux.

— On est du pareil au même, tu le sais pas ?

Sur les côtés, la femme du « jaune » et deux fillettes apparaissent dans l'encadrement de la fenêtre brisée. Les yeux de l'homme sautent de la foule à Lido. Il grogne :

— Foutez le camp, laissez-moi en paix.

Il agite son fusil, tout son visage tremble de haine et de trouille. Lido sent la main d'Éliette dans son dos. Elle doit dire quelque chose, mais il lance bien fort :

— Demain, tu dévales pas ! Tu fais la grève.

— Je dévale quand je veux ! gueule l'homme. C'est moi qui fais bouffer ma famille. Personne a rien à me dire.

Quelqu'un crie :

— Salopard de vendu !

Lido se retourne pour crier : « Vos gueules », mais

une brique vole au même instant. Elle s'écrase entre les jambes de l'homme.

— Non ! crie Lido.

Mais il voit les yeux de l'homme. Il y voit une peur et une honte qui ne peuvent plus disparaître. Éliette lui tire le bras, mais il a juste le temps de se maintenir devant elle et de l'empêcher de mourir à sa place.

Il sait quand le « jaune » appuie sur la détente. La flamme au bout du canon est courte.

Il n'entend pas le coup, mais est sans surprise lorsque sa poitrine se déchire.

Avant de sombrer dans le grand bougnou du néant, il lui reste juste assez de conscience pour entendre Éliette qui l'appelle en vain.

## Fosse 3, étage – 231
## Bowette

Anselme demande :

— Wattiez, tu dors ?

Wattiez prend le temps avant de répondre :

— Non, je dors plus, je rêve. Je me vois avec mon père quand il m'emmenait aux combats de coq à Sallaumines. Qu'est-ce qu'il aimait ça.

Wattiez a un petit rire étouffé.

— Wattiez…

— Il y dépensait tous ses sous et ma mère était folle. Des fois, il mettait les pièces dans ma poche parce qu'elle surveillait les siennes… Mais je vais te dire : là, dans le noir, je revois les coqs et je leur laisserais pas le temps de se béqueter. Même pas rôtis. Tout crus. Avec les plumes s'il faut, parce que j'aurais pas la patience…

— Wattiez !

— Qu'est-ce qu'il y a ? Tu as toujours mal à la joue ?

— C'est pas ça. J'entends du monde qui vient.

— Merde.

Wattiez est debout, l'oreille tendue.

— Par où ?

— Le fond au nord.

C'est vrai. Un bruit ténu, des frottements. Ce qui ressemble à des pas.

— Boursier ! Boursier, réveille-toi, nom de nom !

C'est de plus en plus précis. Pas un seul pas, mais plusieurs. Un groupe.

— Quoi ? fait encore Boursier.

— Écoute !

Anselme dit :

— Je vois pas de lampe.

Wattiez non plus.

— C'est pas des sauveteurs, il y aurait de la lumière, souffle encore Anselme.

Mais Boursier s'est déjà avancé et est le premier à crier :

— Ho ! Qui va là ?

Les bruits cessent un peu plus loin. Il y a des exclamations. Une voix jette :

— Qui tu es ?

Wattiez se dit qu'ils sont encore à quinze ou vingt mètres.

— C'est moi, Boursier. Il y a Wattiez…

Des grognements, une voix qui fait :

— Moi, c'est Noiret !

Et, soudain, un halètement, des pas pesants et rapides, un cri à pleine voix :

— Anselme ! Tu es là ?

Anselme ne répond pas, trop stupéfait de reconnaître la voix. Wattiez demande :

— Noiret et qui d'autre ?

— Danglos, Lefebvre…

Mais Charles, tout près, se cogne à Boursier.

— Anselme Pruvost ! T'es là, garçon ?

— Papa !

Alors tout devient un grand méli-mélo de mots, d'exclamations, de sanglots, de baisers et de rires.

— Papa !

— Mon garçon !

— Danglos, c'est toi que je tiens là ?

— Crénom, depuis le temps qu'on cherche votre bowette.

— J'ai cru un moment que vous étiez des sauveteurs.

— On les a pas vus, ceux-là.

— Papa ! Papa !

— Je suis là, garçon... Qu'est-ce que tu as sur la joue ?

— Couplet, c'est toi ?

— Non, moi, c'est Vanoudenhove... Il y a Castel, aussi.

— Ça te fait mal, garçon ?

— Ça passe un peu. Je savais que tu viendrais, j'ai dit à Wattiez...

— Martin ! Tiens, je suis content de te retrouver, gamin.

— J'aurais dû te suivre, Wattiez.

— Nény t'a pas couvert de baisers ? Comment ça se fait ?

— Je t'entends, Wattiez, je suis là.

— Oh ? Tu es sorti de ton trou. Ta jambe est plus cassée ?

— Qui c'est que je tiens comme ça ?

— Moi, Dubois.

— Ben, galibot, t'as l'air plus maigre encore que dans mon souvenir.

— Qu'est-ce qui pue comme ça ?

— L'Écuyer. Le bidet de Couplet. Faut le traiter avec respect...

— C'est pourri ?

— C'est mangeable. On tient avec ça depuis des jours. On vous en a gardé un bout.

— Attends, garçon, j'ai encore ma malette avec un peu de pommade de ta mère.

— J'ai dit à Wattiez qu'elle faisait mieux la pommade que le manger…

— Ben, à ce jour, je peux te dire que je la voudrais drôlement ici avec ses casseroles.

— Nous, on a de l'eau. De la bonne.

— Et des allumettes ?

— Ça non.

— Hé, qu'est-ce que vous faites ?

— C'est Charles qui danse avec son p'tiot !

— Faites gaffe au bougnou, il est pas loin.

Et ça rigole et ça braille encore, buvant de l'eau fraîche et mangeant du cheval pourri comme dans les plus beaux contes on se fait servir des ortolans, des pâtés, des crèmes, des vins de millionnaire.

Tandis que Charles et Anselme ne peuvent plus se lâcher les mains, Danglos et Noiret racontent leurs péripéties pour atteindre cette bowette.

— On s'est perdus vingt fois. On se croyait dans le beurtiat de Boulard, on grimpe avec des échelles cassées en manquant de se tordre le cou. En haut Charles nous dit : On est à Maca, pas à Boulard ! Et vas-y pour la redescente…

— Et un éboulement de quatre cents mètres qu'il a fallu faire à quatre pattes.

— Les galibots ont dû pousser Danglos au cul pour déboucher la voie !

Il y a un bonheur dans les voix qu'ils ne croyaient plus possible. Ils entendent les baisers que Charles fait à son fils, leur murmure, et c'est déjà comme si le jour était tout près d'eux et non pas un songe qui se retire de plus en plus loin dans l'obscurité de la mine.

L'exubérance les épuise avec douceur et personne n'est étonné quand Wattiez murmure :

— Ben maintenant, il nous reste plus qu'à sortir d'ici. Je connais les voies d'alentour. Ça fait des jours que j'y traîne. Il y a des gaz, et à 280 faut toujours pas s'approcher du feu de Cécile. Il faudrait trouver la voie de Julie, mais j'y arrive pas.

— Et pourquoi la voie de Julie ? demande Noiret.

— Parce que dedans, je sais où trouver la voie qui nous relie à la fosse 2.

— Tu sais ça ? gronde Charles.

— J'y ai fait la taille une semaine. Juste au croisement. Même que je suis ressorti par Billy un jour, pour me faire une idée.

— Alors on est dehors. Parce que moi, la voie de Julie, d'ici je vous y conduis. Je travaillais avec les Lecœuvre, tout à côté, juste avant que ça pète.

## Fosse 2
## Voie de Julie, étage – 306

C'est un rêve qui devient réalité. Il semble que même le puteux soit las de les poursuivre.

Sans trop de détours, guidés par Charles qui paraît désormais voir dans la nuit comme en plein jour, ils atteignent la partie nord de la bowette, à l'étage 280. Quand les éventrements des parois et les éboulements ne recouvrent pas le sol, ce sont les cadavres.

Mais ils se sont accoutumés depuis trop longtemps aux uns et aux autres. Même le petit Martin ne craint plus de poser les pieds sur les morts. L'espoir d'atteindre le jour est maintenant trop fort.

Ils rechignent même à se reposer, à dormir. La nourriture manque de nouveau. Ils retrouvent le régime d'écorce et de toile de mallette. Et il faut bien remplacer le repas par le sommeil.

Et puis, à un moment Charles annonce :

— Voilà, on est devant Julie. C'est à toi, Wattiez.

Pas un ne dit un mot. Ils entendent seulement le bruit des pas quand Wattiez passe devant.

Le rythme est un peu différent. Les morts sur le sol sont de plus en plus nombreux. Ils descendent de nouveau, butent contre un gros éboulement. Cela prend une journée au moins d'efforts pour le traverser.

Noiret dit qu'ils en ont pour un kilomètre à avancer comme ça sur les genoux.

Danglos grommelle qu'il en fera plus s'il le faut.

Nény se plaint de sa jambe, mais les galibots ne répondent jamais lorsqu'il demande de l'aide.

Devant, Wattiez se tait. Il craint que l'entrée de la voie pouvant les conduire à la fosse 2 ne soit dans l'éboulement et qu'on ne puisse pas la retrouver.

Mais non. Quand ils se redressent enfin, ils ne font qu'une dizaine de mètres avant que Wattiez se mette à danser de joie.

— La folie te prend ? T'es tourné comme Danglos ? demande Charles.

— J'ai une berline sous la main. Elle est en ferraille !

Charles lui saute dans les bras. Il n'y a que les galibots pour ne pas exulter et rien n'y comprendre. Les autres dansent et s'embrassent. Il faut un moment pour que Noiret réponde enfin aux questions de Vanoudenhove et de Dubois.

— À la fosse 3 les berlines sont en bois, à la 2 elles sont en ferraille. Ça y est, les p'tiots ! On est passés du côté de Billy. La mauvaise fosse est dans notre dos.

C'est tout juste s'ils ne galopent pas. Ça descend encore ? Danglos lève la main et rencontre un tuyau.

— Ho ! on a une conduite d'air comprimé sur la tête.

Ils la suivent. Cent mètres, quatre cents, six cents.

Charles annonce :

— On a du feu devant !

Ce n'est pas un feu, mais une porte refermée sur deux lampes. Plus tard, ils diront :

— On a vu un soleil. C'était à pas pouvoir regarder tellement c'était éblouissant. Il a fallu fermer les paupières et mettre la main devant les yeux.

Quand ils poussent la porte, ils voient assez pour s'y reconnaître : une écurie de bowette !

Il y a un garde. Il se retourne vers eux.

Il croit voir la porte de l'enfer lui livrer les démons du cœur de la terre.

Une bande d'hirsutes couverts de guenilles, de croûtes, noirs comme le fond de la mine, informes avec leur barbe et leurs cheveux en paillasse, repoussants de puanteur, les bouches rouges comme des dragons affamés et se bousculant dans un piaillement d'épouvante.

Le garde pousse un grand hurlement de trouille. Il s'enfuit en braillant à tue-tête, jetant sa lampe qui se brise à leurs pieds. Ils se retrouvent dans la pénombre, moins douloureuse pour leurs yeux. Ils doivent encore s'avancer au-delà de l'écurie avant d'entendre les camarades accourir en glapissant :

— Des réchappés ! Des gars vivants ! Des réchappés !

## Méricourt-Corons
## La Goutte de Lait

Marthe doit franchir la foule. Ils sont déjà des centaines à s'entasser dans la rue qui mène au dispensaire. Certains se sont installés sur les toits et s'accrochent aux cheminées. Ils ont appris comme elle.

Une rumeur au creux de la matinée. La plus folle de toutes celles qui ont couru le coron depuis des semaines.

— Il y a des *récapés* ! Des hommes sont remontés… Des vivants !

Déjà, les plus curieux se précipitaient vers le dispensaire de la fosse. Marthe, elle, s'était contentée de hocher la tête et de serrer les dents en achevant sa lessive. Elle lavait le vieux linge de Charles et de son Anselme. Un courage qu'elle n'avait pas eu jusque-là.

Et puis, une bonne heure plus tard, alors qu'elle étendait les chemises dans le jardin, des voisines s'étaient mises à hurler :

— Marthe ! Marthe !

Bondissant vers son étendage, l'agrippant.

— Marthe, c'est ton Charles !

— Quoi, mon Charles ?

— Les récapés ! On dit qu'il y a ton Charles et le petit avec.

— Anselme ? Que non… C'est pas possible.

— Mais si. Des hommes et des gosses. Dix ou

plus. Ils sont à la Goutte de Lait. Il y a ton Charles et Anselme. Viens donc…

Elle n'a pas pu tout de suite. Elle s'est assise sur son panier de linge. Toute glacée et tremblante.

Des revenants du fond de la mine. Des revenants du fond de son cœur où elle les avait déjà enterrés et pleurés nuit après nuit.

Oh mon Dieu !

Elle a dit ça d'une voix qui a fait rire les voisines :

— Moi qui lavais leur linge pour le donner.

— Ben, tu vas les rhabiller de propre. Ce sera fait. Viens vite ! Ils doivent t'attendre, les pauvres…

Maintenant les voisines l'entraînent. Elles hurlent pour qu'on leur laisse le passage :

— Poussez-vous ! Écartez-vous ! C'est Marthe Pruvost, elle a son homme et son fils chez les récapés !

Les mots ont un effet de magie. La foule s'ouvre en deux comme si on y taillait à la serpe. Marthe et les voisines courent jusqu'à la porte du dispensaire. Elle est bien close. Elles y tambourinent de leurs poings. Des hommes gueulent :

— Ouvrez donc ! C'est leurs femmes…

La porte s'entrouvre sur la face austère d'une bonne sœur. Elle ne sourit pas, elle jauge les visages devant elle.

— C'est l'épouse d'un récapé, s'impatientent les voisines.

— Qui est l'épouse ? demande la religieuse avec un mince sourire. Et de qui ?

Marthe se remet à trembler. Elle songe que tout cela n'est qu'une erreur. On va lui dire que non, qu'aucun des récapés ne se nomme ainsi.

— Moi… Pruvost Charles. Et mon fils, c'est Pruvost Anselme.

La religieuse opine, accorde son sourire.

— Mais vous seulement.

Elle la fait entrer, repousse les autres d'un geste impérieux.

Marthe pénètre dans une salle où s'affairent d'autres religieuses en tenue blanche. Ici tout est blanc, jusqu'aux tables et aux chaises de métal.

— Marthe ! Toi aussi ?

Il faut quelques secondes pour que Marthe reconnaisse le large visage d'Émilie Wattiez qui serre son petit sur sa poitrine. À son côté, les yeux tout écarquillés d'incrédulité, il y a l'épouse de Noiret.

— Ils sont là ? C'est vrai ? demande Marthe.

C'est une bonne sœur qui réplique :

— Mais oui. Ne vous inquiétez pas. Le docteur est avec eux. Ils vont bien. Patientez un peu.

Elle désigne la pièce de l'autre côté du mur :

— Nous les lavons. Ils en ont bien besoin, les pauvres.

— Mais c'est à nous de les laver !... s'exclame Marthe.

La religieuse a tout juste le temps de protester, de dire que c'est interdit, les ordres du docteur... Marthe n'entend rien. Elle a la main sur la poignée de la porte. Une religieuse lui attrape le bras, veut la retenir. Marthe la foudroie du regard.

— Vous allez pas m'empêcher maintenant ?

Le bébé pleure dans les bras d'Émilie Wattiez. L'épouse de Noiret pousse la porte avec Marthe.

Ici, les volets sont clos et les lampes allumées dans la pénombre pour ne pas leur blesser les yeux.

Et ils sont là. Bien vivants, on dirait. Des corps tout blancs et nus que des infirmiers en blouse blanche lavent dans des baquets. De la peau sur les os. On peut compter les cercles des côtes sur leurs poitrines. Des mains aux doigts encore bizarrement noirs. Des visages de barbe avec des yeux qui brillent fort. Des bouches qui s'ouvrent de stupeur, hurlent et tempêtent de joie.

Ils sautent hors de leurs bassines, repoussent le docteur et les infirmiers et, tout nus qu'ils sont, sautent dans les bras des femmes.

— Ma Marthe !

— M'man, m'man…

— Émilie…

— Hortense !

Marthe est dans les bras de son Charles. Elle niche sa joue dans la tignasse mousseuse d'Anselme. Elle n'entend plus les autres. Les rires, les baisers, les plaisanteries des autres, les impatiences de ceux qui n'ont pas encore leur mère ou leur épouse, tout ça n'est rien à côté du grand bruit de sa cervelle qui lui dit que oui, oui, c'est eux, qu'il n'y a plus de doute. Elle palpe leur chair toute nue, elle voudrait poser ses lèvres sur leur cœur pour s'assurer que ce n'est pas un rêve.

— Mon Anselme… Mon Charles…

On pourrait croire qu'elle ne connaît plus que ces mots qu'elle balbutie encore et encore entre les sanglots de rires et de larmes. Anselme se niche contre sa poitrine comme un bébé. Il geint à petits coups. Elle ne se souvenait pas qu'il était si petit, si fragile. Elle veut lui saisir le visage. Il pousse un cri de douleur et s'écarte brutalement.

— Attention, m'man !

Elle le regarde et voit.

— Ta figure ?

Son côté droit strié de grosses boursouflures noires, de crevasses profondes recouvertes d'une pâte verte.

— Oh mon p'tiot !

— Je me suis brûlé à la lampe…

Mais Charles et Noiret serrent Anselme entre leurs bras.

— Te soucie pas, Marthe. Ça va lui faire un beau souvenir qui va attirer les filles.

— C'est un costaud, il a tenu avec, mieux qu'un soldat dans le front !

Wattiez tourne son bébé de fils vers Anselme.

— Fiston, regarde celui qui m'a servi de réveil : « Wattiez, j'ai ma joue qui me lance ! » Crénom, avec lui, je risquais pas de prendre goût à roupiller là au fond !

Ça rigole. Dans une grimace qui déforme un peu plus son petit visage d'oiseau effaré, Anselme sourit aussi.

La porte s'ouvre dans leur dos. Un nouveau cri jaillit :

— Ma mère !

C'est Couplet qui bondit et enlace une femme plus petite que lui, toute vêtue de noir et qui semble déjà vieille.

— Ma mère ! Ma mère !

Couplet tombe à genoux devant. Enfouissant la tête dans son giron, il l'enlace à l'étouffer, s'étrangle de son émotion, sans retenue, avec une manière de sauvagerie, si bien que plus personne ne rigole.

Sur le côté, les autres jeunes, Vanoudenhove, Martin, Dubois, Boursier, qui n'ont pas encore vu leurs familles, se serrent soudain autour de Danglos comme autour d'un arbre.

Mais la mère de Couplet repousse son fils. Elle le contemple d'un regard un peu perdu, un peu trop froid. Elle demande :

— C'est bien toi ?

— Oui, m'man. Ben oui, c'est moi ! Je suis vivant.

— Et pourquoi tes frères sont pas remontés ?

Un silence plein d'embarras gèle tout le monde.

Couplet jette un regard suppliant vers Wattiez, Charles et Noiret, les solides. Il a de grands beaux yeux limpides d'innocence mais il claque des dents autant que si on lui tirait les muscles de l'intérieur.

Sa mère se tourne vers le docteur, dit encore :

— Mes trois autres fils, ils sont où ?

Le médecin n'a pas le temps de répondre, Marthe la prend dans ses bras.

— La mère, ton garçon est là. Bien vivant. Il a besoin de toi. Et maintenant il faut que tu l'aimes comme quatre.

## Méricourt-Corons

Ça fait un moment que Maurice la guette. Comme elle ne bouge toujours pas, assise dans le jardin, au soleil, il se décide.

À chaque pas qui le rapproche d'Éliette, son cœur bat plus fort. L'émotion lui serre la gorge autant qu'un assassin qui voudrait lui tordre le cou.

Quand il parvient tout à côté d'elle, il se rend compte qu'elle a taillé ras tous les rosiers. Devant elle, le sol est jonché de fleurs coupées à peine ouvertes, aux pétales noirs. Si noirs que l'on dirait un velours où la lumière du soleil se perd. Éliette saisit les boutons, un à un, et les écrase entre ses doigts, dispersant les jeunes pétales sur l'herbe comme une poussière de suie.

Maurice ne sait plus quoi faire et reste stupidement debout. Sur l'herbe, il voit son ombre mêlée à celle d'Éliette qui dessine le contour d'une roue biscornue.

Éliette lève la tête vers lui. Elle ne dit rien.

Elle cesse d'écraser les boutons des roses noires. Elle lui prend la main et le fait asseoir à côté d'elle.

Ils restent un moment ainsi. Maintenant, leurs ombres dessinent seulement deux formes.

Finalement, il demande :

— Tu ne vas pas voir les réchappés ?

Elle secoue la tête. À peine.

Elle ne lâche pas sa main. Maurice devine qu'elle tremble. Un frémissement par à-coups, à la manière des feuilles de bouleau quand il y a très peu de vent.

Le coron est incroyablement silencieux. Autant qu'après l'explosion. Tout le monde s'est rué à la Goutte de Lait où l'on a transporté les réchappés.

Maurice voudrait qu'Éliette lui demande pourquoi il n'y est pas, lui aussi. Mais elle ne dit rien. Il paraît qu'elle ne parle plus depuis la mort de Lido. Même au cimetière, elle n'a pas dit un mot.

On raconte aussi qu'elle ne se couche plus dans le lit où elle dormait avec Lido, qu'elle n'entre pas même dans la chambre.

Maurice attend encore un peu. Il regarde la haie de rosiers coupés, toutes ces branches qui s'entassent en fouillis. Les pétales éparpillés des roses noires lui font un peu peur, comme s'il s'agissait d'une sorte de fruit maléfique.

Mais le soleil du jeune printemps les chauffe. La chaleur de la paume d'Éliette contre la sienne est aussi douce qu'un baiser.

Enfin, il dit :

— Si tu veux, tu peux venir à la maison. J'ai demandé à ma mère, elle est d'accord. La chambre de mon oncle Bibelot est vide, maintenant. Il y a la place.

# Épilogue

Quatre jours plus tard, le 4 avril 1906, un homme seul, au regard halluciné, est apparu soudain devant des ouvriers qui exploraient une voie de la fosse 4. On lui a demandé son nom : Auguste Berthon.

Il a raconté qu'il s'était évanoui à l'étage 380 sous l'effet des gaz auprès de Grandamme, de son fils et d'une dizaine d'autres. Comme eux, il avait été laissé pour mort et abandonné par les camarades parvenus au jour. Il s'était réveillé, il ne savait pas trop quand, seul au milieu des cadavres.

En retrouvant le jour, il ne croit avoir passé qu'une longue semaine sous terre, une dizaine de jours au plus. Aux journalistes qui le questionnent, il raconte peu : *Ce que j'ai fait pendant tout le temps de ma séquestration ? J'ai voyagé toujours et sans cesse, sans plus jamais rencontrer d'être vivant, à l'exception de deux chevaux errants, comme moi. J'allais alternativement appeler aux accrochages de la fosse 4 et de la 11.*

On n'en saura pas beaucoup plus.

Mais son retour et la découverte de chevaux encore vivants dans les galeries dans les jours qui suivent achèvent de mettre le feu au pays de la mine et de durcir la grève.

Elle ne se termine que le 7 mai, cinquante jours après son début.

C'est la plus longue grève que l'on ait connue jusque-là en pays minier. Les soixante mille mineurs qui l'endurent n'en retirent que le goût de l'échec. La guerre des syndicats l'a assassinée aussi sûrement que le puteux a tué dans les bowettes.

La journée de taille demeure toujours à moins de quatre francs. La revendication des « quatre 8 » entre en sommeil pour trente ans et aucun nouveau règlement de sécurité n'est avalisé.

Durant tous ces mois, la catastrophe fascine la France tout entière. Des collectes importantes sont conduites par les journaux. De violentes critiques remettent en cause les décisions et le comportement des ingénieurs. Le nouveau gouvernement Sarrien ordonne plusieurs rapports d'enquête – qui n'aboutiront à aucune conclusion claire.

Néanmoins, au cours de l'été suivant, l'ingénieur en chef et l'ingénieur principal recevront de la Compagnie des mines de Courrières une prime de plus de 10 000 francs « pour leur participation au sauvetage ».

En raison de leur attitude négative, Ricq, Pélabon et leurs deux compagnons de descente, eux, ne reçurent pas un centime.

Les femmes qui grappillèrent du charbon sur les carreaux pendant la grève furent traduites en justice et condamnées.

# Remerciements

Mes remerciements à Mme Virginie Debrabant qui m'a ouvert avec gentillesse et efficacité les archives du Centre historique minier de Lewarde.

Merci à Bertrand Houette pour son compagnonnage constant et son amitié.

Et merci à Nathalie Théry pour la toujours grande clairvoyance de ses critiques et le non moins grand mérite de sa patience.

# GLOSSAIRE

**Accrochage**
Plate-forme intérieure du puits où l'on engage et dégage les berlines et où les mineurs attendent les cages pour remonter.

**Astiquette**
Lampe frontale du mineur.

**Barrette**
Chapeau du mineur, en cuir bouilli.

**Béguin**
Bonnet de toile qui couvre le crâne du mineur, et sert à faire tenir la barrette.

**Berline**
Wagonnet sur des rails, qui sert à transporter le charbon et les matériaux dans les galeries.

**Beurtiat**
Puits intérieur, très raide, qui relie les étages entre eux et ordonne la circulation intérieure de l'air. Les beurtiats peuvent servir de voies de communication mais possèdent souvent des diamètres à peine suffisants pour le passage des hommes (peut aussi se dire *bure*).

**Bougnou**
Fond de la fosse où l'eau s'écoule.

**Bowette**
Voie horizontale souterraine, qui sert de voie principale pour les déplacements et les transports. C'est elle qui desserre les accrochages.

**Briquet**
Casse-croûte que chaque mineur emporte dans la mine. Par extension, le temps de repos en milieu de poste.

**Cage**
Cage des « ascenseurs » qu'empruntent les mineurs pour descendre dans les galeries et en remonter.

**Cribleuse**
Ouvrières dont la tâche consiste à retirer les pierres du charbon après la remonte.

**Crochon**
Pli accentué de la veine de charbon avec des extrémités irrégulières.

**Cuffat**
Tonneau de bois assez grand, qui peut contenir trois ou quatre personnes, relié à la surface grâce à un câble. Il remplace les cages en cas d'indisponibilité.

**Étoupée**
Barrage de remblai dressé à l'entrée d'une voie.

**Galibot**
Adolescent qui sert de manœuvre dans la mine.

**Grisou**
Gaz naturel, principalement composé de méthane, contenu dans certains minerais et qui se dégage

spontanément lors de l'extraction des blocs de charbon. À partir d'une certaine concentration, le grisou explose au contact de l'air.

**Haveur**
Ouvrier de la mine chargé de la taille du charbon.

**Haveuse**
Machine à air comprimé servant à entailler la base des veines de charbon pour provoquer des effondrements.

**Hercheur**
Mineur qui évacue le charbon et le charge dans les berlines.

**« Jaunes »**
Le « syndicat jaune » est une organisation syndicale créée en 1899 contre les syndicats ouvriers. Les « jaunes » sont les ouvriers qui refusent de faire la grève et l'affrontement avec le patronat.

**Moulinage**
Plate-forme de réception supérieure du puits où l'on reçoit et engage les berlines et le personnel. Généralement surélevé, en haut du beffroi du grand treuil et surmonté par la grande roue de traction.

**Raccommodeux**
Mineur en charge de l'entretien, notamment de remplacer le mauvais boisage dans les galeries.

**Porion**
Contremaître des travaux au fond de la mine.

**Puteux**
Acide carbonique, gaz mortel, d'autant plus nocif qu'il est très difficilement décelable.

**Rivelaine**
Instrument, constitué d'un pic plat à deux pointes, utilisé pour dégager les blocs de charbon à la main.

**Treuil**
Boyau étroit très pentu, qui permet d'évacuer le charbon abattu depuis la taille jusqu'à une voie de circulation des berlines.

Un amour impossible

# *INCA*
## T. 1 - *Princesse du soleil*
Antoine B. Daniel

La nuit de sa mort, le onzième empereur inca confie les secrets de son royaume à une mystérieuse jeune fille, mais ne désigne aucun successeur. C'est alors que surgit de l'océan un petit groupe d'étrangers blancs et barbus partis à la conquête du Pays de l'Or. Leur chef est le redoutable Capitan Pizarro, envoyé par Charles Quint. Parmi eux, Gabriel, un jeune noble espagnol... Un roman magique, où s'entrechoquent le pouvoir, le surnaturel et la passion.

**Les trois tomes de la série *Inca* sont disponibles chez Pocket.**

Il y a toujours un Pocket à découvrir

# La révolte des Incas

## *Inca*

## T. 2 - *L'or de Cuzco*

### Antoine B. Daniel

L'incroyable a eu lieu ! Dans la nuit qui a suivi le Grand Massacre, à Cajamarca, l'empereur Atalhuallpa a été fait prisonnier. Il espère racheter sa liberté avec beaucoup d'or. Pour réunir la somme escomptée, les conquistadors partent en expédition vers la légendaire Cuzco, la ville aux temples d'or. Fidèle à son empereur, Anamaya les accompagne tandis que Gabriel n'a d'autre choix que de se battre au côté de son chef, le capitaine Pizarro. Mais le chemin est semé d'embûches. Pour la toute première fois, les Espagnols se trouvent confrontés à la révolte du peuple inca. Pris dans la tourmente, les deux amants tentent de sauver leur amour impossible.

**Les trois tomes de la série *Inca* sont disponibles chez Pocket.**

## Le cœur et la raison

# *INCA*

# T. 3 - *La lumière du Machu Picchu*

## Antoine B. Daniel

Les Espagnols se sont emparés du pouvoir et de l'or des Incas. Mais un conquistador, Gabriel, et une princesse Inca, Anamaya, sont tombés amoureux. Leur amour pourrait changer le cours de l'histoire. Tandis que les Espagnols se croient en terrain conquis, les Incas préparent une nouvelle révolte. Cette fois, ils sont armés. L'affrontement va tenir de l'apocalypse. Gabriel pourra-t-il se battre contre la femme qu'il aime ? Anamaya devra-t-elle renoncer à sauver son peuple ?

**Les trois tomes de la série *Inca* sont disponibles chez Pocket.**

Il y a toujours un Pocket à découvrir

Cet ouvrage a été imprimé en France par

CPI
Bussière

à Saint-Amand-Montrond (Cher)
en janvier 2009

Mise en pages : Bussière

POCKET - 12, avenue d'Italie - 75627 Paris Cedex 13

— N° d'imp. : 80569. —
Dépôt légal : février 2009.